异域的风景：西方文学的精神之旅

何云波
宋德发 ／著
袁　娜

湘潭大学出版社
XIANGTAN UNIVERSITY PRESS

图书在版编目（CIP）数据

异域的风景 ：西方文学的精神之旅 / 何云波，宋德发，袁娜著．-- 湘潭 ：湘潭大学出版社，2022.12（2024.8 重印）
ISBN 978-7-5687-0970-5

Ⅰ．①异… Ⅱ．①何… ②宋… ③袁… Ⅲ．①外国文学－文学欣赏－教材 Ⅳ．①I106

中国版本图书馆 CIP 数据核字（2022）第 239275 号

异域的风景 ：西方文学的精神之旅
YIYU DE FENGJING : XIFANG WENXUE DE JINGSHEN ZHI LǙ
何云波 宋德发 袁娜 著

责任编辑：王利剑
封面设计：李 平
出版发行：湘潭大学出版社
社　　址：湖南省湘潭大学工程训练大楼
电　　话：0731-58298960 0731-58298966（传真）
邮　　编：411105
网　　址：http://press.xtu.edu.cn/
印　　刷：长沙鸿和印务有限公司
经　　销：湖南省新华书店
开　　本：710 mm×1000 mm 1/16
印　　张：17
字　　数：262 千字
版　　次：2022 年 12 月第 1 版
印　　次：2024 年 8 月第 3 次印刷
书　　号：ISBN 978-7-5687-0970-5
定　　价：52.00 元

目　录

导论　西方文学的历程

一、“两希”文化与西方文学传统

我们习惯上把欧美文学称作西方文学，就像我们经常把世界文学分成两大块，一个是西方文学，一个是东方文学，东方当然也包括中国。而西方文学当然就跟西方的文化、精神、信仰，西方的价值观念紧密地联系在一起。正因为如此，要了解西方文学，首先也要了解一点西方文化。

我们经常把西方文化称作什么文化呢？两希文化。一个是古希腊文化，一个是希伯来文化。如果说古希腊和希伯来文化奠定了西方文化的渊源，抑或是构成了西方文化的传统的话，其实，它也构成了西方文学的一种传统。因为这个“两希”，正好代表了西方文化的两极。

关于古希腊文化，大家来看两张图片。第一张图片是米隆的《掷铁饼者》：

> 这是取材于古希腊的奥林匹克运动会。在古希腊的奥林匹克运动会上，男性运动员是不穿衣服的。当然，观众也只限于男性。而这张图上就是一个肌肉男在掷铁饼。我们将雕塑称为一种空间的艺术，将音乐叫作一种时间的艺术，将文学、小说叫作时空交叉的艺术。绘画和雕塑作为一种空间的艺术，它们只能再现一个事物的瞬间。而这里

再现的是哪一个瞬间呢？掷铁饼者把铁饼甩到最后面，蓄势待发的那一刻。整个人看似一张拉满的弓，箭在弦上，不得不发，所有的力量都凝聚在这一刻了。看过这张图片，我们就知道古希腊人崇尚什么，崇尚力量、健美。另一张是米洛的《维纳斯》，想必大家都非常熟悉。2012年我去过法国，到达法国巴黎第一件事就是去卢浮宫参观。巴黎的很多风景都在塞纳河的两岸，包括巴黎圣母院和卢浮宫。卢浮宫里有三件镇馆之宝，一个就是米洛的《维纳斯》，即这个残缺的雕像；一个就是达·芬奇那幅著名的《蒙娜丽莎》画像；还有一个就是《胜利女神》像。终于有机会站在传说中的美神、爱神维纳斯面前，面对的尽管是残缺的塑像，但终于感受到了什么是美，终于知道面对美我们只能膜拜，不能有任何其他的念头。

看过这两个雕塑，就知道古希腊人崇尚什么，古希腊文化重视什么。我们经常说古希腊文化张扬个性、放纵原欲，肯定人世俗的生活和个体生命的价值。这种对个性自我的张扬，把人身体的美发挥到极致，这一点跟中国人对待人的身体的态度大不一样。林语堂写过一篇散文，叫《论西装》。在讨论到西装跟中式服装的差别时，他用了两个词来形容。他说西装是强调“露”，暴露，尽可能地把身体暴露出来。中式服装强调“藏”，隐藏，尽可能地把人的身体藏起来。从这可以看出东西文明对待人身体不同的态度。

古希腊人的生活永远像一个快乐的童年，正因为如此，他们也尽可能要把自己的身体展示出来。古希腊的服装其实也非常简单。服装就是一个布片，披到身上。到了在路易十四的时代，西装在宫廷开始流行。但最开始西装不过是渔夫打鱼的衣服。渔夫为了打鱼方便，用简单的布片制成服装。后来，马车夫把渔夫打鱼的衣服做了改造，为了方便赶马车，在衣服背后剪开一个口子，再后来宫廷改造这种服装，就有了西式的燕尾服。但是总的来说，西装就是尽可能地暴露人的身体。穿西装对人的身材要求比较高，身体太胖的会显得更胖，太瘦的显得更瘦，但是身材好的，它能够特别显示出你的好身材。而中式服装更多的是把人的身体藏起来，身材好的就比较吃亏。传统那种长袍马褂一套下来，身体的曲线就没有了。但是对那些身材不好的也容易藏拙，所以林语堂说中式服装比较讲究平均主义的精神，而西式服装却更多的要张扬自我，张扬人的个性。

关于东西方文化，西方各个地方的博物馆，裸体雕塑特别多，而在中国是绝对见不着的，如果要有的话，那叫诲淫诲盗。这种对待人身体的态度表现出了东西方文化的差异，也决定了中西服饰、绘画乃至文学表达的差异。

我们学古希腊文学，学它的神话、史诗、悲剧等，知道古希腊首先永远在张扬人的原欲，肯定人原始的欲望，包括神话里面的众神。而中国神话中的神一般都是那种道德高尚之人，强调德。我们传说中的皇帝、炎帝、尧、舜、禹等这种传说中的英雄，都是道德高尚、足以为人楷模之人。而希腊神话里面就像宙斯，他既是众神之王，雷电之神，也像一个人世间的花花公子。宙斯不光有七个妻子，还到处拈花惹草，惹出很多风流故事。希腊神话里面的神甚至也会为了一个金苹果，而引发一场特洛伊战争。所以希腊神话里面哪怕是神，也是人性化了的神，从这个角度来说，这本身就代表了希腊文化对人的自我，对人的原欲、欲望的一种肯定、重视。

当然，除此之外，古希腊也发展出一种科学的精神、理性的精神、爱智的传统，这也造就了古希腊哲学的繁荣。这种爱智主义和现世主义、享乐主义构成了希腊文化的两个方面，既肯定人的肉体，又不断去探索这个世界的奥秘，构成了一种希腊的精神。

而希伯来本来是东方民族，但是因为基督教成为欧洲共同的精神信仰，所以希伯来与西方有了关联。关于基督教文化的传统，我们先看一个作品，教堂里耶稣基督上十字架的塑像，西方很多教堂，都能看到类似的塑像。十字架代表了人的苦难，基督教传统其实就是一种十字架上的救赎。而这种十字架上的救赎就是苦难中的救赎。耶稣基督是上帝的独生子，他自己没有罪，但是因为人类的始祖亚当、夏娃吃了禁果，犯了罪，人类的后代就都有罪了，所以他们要不断地去忏悔自己的罪孽。

基督教的所谓“原罪”。其实就是人性之罪，暗含了西方文化对人性的一种基本的认识。人性中的恶就相当于一种人的本性之罪，人与生俱来的东西，它不是后天的。正因为人一生下来就有罪，所以你要不断去赎罪。

那么用什么东西拯救原罪？就是一种爱的救赎。耶稣基督上十字架以自己的爱来拯救这个世界，以爱来拯救罪恶的人类。如果说古希腊文化肯定人的一种原欲，基督教文化恰恰把人的原欲、欲望跟罪恶联系在一起。欲望是历史发展的动力，欲望也可能导致罪恶的滋生，所以要禁欲。

如果说古希腊是一种纵欲主义、享乐主义，基督教文化强调禁欲，尽可能地克制你的欲望，它重视的不是人的肉体，而是灵魂。重视的不是现世，而是来世。所以从这个角度来说，原罪与救赎，这种对灵魂的重视、对来世的重视、对人的精神的救赎的重视便构成一种基督教文化的传统。它本身构成了与希腊文化相对立的另外一极。但是西方文化恰恰在两者之间不断地追求一种平衡。

在禁欲跟纵欲之间，在不同的时代，有不同的取向。如果说古希腊有纵欲主义、享乐主义倾向，到古罗马后期则发展到极端，最后导致古罗马的灭亡。到了中世纪，更多的是基督教统治一切。

基督教本来是犹太教的一个分支，产生在公元 1 世纪，基督教开始产生的时候，被看作异端，不断地被打压，一直到公元 380 年，基督教才被承认，成为罗马帝国的国教。到 476 年，西罗马帝国被北方的蛮族日耳曼人所灭。北方的蛮族日耳曼人在文化上又低于古希腊，所以战场上的胜利者又成了文化上的被征服者。日耳曼人包括高卢人等，他们都全盘接受了古罗马文化，包括基督教文化。从此基督教由南往北不断地传播，一直到 988 年罗斯受洗。

罗斯就是俄罗斯。因为公元 6 世纪，俄罗斯最早的都城叫基辅罗斯，建在罗斯河的两岸，俄罗斯人曾经信奉多神教，到 988 年基辅大公规定通通都要改信基督教的一派：东正教。基督教由此完成了在整个欧洲由南往北的传播历程。也使欧洲具有了共同的精神文化信仰。

基督教的传播也是一种文化的传播。中世纪的文学深受宗教的影响。中世纪有英雄史诗、骑士文学、城市文学、教会文学，但教会文学是其主流。

二、文艺复兴：一个新的时代

中世纪曾被看作是黑暗的中世纪。历史的发展永远是物极必反，黑暗的中世纪的后期，随着文艺复兴时代的到来，欧洲的文化又透露出新世纪的曙光。产生于公元 14—16 世纪也就是中世纪后期的文艺复兴文化，以复兴古希腊、古罗马文化为名，体现的是一种新的时代精神，一种新兴的资本主义、资产阶级的精神。

复兴古希腊、古罗马文化，意味着重新肯定了人，肯定了人的欲望，肯定了人通过合理的方式满足自己欲望的合理性。文艺复兴被认为有两个发现，一个是人的发现，一个是地理的发现。哥伦布发现新大陆，达伽马开辟新航线，然后麦哲伦完成了环球航行。哥伦布是提出太阳中心说，本来地球被认为是上帝创造的，当然是世界的中心。哥白尼的太阳中心说曾经就是一个异端，所以要把他烧死。麦哲伦完成环球航行，第一次在实践上证明了地球是圆的。

地球是圆的可以说改变了整个人类的世界观。中国人过去想象的世界宇宙是天圆地方，天是圆的，地是方的。天像一个锅盖，圆圆的锅盖罩下来，罩住方方的大地。这种天圆地方的观念同样是什么时候被打破呢？16 世纪明末清初之时，一个意大利的传教士利玛窦到中国来传教，传播基督的福音。他不仅带来许多天主教的书籍，也带来了很多西方科学的书籍，比如说几何原本之类。同时还带给中国的皇帝一个地球仪以及一幅世界地图，使原来天圆地方的观念受到巨大的冲击。中国人一直把自己国家叫作什么？大中华。“大”是世界上最大的。“中”是世界的中心，“华”是文化繁荣。世界上最大的、处于世界中心的、文化最繁盛的地方，这就是大中华。这代表了中国人的一种自我认知。这种大中华意识，却因为这幅世界地图受到巨大的冲击。可以说，文艺复兴时期这种地理大发现，改变了整个世界、整个人类对地球、对世界的认知，意义重大。

第二个方面是人的发现。文艺复兴重新发现了人。就像达·芬奇著名的《蒙娜丽莎》，那神秘的笑。这幅画的魅力就在于通过一幅画表达出人的丰富的内心世界。回到人本身，而人是一个复杂的个体，充满了各种复杂情感的个体。

还有一幅圣母像，圣母玛利亚跟小耶稣基督。但看起来，他们更像是凡俗的、普通的母亲和孩子。文艺复兴有一种世俗化趋向，它使很多宗教题材的绘画也充满一种人性的色彩，世俗的色彩。使神回归为人，这是文艺复兴时代艺术的特点。

文艺复兴的人文主义，提倡人权、人性，反对神权、神性；提倡现实享乐，反对禁欲主义；提倡科学理性，反对蒙昧主义。重新肯定了人本身。随着这种对人性的肯定，对人的欲望被肯定，人的活力也就被激发了。如果基督教更多的是体验一种文化的神圣、崇高的话，其实对人欲的肯定，更多的可能是一种文化走向世俗，走向大众。就像拉伯雷的《巨人传》，大家来看小说的一个片段，第十一章《高康大的童年》：

> 高康大从三岁到五岁，完全遵照父亲的指示，受到养育和管教。他和当地的一般小孩一样生活着，也就是说喝了吃，吃了睡；或者说，吃了睡，睡了喝；或者说，睡了喝，喝了吃。
>
> 他一天到晚在泥坑里打滚，在鼻子上抹黑，在脸上乱画，趿拉着鞋，经常捉苍蝇，或是追捕他父亲管辖的国土上的蝴蝶。他在鞋上小便，在内衣里大便，用袖子擤鼻涕，让鼻涕流在汤里，到处弄得一团脏，用拖鞋喝酒，用筐子蹭肚皮，用木鞋磨牙，在菜汤里洗手，用碗梳头，样样东西都要，什么也拿不住，看不见自己的差错，吃着菜汤要喝酒，无中生有，吃着东西笑，笑着吃东西，在募捐盘里吐唾沫，在油里放屁，朝着太阳撒尿，藏在水里躲雨，耽误时间，想入非非，假装老实，到处呕吐，胡说八道，一句话翻过来倒过去，牛头不对马

嘴，指桑骂槐，颠倒黑白，隔靴搔痒，骗人说话，囫囵吞枣，好的先吃，不自量力，自己搔痒自己笑，跟神灵开玩笑，晚课经文早晨念，还念得津津有味，吃白菜拉韭菜，自作聪明，拔苍蝇腿，在纸上乱画，拿羊皮纸乱涂，东窜西跑，拼命喝酒，自说自话，劳而无获，拿云彩当华盖，拿尿脬当灯笼，做一个钱的工要两个钱的工钱，装傻骗人，拿头当榔头，一跳便想捉到天鹅，不肯按部就班，送他一匹马他要数牙齿，前言不照后语，两生夹一熟，拆东墙补西墙，无中生有，顶好能有烧好的百灵鸟从天上掉下来，把不得不做的事情说成是自己的美德，拿什么面包喝什么汤，秃子和尚全无分别，每天早晨到处乱吐。他父亲的小狗在他碗里吃饭，他跟它们一起吃。他咬它们的耳朵，它们抓他的鼻子，他吹它们的屁股，它们舔他的嘴唇。

还有什么，你们知道吗，孩子们？听好，否则让你们发酒疯！这个小不正经的在他的保姆们身上、还常常没上没下、没前没后地乱摸索——打，打，你这头驴！——他已经开始玩弄他的裤裆了，保姆们每天把它打扮得花枝招展、飘带绣球，灿烂夺目，她们整天像拿一个膏药筒子似的把它拿在手里揉搓，它两边的耳朵一鼓，她们就仿佛尝到美味似的哄然大笑。这一个把它叫作我的小塞子，那一个把它叫作我的小钻子，另一个说它是我的珊瑚枝，又一个说它是我的桶盖子、洞塞子、堵眼棍、钻眼机、小福坠，我下面又粗又硬的小玩意儿，硬起来的小家伙，我的鲜红的小香肠，我的小傻瓜。

这一个说："它是我的。"

那一个说："它是我的。"

另一个说："我呢，我什么也没有吗？好，我把它割掉。"

又一个说："割掉！你会把它割疼的，小孩这个东西能割掉吗？他要成个太监了。"她们还用米尔巴莱风磨的翼子给他做了一个好玩的风车，让他跟当地小孩一样有一个风车玩。

老师讲《巨人传》，都会说小说如何写了"大写的人"——巨人的故事，但真正读过这小说，却发现有两个字最能概括这部小说：粗俗。神往往代表着神圣、崇高、伟大，而拉伯雷却更多地只关注人的下半身。所谓文化的世俗化、粗俗化，粗俗成为一种新的审美风尚。这是对正统、崇高的一种反叛。以粗俗对抗高雅，以低俗对抗崇高。拉伯雷正代表了文艺复兴文化的这么一种世俗化的倾向。

巴赫金写过一本书《拉伯雷的创作与中世纪和文艺复兴时期的民间文化》。通过拉伯雷的小说，他提出了狂欢化理论。狂欢化是源于狂欢节，在文化上体现为一种狂欢化。在文学上就体现一种狂欢式。《巨人传》典型的体现就是欲望的狂欢和语言的狂欢，这种狂欢意味着对人的欲望、对粗俗的肯定。

文艺复兴肯定了欲望的同时也就肯定了人满足欲望的合理性。文艺复兴时期出现了许许多多美好的、表现人的爱情的诗歌，就像著名的诗人彼得拉克的《歌集》里面说：

高雅可爱的夫人啊，
在你闪动的眸子里，
我窥见了指引我通向天国的温柔的光。
你眼睛里印照的只有爱情和我，
谁都知道，
你这隐约闪现的光芒，
出自你那搏动的心房。
这光芒引导我从善向上，
使我走向光明荣耀的人生的终极。

凡俗的爱情又和从善向上、追求人生的终极与永恒，联系在了一起。西方的诗人，往往把爱情跟人生的永恒之美联系在一起，这也构成了西方爱情诗歌的传统。

西方文学，一方面在肯定凡俗的情感，追求欲望的满足，另一方面又不满足于此，经常要追求精神的超越。就像浮士德，一边满足欲望，一边要追求人生的永恒之美。你真美啊，请停留一下。

文艺复兴充分肯定了人的欲望，但是另外一个方面，欲望也可能带来罪孽的滋生。我们经常说历史发展的动力是欲望，有欲望才会有历史的发展，一切的创造发明都是为了满足人的欲望。如果一个社会没有了欲望，也就没有了创造的活力。资本主义从文艺复兴开始，从启蒙到走向工业革命，走向西方文明的快车道，在很大程度上，就是和满足人的欲望的同时充分激发了人的一种创造的动力有关。

但是，另外一个方面，欲望走向膨胀也可能带来人欲横流，带来种种罪孽的滋生。如果说莎士比亚早期的喜剧，甚至包括《罗密欧与朱丽叶》这样的悲剧，更多的是肯定人的欲望，人的爱情，人追求爱情的合理性。莎士比亚中期开始走向悲剧的创作。他的四大悲剧《哈姆雷特》《李尔王》《麦克白》《奥赛罗》，悲剧的产生跟人性的欲望、人性邪恶的东西有关。《哈姆雷特》中克劳迪斯为什么要杀害他的兄长？第一源于权力欲，他要取而代之做国王。第二是美色，看上他的嫂子，抵御不了美色的诱惑。就是这种肉欲、追求权力的欲望使他犯下了当年该隐、亚伯，人类一开始繁衍的时候就犯下的罪孽，兄弟互相残杀。

莎士比亚的悲剧无论是《哈姆雷特》还是《李尔王》《麦克白》，其实更多的都是和人的欲望带来的人性的邪恶有关。正因为如此，哈姆雷特要负起重整乾坤的责任，但另外一个方面他在行动上老是踌躇不决。因为哈姆雷特一直想要重建人生的意义，他要去复仇。去复仇首先要想清楚一个问题，活着还是不活，这是一个值得考虑的问题。活着还是不活，这是一个关于人生价值与意义的问题。加缪《西西弗神话》一开始就说："真正严肃的哲学问题只有一个，这就是自杀。"因为自杀要追究的就是活着的意义，生命的价值的问题，我如果觉得不值得活着，就有权利选择英雄般的死。哈姆雷特也是在寻找生命的意义，这个世界的意义。如果活着都没有意义了，谈恋爱还有什么意义，不过是生下一批有罪恶的子孙而已。所以爱情对他来说也没有了吸引力，他让奥菲莉亚到尼姑庵里面去。哈姆雷特想要重建世界的意义、活着的意义，因此总是处在一种思虑、思索之中。另外一个方面，他面对的人性的邪恶，恰恰是原罪，是人与生俱来的，哈姆雷特自己也无能为力，最后只好与邪恶同归于尽。所以人们把哈姆雷特看作是理想主义、道德主义的牺牲品。因为罪恶实在是无处不在。他想要拯救这个世界，重整乾坤，实在是太难了。正因为如此，莎士比亚的悲剧开始更多地走向对人性的一种思索，莎士比亚的人文主义也就有了一种新的内涵。

三、现代化进程中的欧洲文学

到了17世纪，整个西方处于封建社会的后期，从过于肯定人的个性、个体、感性自然对人的解放的文艺复兴，走向所谓的古典主义。古典主义作为一种文化潮流，更多偏重的不是古希腊文化，而是古罗马文化，它更多崇拜王权，强调集权而不是个体。它更多强调不是个体意义上的人，而是理性意义上的人。所以文艺复兴到古典主义，它又是对文艺复兴的一种修正、一种反拨，历史的发展永远是在一个波浪式的起伏的过程中走向进步。

从古典主义到十八世纪的启蒙主义，启蒙主义运动作为思想运动，它也直接为1789年法国大革命做了思想的准备，那么启蒙主义的价值理念也成为后来资本主义的核心价值观：自由、平等、博爱。

启蒙主义提倡自由，人生来就是自由的、平等的，上帝面前人人平等。博爱，爱每一个人，也就成为资产阶级核心的价值理念。启蒙主义试图以这种科学、理性，追求人的共性的完美来取代上帝。什么叫理性？如果说文艺复兴更多地强调人的一种感性的话，那么启蒙主义呢？肯定人的感性的同时又强调人的理性，理性代表的是与信仰相对的人的一种全部的知性的能力。人类认识真理的一种自然的能力。强调人可以凭借自己的理性来认识世界、改造世界，来把握自我，这种哲学被称为理性主义哲学。

启蒙主义试图以理性来代替上帝的信仰，重建一个自由、平等、博爱的美好国度。他们强调人既是理性的又是感性的，他们希望在理性和原欲、灵与肉、个体生命自由的欲求与道德理念之间，达到一种和谐。就像

《浮士德》，写一个人不断自我寻求、自我超越的故事。从追求欲望的满足到创建自己的事业，达成人生永恒的美。你真美啊，请停留一下。追求人生永恒的美的瞬间，希望那一个瞬间成为永恒。在这个过程中，人又时时刻刻处在这么一种灵与肉的冲突之中，就像《浮士德》所说的：

> 有两种精神居住在我的心胸，
> 一个要同另一个分离；
> 一个沉溺在迷离的爱欲之中，
> 执拗地固执着这个尘世。
> 另一个要猛烈地离去凡尘，
> 向那崇高的灵的境界飞驰。

灵魂跟肉体，一个沉溺于爱欲之中，一个要脱离凡尘向崇高的灵的境界飞驰。所以，人就永远处在灵与肉的冲突之中，在这个过程中，浮士德一个方面不断地去满足现实的享乐，另外一个方面又不断地自我超越，就构成了西方式的自我超越。有人比较《浮士德》与《西游记》，这两部作品都是关于寻求的母题的故事。但是这个寻求，在《西游记》里面寻求者的构成是唐僧带着他的三个徒弟，他们是一种师徒关系。在《浮士德》里面，寻求者是浮士德与魔鬼靡菲斯特。他们两个先订了一个契约。我带你去游历世界，满足你一切的欲望，当哪一天满足了，你的灵魂就为我所有，这是契约关系。契约关系是一种政治关系、平等的关系。师徒关系是一种血缘伦理的关系。中国人说师徒如父子，徒弟永远只能听师父的话。他们在寻求的过程中，要面对种种的诱惑考验，唐僧面对各种美色的诱惑，是一种消极逃避的态度。而浮士德呢？他不是消极地去抵御诱惑，而是有好吃的就吃，有美女就上，反正享乐世间的一切。但他又不满足，老要追寻一种精神的自我超越。所以浮士德是属于一边享乐人世，一边追求灵的境界的飞升。这就是一种西方式的处理灵与肉的方式。唐僧永远在回避肉体，去追求最后的真经、自我的超越。浮士德在一边享受现世，一边在寻求着一种更高的永恒的东西。这就是东西方文化的差异。

如果说启蒙主义为资产阶级革命做了思想的准备，到19世纪，从欧洲文艺复兴到启蒙主义到法国大革命，再到19世纪工业革命，它经历了一个从思想启蒙到政治体制的变革，最后到工业革命物质文明进步的这么一个过程。工业革命带来的后果是现代化。现代化核心的标志就是经济的工业化，人们日常生活的城市化。社会从农业文明走向工业文明。工业化带来了城市的繁荣，乡村日益没落，乡村的居民不断到城市来谋生，为城市准备大量的城市居民包括产业工人。在这个工业化、城市化的过程中，一个方面带来物质文明的进步、带来城市的繁荣，另外一个方面，也改变了人类的生存方式，改变了作家认识这个世界的方式。19世纪文学里面出现了浪漫主义、现实主义，也包括中期开始出现现代主义的潮流。浪漫主义面对工业化、面对城市化，它永远在批判城市，回归自然，回归乡村，回归自我，试图由此去建立一个理想的精神王国。所以浪漫主义永远在居高临下批判城市。

现实主义也在批判城市，但现实主义走进城市，直面城市，以一个平常人的眼光去打量这个城市。现实主义也在批判城市，批判资本主义。但现实主义的批判更多的是从道德的角度写出城市的腐化堕落，就像巴尔扎克永远在写城市的一种金钱关系，如何取代传统的人伦关系，城市如何使人走向腐化堕落。现实主义的很多故事都是这种城市使人腐化堕落的故事，最著名的就是《高老头》里面那个拉斯蒂涅。现实主义永远在以这种方式去批判这个城市。其实资本主义取代封建主义，资本主义的金钱关系取代封建的等级关系，是一个巨大的历史进步。但批判现实主义作家采取的更多的不是历史视角，而是一种道德评价。

19世纪是一个物质化的时代，也是一个世俗化的时代。人们越来越追求一种感官的刺激。但是，生活的节奏大大加快。我们想起乡村，都是一种很舒缓的生活节奏。一到城市，生活节奏大大加快了，就像陀思妥耶夫斯基的小说《白痴》里面，一个人一天之内命运不断地起起落落，就像轮盘，这一刻是富豪，下一刻又可能成了穷光蛋。一切都是瞬间，一切都容易消逝，一切都处在一种变化之中。城市生活改变了人与人之间的关系。

而在乡村社会中，人与人之间是一种相对比较亲和的关系。人与自然处在这种亲和之中，日出而作，日落而息。乡村生活中人跟人之间的空间，尽管地理空间比较大，但人和人之间保持一种比较密切的关系。在乡下一般去敲人家的门，里面的人问："谁?"外面的人一般会回答是"我"。从所指这个角度来说，"我"只是一个代词，它不代表任何人。"我"可以是任何人，他说"我"的时候不是通过"我"这个词的意义，而是通过你发出的声音，判断你是谁。这适用于大家关系亲密的社区。如果到城市里面，里面的人问谁，外面的人答我，结果里面的人还是不知道"我"是谁。城市人与人之间，地理空间缩小了，但是反过来精神空间被拉大。城市里面的人，有时候连楼上楼下都不认识，每个人都守着自己的火柴盒式的房子，人的心理的空间被无限拉大，这导致现代主义文化的产生。这种现代主义文化本质上跟城市生活有关。城市生活节奏快，带给人压力，城市生活带来人与人的变化。现代主义写人的自我失落，人的变形、梦呓，人与人的疏离等，构成了一种现代主义的主题。

其实，浪漫主义、现实主义、现代主义看城市的方式与视角是不一样的。就像是雨果的《巴黎圣母院》，巴尔扎克的《高老头》，波德莱尔的《恶之花》。这三部作品分别被认为是浪漫主义、现实主义、现代主义代表性的作品。《巴黎圣母院》写巴黎，是俯瞰的视角，加西莫多和副主教克洛德，从圣母院的钟楼上居高临下，看吉卜赛女郎在广场上跳舞。《巴黎圣母院》居高临下看巴黎，更多看到的不是巴黎日常的生活，而是巴黎比较奇特的一面。无论是吉卜赛女郎跳舞，还是乞丐王国，雨果永远是以一种猎奇的心态看巴黎，把巴黎写得光怪陆离，就像一个神话的奇异的国度。居高临下，无论是批判还是美化巴黎，把巴黎比作石头的交响乐，这是浪漫化了的巴黎，这就是浪漫主义的一种态度，居高临下俯视巴黎。

到了巴尔扎克看巴黎，取的是平行的视角。巴尔扎克自己就是城市生活的一员，他以平常人的眼光来打量巴黎，而不再以猎奇的心态去写巴黎，把巴黎浪漫化、奇特化，而是要写出巴黎的日常生活本身，走进巴黎看巴黎，然后有了《高老头》。《高老头》一开始首先写街道，然后走进伏盖公寓，展开各种场景的细节描写。巴尔扎克就像一个城市里面普通的居民，以一种平视的眼光，希望写出巴黎的日常生活本身，这就是现实主义的视角，平视的视角。

有的人说浪漫主义的视角是从高处看巴黎，现实主义的视角是从街道的水平面来看巴黎，到了波德莱尔，巴黎成了噩梦堆积的城、熙熙攘攘的城，幽灵在光天化日之下拉扯着行人。一般的人看不见幽灵，但幽灵藏在城市的背后，无处不在。这是在街道水平面下看巴黎，写出的是隐藏在城市下面的巴黎背后的光怪陆离的东西。这是一种现代主义的视角。

陀思妥耶夫斯基也是。小说中主人公更多的是以自己的眼光打量这个世界。就像《罪与罚》，拉斯柯尔尼科夫在不同时间、不同的心境之下，经过同一座桥，看到的风景都不一样。当现代主义更多的是以主人公的自我的视角，自我的内心去观照这个世界的时候，意味着现代主义文学的产生。陀思妥耶夫斯基既是一个传统的现实主义作家，也是一个现代主义者。

现代主义强调表现，而不是再现。他们所描写的现实是变形了的现实，我心目中主观的现实。然后有了卡夫卡的《变形记》，主人公一觉醒来，发现自己变成一只大甲虫。现实生活中，人变成甲虫不可能，但一觉醒来，发现自己生病了是完全有可能的。通过这一“变形”的事件，隐藏在生活表面背后的真相被揭开，这就是现代主义所追求的“深度真实”。

第一节　古希腊神话：本我人生

当我们讲述和评析古希腊神话时，其实有一个无处不在的参照系，那就是中国神话：中国神话中的神一心为公，古希腊神话中的神一心为私；中国神话中的神是严肃的，注重内在的道德修养，古希腊神话中的神是浪漫的，注重外在的世俗享乐；中国神话中的神，在有缺陷的外表下面，掩藏着没有缺陷的单一的神性，古希腊神话中的神，在没有缺陷的外表下面，掩藏着有缺陷的丰富的人性。即，古希腊神话中的神更像是人，而且是充满七情六欲的凡人、俗人。他们的人生，简言之，是一种“本我人生”。

一、本我人生的典型体现

最能体现古希腊诸神“本我人生”的，无疑是“好色”。他们的好色可谓“罄竹难书”，说三天三夜都说不完。而在讲他们好色故事的时候，常常会引发不必要的误解。比如有一个可能非常高雅的网友，在观看了我的网课后，评价道：“讲课怎么总讲这个，低俗，不喜欢。”当然，也有观众留言表示反对：“不是宋老师讲得低俗，而是古希腊神话中的神活得低俗。你不能将神的低俗等同于宋老师的低俗。”其实，将古希腊神话中神的日常生活视为“低俗”，也是没有搞清楚文学和生活的区别。要知道，古希腊神话中神的“低俗”是有象征含义的，当然，我可以为了显得高雅而故意回避他们的“低俗”，但问题是，如果我不讲清楚他们是如何“放荡”的，也就无法搞清楚他们“放荡”背后的“高雅”。长话短说，先讲五个神好色的故事。

（一）宙斯

宙斯是古希腊诸神的最高领导，地位相当于中国神话中的玉皇大帝。只不过，玉皇大帝守着一个白白胖胖的王母娘娘过了一辈子（在一些小说和民间故事中，他们是夫妻关系，但在正统的道教神系中，他们则毫无关系），而宙斯却属于那种谈一次恋爱不能满足人生的人和结一次婚不能显示自己身份的人。他先后有七个在民政部门登过记的妻子——像著名的天后赫拉，就是他的第七个妻子（俗称七姨太）。宙斯并未因此满足，在婚姻之外还到处留情，以至于在人间留下了无数个自己都叫不上名字的私生子。

在《欧罗巴》的故事中，宙斯看上了亚细亚少女欧罗巴（Europa），更具体一点说，欧罗巴是腓尼基公主，而腓尼基大约相当于现今亚洲的黎巴嫩地域。欧罗巴正在草地上思考人生，看到不远处有一群牛在吃草。其中一头公牛引起了她的注意：这是一头公牛，却又是一头含情脉脉的公牛，正目不转睛地盯着自己看，看得自己都有些害羞了。她哪里知道这不是牛的眼睛，而是宙斯那多情而好色的眼睛。好奇害死猫啊，欧罗巴骑上了这头公牛，公牛拔足狂奔，来到了一个遥远而陌生的地方。宙斯恢复了原形，表明了身份，这样，欧罗巴就成了宙斯的又一个地下情人。收容欧罗巴的地方，就以她的名字命名，这就是今天的欧洲（Europe）。一个亚洲少女却成了后来的欧洲，这隐喻了东方文明其实是西方文明的一个重要源头，用西方的谚语说，就是“光来自东方”，用黑格尔的话说，“东方世界是希腊世界的基础”①，其中有一个最有力的证据就是：西方人信仰的基

① ［德］黑格尔. 历史哲学［M］. 王造时，译. 北京：生活·读书·新知三联书店，195：269.

督教就来源于东方的犹太教，是“犹太教的私生子”①。

（二）伊阿宋

王子伊阿宋的王位被他的叔叔给抢走了。他的叔叔骗他说，想要回王位，就去另外一个城邦，从该城邦“邦主”养的宠物——金毛羊身上取回一撮毛吧。为了重获自己的王位，伊阿宋背井离乡去寻找“金羊毛”，路过一个相当于女儿国的地方，女王邀请他共度良宵，他就乐颠颠地去了，直到第二天中午都没有起来，完全忘记了自己出来是干嘛的了。我们知道，中国的唐僧师徒在冒险的途中，也同样面临着各种美色的诱惑，可是除了猪八戒偶有风流韵事之外，其他人则是任你万般勾引，我自岿然不动，尤其是这个团队的领袖唐僧，总是以“阿弥陀佛，善哉善哉！”加以委婉的拒绝，让人遗憾，也更让人敬佩。大家想，如果有一个像女儿国国王这样的女神，温香软玉地站在我们的面前，还用甜酥的声音发出热诚的邀请，能有多少人能像唐僧那样拒绝？可唐僧为何可以做到？因为他心中有一个坚定的目标、庄严的承诺和伟大的信仰。但伊阿宋显然无法做到。可是在西方文化观念中，伊阿宋依然是英雄！按照我们中国人的理解，伊阿宋应该要做到，但他没有做到，反而如此好色，算是哪门子英雄，简直就是死淫贼、花蝴蝶和采花大盗嘛。因为我们儒家文化界定英雄的标准是“德才兼备”，并且“德”是首位的，而“德”的一个重要体现就是能够抗拒美色的诱惑。

（三）帕里斯

海神结婚的时候，邀请了奥林匹斯山上的三教九流，却由于准备婚礼太忙，忘记了邀请争吵女神。争吵女神觉得太没有面子了，于是决定让这场婚礼变成葬礼。她在婚礼上扔下一个苹果，进而引发了一场血案。诸位

---

① ［德］马克思，恩格斯．马克思恩格斯全集（第38卷）［M］．中共中央马克思恩格斯列宁斯大林著作编译局，译．北京：人民出版社 2016：27.

要问，一个苹果又如何引发一场血案？其实这不是苹果，这是一个“象征”——上面写着“给最美丽的女神”。刚好奥林匹斯山上的三大名媛——天后赫拉、智慧神雅典娜和爱神阿弗洛狄特都看到了这个苹果。按照我们中国人的习惯，遇到好东西，心里会说一万遍：“我的，我的”，但嘴上一定会谦让一番：“你的，你的”。但这三位西方的女神都不是省油的灯，她们第一个念头是：这个苹果非我莫属，嘴上说的也是：“这个苹果是我的，不要跟我抢，谁抢我跟谁急”。在宙斯的授意下，他们找到了特洛伊王子帕里斯来当裁判。天后赫拉许诺帕里斯以“权”——让他做地中海的霸主；智慧神雅典娜许诺帕里斯以“名”——让他流芳百世，永垂不朽；爱神阿弗洛狄忒许诺帕里斯以“色”——帮助他娶到希腊半岛的岛花海伦。帕里斯毫不犹豫地选择了“色”，上演了一出“爱江山但更爱美人”的好戏。帕里斯后来代表特洛伊城邦，出使古希腊半岛上的斯巴达城邦，完全将自己需要履行的政治使命抛之脑后，在爱神阿弗洛狄特的帮助下，拐走了斯巴达国王的妻子海伦，也给伟大的特洛伊引来了无情的战火。

（四）海伦

男神或男性英雄好色，那么，女神或女性英雄又如何呢？可谓“巾帼不让须眉”。海伦之所以愿意跟帕里斯“私奔”，从爱神的角度看，是她需要履行对帕里斯的承诺。但假如海伦自己不愿意，爱神也是毫无办法的。所以，从海伦的角度看，并不是因为帕里斯比她的丈夫更有钱，有权。她的丈夫墨涅拉俄斯是斯巴达国王，既不缺钱，也不缺权，最好的解释应该是：帕里斯比自己的丈夫更年轻、更帅气、更懂得男女之情，这证明海伦也是好色之徒。因此，但丁在《神曲》中，才把她和埃及艳后克娄巴特拉当作“女色狼”的代表性人物，打入了地狱的第二层。

（五）阿弗洛狄特

阿弗洛狄特有一个老实巴交的丈夫——火神赫淮斯托斯。为了表达对这段婚姻的不满，她就找了很多个情人，如战神阿瑞斯、神使赫尔墨斯、海神波塞冬，甚至还包括与自己不是同一个世界的人——民间美少年阿都尼斯。爱神和战神阿瑞斯偷情的时候，留了个心眼的火神，用一张大铁网将他们当场罩住，然后提到奥林匹斯山的大会堂上，让众神来主持公道。不过众神并没有将这个当作一个道德问题，而是视为一个美学问题。他们就像我们一边看球，一边发表评论一样，也是一边欣赏，一边发表各自独到的见解，但所有的见解都是中立的，和道德评判无关，神使赫尔墨斯甚至还说："怎么和爱神捆在一起的不是我呢？阿瑞斯，你真让人羡慕嫉妒恨啊!"

二、本我人生的文化功能

通过这些故事，大家可以看出古希腊神话中的神或者英雄，最突出的特点是什么？一是好色。准确地说应该说是"非常的好色"；二是好色得理直气壮，正大光明，毫不掩饰。古希腊诸神为什么如此好色，而且好色得冠冕堂皇呢？原因至少有两个：

一是建构一个严密的神话体系的需要。诸位知道，和中国神话相比，古希腊神话是非常具有体系性的，主要体现在神与神、英雄与英雄、英雄与神、神与英雄都属于一家人。所谓一家人，是指有血缘关系的。那么，这些血缘关系从哪里来？必须通过神或英雄不断的生殖行为才来获得。所以，宙斯可以很骄傲地说：我搞"婚外恋"，不是为我自己，是为了我们古希腊神话更具有严密的体系性。就像同学们看好莱坞电影《诸神之战》，就会发现，假如没有宙斯的"婚外恋"，这个电影故事就无法发展下去。这个电影讲述的是阿尔戈斯人在英雄珀尔修斯的带领下对抗冥王哈里斯，最后还取得了胜利。同学们知道，凡人再怎么勇猛，也是打不赢神的，如果凡人打败了神，就不符合逻辑了。这个时候，宙斯的"婚外恋"就发挥作用了，原来，这个珀尔修斯是宙斯霸占了民间一个王妃后，遗落在人间的私生子，是半人半神，他不仅具有神的能力，还拥有一个神的后台。所以说，珀尔修斯和神作战时是相当自信的，因为他内心很清楚地知道："我爸是宙斯"。所以，在这部电影里，不是人类打败了神，而是神自己打败了自己。

二是表达古希腊人浪漫多情生活的需要。古希腊神话是古希腊人创造的。也就是说，古希腊人需要借助古希腊神话，表达他们的生活方式和生活态度。古希腊人究竟是如何生活的？看穿越剧看多了的同学会说，我们也搞穿越，去目睹一下不就行了吗？这是在说梦话。或许，读一读古希腊神话，是一个不错的选择。人们常说，神话集中体现了一个民族的集体无意识，或者说，神话是一个民族的 DNA。古希腊诸神“好色”的表象下面，掩藏的本质是：古希腊是一个浪漫多情的民族，一个注重世俗享乐的民族，一个坦诚真实的民族。

孟子说：“食色，性也”。古希腊人没有说这样的话，但一直有着扎扎实实的行动。前面所言的诸神的“好色”，就表明古希腊人对人最主要的原始欲望之一——“性”，是充满向往和赞美的。这就可以解释这样几个疑问：(1) 为什么爱神阿弗洛狄忒的本意是肉欲。(2) 为什么阿弗洛狄特兼爱神和美神于一身？因为古希腊人觉得，爱就是美，美就是爱。(3) 为什么古希腊人要创造出两个爱神——阿弗洛狄特和她的儿子厄洛斯（即罗马神话中的丘比特）了，而厄洛斯的本意也是色情的。因为他们认为获得美色是一个极为重要和繁忙的职位，一个爱神根本忙不过来。

补充一点，古希腊人对人最主要的原始欲望之二——“食”，也是极为敬重的。古希腊神话对诸神吃的行为描写得并不是很多。按照福斯特在《小说面面观》中的解释，吃饭和睡觉固然是人生两件最重要的事情，但却没有什么文学性可言，所以，大部分的文学作品不会大书特书。相反，男女之间的事情，在现实生活中虽然没有吃饭和睡觉那么重要，却更具有文学性，因此在文学作品中，远比吃饭和睡觉更受到重视。尽管古希腊神话没有像描绘诸神“好色”那样，描绘诸神的“好吃”，但是有一个神的存在，还是清楚地表明古希腊人对“吃”的虔诚态度，这个神就是酒神狄俄尼索斯。

酒神是宙斯和她的情人塞墨勒所生。天后赫拉得知后十分伤心和嫉妒，化身为塞墨勒的保姆，怂恿塞墨勒向宙斯提出要求——要问你爱我有多深，就让我看看你的真身。宙斯不得已现出“雷神”的真身，结果把塞墨勒活活地“雷死”。在一片火海中，宙斯抢救出不足月的儿子，这就是狄俄尼索斯。或许是从小没有享受到母爱，或因为长期遭受赫拉的追杀，长大后的狄俄尼索斯变得非常叛逆和颓废。他驾驶着野兽拉的四轮马车，疯疯癫癫地流浪。在流浪的过程中，他变成了酒鬼，还学会了酿酒。酒鬼酿出的酒并不是“酒鬼酒”，而是“葡萄酒”。善于种植葡萄的古希腊人感激他指明了一条发家致富的道路，尊称他为“酒神”。后来尼采根据酒神的个性，提炼出一个“酒神精神”，用来说明古希腊人对人的原欲、本能的敬重，以及对快乐和狂欢的痴迷。

三、本我人生的生命隐喻

诸位知道，人是高级动物。但在特定的时代或者特定的文化中，人们只记得了“高级”，忘记了“动物”。人作为动物的一种，是有原始欲望的，尤其是有性的欲望和食的欲望。古希腊诸神的生活表明古希腊人极为尊重人的原始欲望，也就是极为尊重自己内心的需要。所以说，“尚性”和“尚食”的人生其实就是“尚乐”的人生；“尚乐”的人生其实就是“本我”的人生；而“本我”的人生，归根结底体现了一种朴素的“人本主义”，即追求个体的独立、自由、需求和价值。“本我人生”的这种“终极”隐喻，其实都浓缩在那喀索斯的故事中。

那喀索斯是古希腊的一个美男子。他虽然从来没有见过自己的脸，但从别人的眼神中，感到自己一定很帅。因此，他的眼里再也瞧不上别人了。仙女厄科只因为在森林中多看了那喀索斯一眼，就再也无法忘记他的容颜。但那喀索斯心中只有他自己，所以对她的热恋不理不睬。厄科将自己的失恋向爱神阿弗洛狄特哭诉。爱神认为，那喀索斯在应该恋爱的年纪不恋爱，每天只恋着他自己，这是对自己神圣工作的不支持，不配合，理应受到惩罚。她心里对那喀索斯说：既然你的眼中没有别人，那好吧，就让你每天对着水中自己的影子，顾影自怜，孤芳自赏，如痴如醉吧。终于有一天，那喀索斯在自我欣赏的过程中，溺水而亡，然后化作一株水仙花。在心理学上从此有了一个“水仙花情意综合征”（Narcissus Complex），俗称“自恋狂”，雅称“自恋情结”。

所谓自恋，风趣一点解释，就是一个男人说：“下辈子我一定投胎做女人，然后嫁个像我这样的男人”，或者一个女人说：“如果我是一个男人，我早就爱上我自己了。”不风趣地说，就是一个人充分地展示自己的意愿，并且尽一切可能去满足自己的意愿，比如宙斯会想尽一切办法去满足自己色欲，狄俄尼索斯会想尽一切办法去满足食欲。

应该说，自恋是人的一种本性。比如说人类对自己的相貌很自恋，所以发明了镜子，梁实秋说：“青春期的男孩子，走在大街上，看到商店橱窗上的玻璃，也忍不住停下来，照一照，才肯走开，而青春期的女生，在随手携带的袋子或包里，都会放一块可以照见自己的‘玻璃’”；人类对自己的内心很自恋，所以发明了“自我认同”和“自我表扬”，比如哈姆莱特说：“人类是一件多么了不得的杰作！多么高贵的理性！多么伟大的力量！多么优美的仪表！多么文雅的举动！在行为上多么像一个天使！在智慧上多么像一个天神！宇宙的精华！万物的灵长！”① 上帝听到哈姆莱特的独白后，只说了四个字：“脸皮真厚！”因为这是人类中心主义意识在自然科学继续发展的时候，在文学作品中一次生动形象的体现。

古希腊神话中，神极为自由放荡地生活，隐喻了西方人认识到自恋是一种正常的情感，是无法回避，也无法压制的，所以一方面，他们敢于自恋，在任何合适的场合，都不忘对自己的外表或者内心自我表扬几句；另一方面，他们也非常认同他人的自恋，懂得欣赏他人、赞美他人。比如说，在NBA，原小牛队的中锋丹皮尔自称“我是西部第一中锋”，后来碰到了姚明，被姚明“打”得满地找牙；马布里曾自称是“NBA第一后卫”，后来碰到了基德，被基德“打”得丢盔弃甲；还有不少二流、三流球星，在比赛前也会宣称，接下来的比赛要将乔丹、科比终结，结果被乔

① ［英］莎士比亚. 莎士比亚全集（第5卷）［M］. 朱生豪，译. 南京：译林出版社，1998：317.

丹、科比得了60分。一个人哪怕不是最好的，但在他自己的心中和嘴上，他就是最好的，这就是西方人的一个习惯。

可是，中国人对自恋显然缺乏足够的理解和宽容。比如说，我将一些学生评价我上课的话放到QQ空间里，一位好朋友看到了，留言道："宋德发，你什么时候变得这么自恋了!"其实，我一直都很自恋，只不过以前没敢公开而已。可见，一方面，我们不敢在他人面前自恋，另一方面，我们也无法接受别人的公开自恋。我们文学与新闻学院教学楼的四楼竖着一面镜子。为什么要竖一面镜子，就是为了满足同学们自恋外表用的，事实上，平时有很多同学无意或者专门走到那里"搔首弄姿"，自我陶醉一番。这其实很正常。但当他们听到脚步声，或者感觉到有人会出现时，立刻停止了左顾右盼，恋恋不舍地离开镜子。为什么不能想照就照，勇敢地自我欣赏？因为害怕别人异样的眼光。

这样一说，同学们对自恋的正面价值就有了新的认识，对古希腊文化中的"本我"也多了一份好感。不过，同学们可能也有这样的担忧：人完全无法满足自己的原始欲望，过于压抑自己的本性，后果是可怕的，但人如果像古希腊诸神那样，试图满足自己所有的原始欲望，完全释放自己的本性，后果是不是更可怕？毕竟，多情和滥情只有一步之遥，风流和下流也近在咫尺，如果现实生活中处处都是宙斯这样的男人，或者阿弗洛狄特这样的女人，那社会道德岂不是越来越堕落？如果是这样，那就太恐怖了！我们不需要这样的社会!

原始欲望的确需要尊重，但尊重不等于放纵，放纵了，等于只记得了"人是高级动物"中的"动物"而忘记了"高级"。本我的确很重要，但不能变成"唯我独尊"，人一旦"唯我独尊"了，就会对社会和他人造成无法弥补的伤害。其实古希腊人也意识到了这些。一方面，他们通过神话中的一些情节，对原始欲望的放纵进行了一定程度的反思。比如说，宙斯因为"好色"而给自己的妻子赫拉带来无限的伤害，赫拉天天因为嫉妒又去伤害那些更无辜的人间少女；伊阿宋因为"好色"，伤害了世上最爱他的那个女人——美狄亚；帕里斯因为"好色"，伤害了特洛伊的父老乡亲；

海伦因为“好色”，让她的丈夫“冲冠一怒为红颜”，找到了远征特洛伊最好的一个借口；爱神阿弗洛狄忒因为“好色”，伤害了自己的丈夫铁匠神。

另一方面，他们又通过一些故事，对“唯我独尊”进行了一定程度的批判。比如说，那喀索斯死于非命，表明因为自恋而成狂的，没有什么好下场，或者说，人不能自我欣赏，是痛苦无比的，但是自我欣赏过度的，也会不得好死的。再比如太阳神的儿子法厄同、代达罗斯的儿子伊卡洛斯，可以在天空中飞翔，象征着古希腊人很享受那种自由自在、无拘无束的生活。但是，这两个“神二代”，在自由飞翔的过程中，总是想着“我要飞得更高”，最后跌得粉身碎骨。这表明，古希腊人已经意识到：人生能够自由思想和自由行动是幸福的，但是自由得没有边界了，往往会走向不幸的。

第二节　古罗马史诗：超我人生

有一种说法，同学们一定早就听说过，那就是：西方文化有两大源头，一是希伯来——基督教文化；一是古希腊——罗马文化。

这种说法告诉我们，希伯来文化和基督教文化具有内在的相通性。原因很简单，恩格斯说，“基督教是犹太教的私生子”，“私生子”也是真正的儿子，是有血缘关系的，儿子和父亲有相似的地方是正常的，儿子和父亲不像，那才不正常。希伯来文化和基督教文化最大的相通性，学者命名为“基督精神”，“基督精神”的核心是“理性”。

这种说法还告诉我们，古希腊文化和古罗马文化也具有内在的相通性，原因也很简单，“罗马在军事上征服了希腊，希腊在文化上征服了罗马”。古希腊文化和古罗马文化最大的相通性，学者们命名为“希腊情感”，“希腊情感”的核心是“理性”和“原欲”，构成西方文化的两大基因。

问题是，希伯来文化和基督教文化只有相通性吗？如果是这样的话，我们说西方文化的一大源头是“希伯来文化”不就行了吗？为何要加上一个“基督教文化”呢？因为“基督教文化”和“希伯来文化”还是有区别的。希伯来文化的核心是犹太教，基督教文化的核心是基督教，二者的区别很多，比如说犹太教并不排斥人的世俗生活，一点都不禁欲，具有很强的此岸性，而基督教则比较排斥人的世俗生活，禁欲的倾向比较明显，更具有彼岸性。再比如犹太教是犹太人的犹太教，而基督教是全世界的基督教，更具有普世性。

同样的道理，古希腊文化和古罗马文化只有相通性吗？如果是这样的话，我们说西方文化的另一大源头是“古希腊文化”岂不是更省事？为什么还要加一个“古罗马文化”？因为“古罗马文化”和“古希腊文化”还是有区别的，而这种区别也成为西方文化必不可少的要素。那么，古罗马文化和古希腊文化最主要的区别是什么呢？

我们曾用一种相对轻松愉快的方式，即通过讲述古希腊的神话故事，了解了古希腊文化的一个重要特点——尊重原欲、尊重本能、尊重个体。现在，我们同样通过读文学作品的方式，来看看古罗马文化的某些独特性。今天，我们要读的作品是古罗马大诗人维吉尔的代表作《埃涅阿斯纪》。

一、不好色的埃涅阿斯

史诗开篇的第一句话是“我要说的是战争和一个人的故事”。这个人就是我们的主人公埃涅阿斯，这个故事就是讲他如何通过各种必要的方式创建了一个新的特洛伊。

埃涅阿斯又是谁呢？他的几个亲戚同学们比较熟悉。他的叔叔是特洛伊国王普里阿摩斯；他的表哥是普里阿摩斯的第二个儿子，即著名的帕里斯；他的妈妈更是大名鼎鼎的爱神维纳斯（在罗马神话中叫阿弗洛狄忒）。

话说特洛伊王子帕里斯拐走了斯巴达国王的妻子海伦。斯巴达国王联合希腊半岛的军队远征特洛伊。通过十年的战争，终于攻破了特洛伊城。特洛伊城被希腊人攻破了，埃涅阿斯抱着“杀一个保本，杀两个赚一个”的心态，要留下来和希腊人拼个鱼死网破，这时，爱神就哄他：“孩子，别意气用事了，死了可以证明你的勇敢，但活着更能证明你的无畏。你死了，你的父亲、你的儿子、你的妻子怎么办？更重要的是，伟大的特洛伊怎么办？留得青山在，不怕没柴烧，赶快逃走吧，你肩负着重建特洛伊的神圣使命。”

于是，埃涅阿斯背着父亲，牵着儿子，后面跟着妻子克列乌莎，踏上了重建特洛伊的旅程。当他穿越战火，拍拍身上的烟尘，清点人数的时候，听到的却是来自克列乌莎亡魂的祝福：亲爱的，不要找我了，我已经死了，你不用管了，你将获得幸福，获得一个国家，还将获得一位公主作为妻子。不要为你的克列乌莎流泪。我是不会成为希腊人的奴隶的，我是特洛伊人的后裔，我是女神维纳斯的儿媳。

埃涅阿斯率领着逃亡的队伍继续前行，闯入北非迦太基女王狄多的地盘。狄多刚刚失去了挚爱的丈夫，她发誓此生自己的心只属于这一个男人，她要像爱着丈夫一样爱着这个正在新建的城邦。她胸怀大志，要将一个繁荣富强的迦太基献给亡故的爱人。

可是，狄多依然年轻，对死人的誓言敌不过爱神丘比特的神箭。当埃涅阿斯出现在她面前的时候，她义无反顾地爱上了这个不速之客。她发现自己原本只是一个渴望爱情的小女人。假如这是一部电影，此时非常适合响起这样的背景音乐：“想要问问你敢不敢，像我这样为爱痴狂”，或者“我不要你的承诺，不要你的永远，只要你真真切切爱我一遍，就算虚荣也好，贪心也好，最怕你把沉默，当作对我的回答。”

可是狄多怕什么就来什么，命运注定让她爱上一个不该爱的人。埃涅阿斯是一个优秀的男人，却不属于任何一个女人，当然也包括风情万种、情深意切的狄多。自特洛伊城被攻破的那一刻起，作为个体的埃涅阿斯就被埋葬在废墟中了。他只是神的工具、神意的执行者，未来罗马的开创者，他已经将个人的命运同一个民族的兴亡荣辱结合在了一起。他不再有自己的情感、欲望、犹豫、痛苦、矛盾。因此，当妻子克列乌莎消失在他身后的战火中，他浑然不觉；因此，面对狄多的美貌、多情和炽热的爱，他只能悄然地离去，没有留下一张安慰性的纸条，正可谓“不要迷恋哥，哥只是个传说。”

狄多得知埃涅阿斯要离开，心如刀割。她披着头，散着发，赤着脚，站在宫廷的阳台上向大海遥望，她焦灼和苦痛的眼神分明是在向埃涅阿斯深情呼唤：“你快回来，因为我一个人承受不来。”可是埃涅阿斯那张英俊的脸上看不到丝毫的震动，他毅然决然地消失在大海之上。丈夫死了，狄多坚强地活了下来，可是埃涅阿斯的绝情耗尽了她对爱最后一丝的希望，她将利刃刺进了自己的胸膛，栽倒在自焚的柴堆里，用一种可怕的方式结束了自己的生命，同时也结束了这爱之不能的痛苦。读到此处，以信奉上帝著称的奥古斯丁一声叹息："狄多，我为你流尽了眼泪。"

狄多死了，这个故事最动人的情节也就过去了。所以，后面的故事我们可以长话短说了。历经千辛万苦，埃涅阿斯终于抵达了意大利的拉丁姆地区。拉提努斯王统治这一带已经有很多年，如今他已经老了，却没有儿子，女儿倒是有一个，叫拉维尼亚。拉维尼亚有一个未婚夫，叫图尔努斯，一位典型的高富帅。如果没有埃涅阿斯这个半路杀出的"程咬金"，图尔努斯和拉维尼亚将很快结婚生子，过着幸福的生活。但是神却安排埃涅阿斯迎娶拉维尼亚这个原本属于别人的新娘，因为这样就可以为创建新的特洛伊少奋斗二十年。神不管埃涅阿斯喜欢不喜欢，拉提努斯王答应不答应，拉维尼亚愿不愿意，图尔努斯痛不痛苦，只要是对创建新的特洛伊有利的事情，她一定要做到底。

埃涅阿斯为了那个新的特洛伊，丢弃了老婆，抛弃了爱情，又娶了一个毫无感觉可言的拉维尼亚，他终于踏着三个女人对自己的情感，登上了神的宝座——他所开创的那个新的特洛伊，也就是伟大罗马的前身。

就像古希腊诸神的"好色"体现的是"希腊情感"一样，埃涅阿斯的"不好色"体现的是一种"罗马精神"。

二、罗马精神

通过刚才的故事，我们发现：古希腊时代的原欲英雄已经一去不返了！那么，到底是谁让埃涅阿斯变得如此冷漠克制，不被任何东西所诱惑，不留恋任何唾手可得的幸福呢，眼中只有远大的理想和既定的目标呢？这一切的幕后推手就是史诗的作者维吉尔，而在维吉尔的背后，则是罗马的最高统治者——奥古斯都屋大维。

维吉尔，公元前70年出生，公元前30年以后，开始创作《埃涅阿斯纪》，经过十年的创作，初稿基本完成。他还准备用三年时间修改，但公元前19年，因病医治无效，离开人世，享年51岁。他的墓碑上刻有："我歌唱过放牧、农田和领袖"。

这里所说的领袖就是"屋大维"。在临终前，维吉尔可能觉得自己这样一个文人，在《埃涅阿斯纪》中对罗马最高领导的赞美有些肉麻，因此，他嘱咐朋友焚毁诗稿，以免被天下英雄所耻笑。但他的朋友没有遵照他的遗嘱，而是遵照屋大维的命令，整理编辑这部史诗，并将之公布于世。这个背景也说明，《埃涅阿斯纪》应该融入了屋大维的一些想法和观念。

屋大维可谓一代枭雄。他是凯撒的养子。公元前44年，有着独裁倾向的凯撒被刺杀。罗马实际的权力落到了安东尼手上。安东尼是一个厉害角色，如果不犯错误的话，年轻18岁的屋大维是没有任何机会的。但安东尼犯了错误——投入了埃及艳后克娄巴特拉的怀抱，乐不思蜀了。在安东尼迷恋女色的过程中，屋大维渐渐获得了主动权。公元前31年，他于阿克兴海角击败了安东尼和埃及艳后，于公元前27年创建了罗马帝国。因此说，维吉尔生活的年代，以及写作《埃涅阿斯纪》的年代，正处于罗马共和国的末期，罗马帝国的初期。

屋大维是一个有梦想的人，他的梦想就是建立一个和平、富饶、伟大和"大一统"的罗马。为此，他开始采取一系列措施，来实现自己的宏图大业。一是"以经济建设为中心"，振兴被长期内战破坏了的经济，特别是农业经济，让老百姓有饭吃；二是实行"政治体制改革"。他知道他的养父是因为想搞独裁而被热爱共和的罗马人刺杀的，所以，他很低调，坚决不称皇帝，而称"元首"，他还做出了还政于元老院的姿态，搞得元老院的人有点不好意思了，又将权力还给了他。也就是说，屋大维以"共和"之名，行"独裁"之实，独揽罗马的军事、政治、司法和宗教大权，可罗马人对他的独裁一点都不反感。由此可见屋大维的政治智慧；三是加强法律，做到有法可依、有法必依。罗马曾三次征服世界，第一次是军事，第二次是宗教，第三次是法律，第三次征服是最和平、最持久的征服，这里面有屋大维的一份功劳；四是倡导一种朴素的“以德治国”，为此，屋大维修复庙宇，让宗教来纯洁人心，倡导被破坏已久的古罗马的道德观念，整肃败坏了的社会道德。他个人清心寡欲，一直居住在一个简陋的老房子里，以达到以身作则的效果。他还特别重视文学的示范作用，希望借助文学的力量来加强罗马的精神文明建设。为此，他树立了两个典型：

一个是反面的，便是奥维德。奥维德写的《爱经》，又名《爱的艺术》，专门告诉罗马的男人和女人如何勾引异性，可谓是古罗马的“爱情三十六计”。奥维德自觉地做了一件天大的好事，以为自己的作品不是着力于宏大叙事，而是着眼于人间爱恋的暖香，多生活，多浪漫，多实用啊！可是，这部作品在屋大维上台前问世没有问题，因为那时的罗马继承了古希腊人的世俗享乐；在屋大维去世后问世，问题也不大，因为那时的罗马开始发展古希腊人的世俗享乐。奥维德显然不是一个“与时俱进”的人，他偏偏在屋大维搞“严打”的时候出版一本教人谈恋爱的书，这不是顶风作案，自己往枪口上撞吗？这样，《爱经》就变成了毒害青年人，有伤风化的反面教材，在公元8年被禁了，奥维德也被屋大维流放到蛮荒的黑海之滨，再也没有回到故乡。

另一个典型是正面的，便是维吉尔。尽管维吉尔对屋大维的诚意持有戒心，但面对这位雄才伟略的一代枭雄的赏识，他缺乏拒绝的勇气。他多少有些不由自主地成为屋大维的御用文人，开始为屋大维的意志摇旗呐喊。也就是说，维吉尔不能再歌唱“放牧”和“农田”了，他必须为屋大维歌唱罗马的颂歌。

《埃涅阿斯纪》已经不再是《荷马史诗》那样的民间史诗了，而是一部典型的文人史诗了，意识形态的色彩明显加重。在这部史诗中，罗马的源头上溯到远古伟大的特洛伊文明，说明罗马文明不仅不是“暴发户”，而且源远流长；罗马的前身是爱神维纳斯的儿子埃涅阿斯创立的，因此，罗马人身上流淌的是高贵的而非野蛮的血；罗马的祖宗是神的儿子，那屋大维也就是神的后裔，他的统治自然是天命所归，神圣不可侵犯。可见，这部作品虽然无一字歌颂屋大维，却又字字在歌颂屋大维。

作为一部歌颂屋大维，贯穿屋大维个人意志的作品，史诗的主人公埃涅阿斯自然不能像《荷马史诗》中的主人公阿基琉斯那样想哭就哭，想笑就笑，想打仗就打仗，想睡觉就睡觉了，他必须是懂得克制、隐忍、虔敬、牺牲和责任的罗马民族英雄，他的人生已经是一种“超我”的人生。这正是屋大维所要倡导的“罗马精神”。从这个角度看，罗马精神和基督教精神是有相通之处的，只不过，罗马精神强调的是此岸的理性，而基督教精神强调的是彼岸的理性。

当我们明白了罗马精神与基督精神的相通性后，就可以确信一点，西方文化中的理性精神不仅来自希伯来——基督教文化，也有一部分来自古罗马文化。而这种比较明确的、张扬的理性，也正是古罗马文化不同于古希腊文化的地方。因此，当我们说西方文化的一个源头，一定要说是“古希腊——罗马文化”，而不能只说“古希腊文化”。

说到这里，我们还可以顺便解答一个疑问：为什么在《神曲》中，但丁将荷马放到了地狱，却没有将维吉尔打入地狱，不仅没有将他打入地狱，还将他视为自己的导师，让他带领自己“参观”地狱和炼狱？因为作为一名虔诚的基督徒，但丁按照基督教的标准，来评判他笔下的人物。荷马不是基督徒，维吉尔也不是基督徒，理应同时被打入地狱，但由于但丁在《荷马史诗》中倡导原欲，这种原欲与基督教的理性精神是相悖的，而维吉尔在《埃涅阿斯纪》中倡导“理性”，这种理性与基督教有相通之处，所以，在但丁的《神曲》中，维吉尔的地位远远高于荷马。

三、罗马精神的正能量

不可否认的是，罗马精神对欲望的节制，对责任的张扬，是具有正能量的，从历史上看，它有效地纠正了罗马贵族社会穷奢极欲、纸醉金迷和声色犬马的生活，极大地加强了早期罗马帝国的精神文明建设，为罗马帝国接下来的二百年和平和繁荣富强打下了扎实的基础。假如古罗马人一直奉行这种精神的话，那么古罗马帝国的光辉和荣耀会持续得更久更久。遗憾的是，屋大维倡导的这种罗马精神在他去世后渐渐消失了，尤其是晚期的罗马帝国，变成了一个极为放荡和淫秽的场所，比如决斗成风——这实际上是一种非常变态的娱乐方式；“洗桑拿”成风——当时的罗马城有1000多家豪华的澡堂，罗马人的斗志和进取之心，在泡澡的过程中都泡掉了；放假成风——一年放假177天，只是为了更好地娱乐。这样，罗马帝国在公元476年就被异邦人所灭，也是水到渠成的事情。尽管罗马人未能一直遵循罗马精神，但罗马精神的的确确地存在过，因为这种存在，让罗马文化获得了与古希腊文化不一样的特质。

如果说，古希腊神话中神的生活给我们积极的启发在于：人是人，不是神，因此，人的原始欲望，人的自然情感，该尊重的时候，就要尊重；该释放的时候就要释放，唯有这样，我们才能拥有愉快、潇洒和惬意的人生。那么，古罗马史诗中英雄的生活给我们积极的启发在于：人是堕落在地上的天使，但他无时无刻不在向往天空；人犯的一大错误是拒绝承认人的动物本性，而犯的另一个更大的错误是拒绝承认人的天使本性。即是说，人不是神，但人具有神性，因此，人的原始欲望，该节制的时候就要节制；人对集体、民族和国家的责任，该承担的时候，就要承担，唯有如此，我们才能拥有高贵、虔敬和担当的人生。

当然诸位也知道，正像古希腊神话为了强调“本我”而不幸走向“唯我”一样，古罗马史诗为了强调“超我”而不幸走向了“无我”。“唯我”是容易造成伤害的，比如说宙斯因为太好色而伤害了很多无辜的女性；“无我”也是容易造成伤害的，比如说埃涅阿斯因为太不好色而伤害了很多无辜的女性。在人类的发展过程中，也经常会出现过于强调个体对神、对集体的责任，而抹杀了个人的情感、欲望和幸福。

理想的社会和理想的人生，应该是“本我”和“超我”的调和；“生物性”和“神性”的调和；“肉体”与“灵魂”的调和；“利己性”与“利他性”的调和，然后呈现出一种“自我”的状态，一种“人性”的状态。

当然，现实与理想总是有差距的。就西方历史发展来看，“本我”和

“超我”的对立似乎也从未消停过，“本我”和“超我”的力量似乎从未真正平衡过。在彼此对抗的过程中，要么是“本我”占主导，要么是“超我”占主导，当“本我”占主导而开始走向“唯我”时，“超我”就出来进行反拨——比如为了拯救罗马帝国晚期的享乐主义之风，基督教在中世纪蓬勃发展起来；当“超我”占主导而开始走向“无我”时，就提倡“本我”——比如为了纠正中世纪基督教的禁欲主义，文艺复兴登上了历史舞台。一直就这样循环下去，不知何处是尽头？

那么，当今社会，我们应该提倡什么？希腊情感还是罗马精神？或许，应该是要多提倡一些“罗马精神”。这个时代，像埃涅阿斯那样具有道德意识的英雄，应该成为人类的榜样。

第三节　骑士文学：优雅人生

1993 年，年仅 18 岁的皮耶罗加盟尤文图斯，此后，他五次与尤文图斯续约，最后一次续约是 2011 年到期。2011 年时，皮耶罗已经 36 岁，这个年纪的球员估计也没有人要了。这就意味着皮耶罗决定要在尤文图斯退役。《体坛周报》在报道这条消息时，用了一个非常富有西方文化味道的标题："骑士永不离开老妇人"。

何谓"老妇人"？足球迷知道，指的是"尤文图斯"。尤文图斯的原意是"青春女神"。不过尤文图斯成立于 1897 年，在皮耶罗效力的时代，已 100 多岁了。我们不能称呼一个 100 多岁的女性为"青春女神"，而只能称之为"老妇人"。何谓"骑士"？指的是"皮耶罗"。皮耶罗为什么可以称之为"骑士"呢？他整个职业生涯都献给尤文图斯为何被赞誉为"骑士永不离开老妇人"呢？

答案就在中世纪的骑士文学和骑士文化中。我们首先来看"骑士文学"。

一、骑士文学

反映校园生活的，叫校园文学；反映军人生活的，叫军事文学；反映打工生活的，叫打工文学，那么，反映西欧中世纪骑士生活的文学，叫什么文学？对，叫"骑士文学"。

骑士文学的第一种常见样式是“骑士传奇”。其基本内容是讲述骑士的冒险故事。骑士传奇中最著名的当数《亚瑟王和他的圆桌骑士》。为了磨炼亚瑟的意志，父亲在亚瑟很小的时候就将他寄养在一位资深骑士家里，因为希望他从基层做起，一步步成长起来。在亚瑟十二岁的时候，坎特伯雷大主教召开“武林大会”。诸多骑士都来了，发现教堂的庭院中，有一个大石头，石头上插着一把宝剑，剑柄上刻着一行字：“能把宝剑从此石中拔出者，为不列颠王。”骑士们都想一试身手，无奈宝剑却纹丝不动。在一旁看热闹的亚瑟说了句：“那我来试试”，便随随便便地拔出了这把剑。众骑士被吓蒙了，他们单膝下跪：“亚瑟，你的血统比我想象的还要高贵，你是我们真正的国王，这是上帝的旨意。”

亚瑟王后来迎娶了父亲生前好友的女儿桂妮薇。岳父大人很喜欢这个女婿，便把一张圆桌和 100 多位骑士作为嫁妆送给了他。此圆桌设 150 个座位，只有那些被公认为最优秀的骑士才有资格坐上去，当然，圆桌骑士的人数并非固定不变，有牺牲者，其位置可由新人替代，有违背骑士精神的人，在年终述职而未通过的，也将被剔除出队伍。

此后，亚瑟率领他的 128 位骑士开始了冒险之旅。他们的短期目标是惩奸除恶，伸张正义，他们的长期目标是寻找圣杯——耶稣在最后的晚餐时和自己的信徒喝酒时用过的一个杯子。当耶稣在十字架上被罗马士兵刺伤后，耶稣的一个秘密信徒约瑟用这个杯子接盛了他的血。这个杯子自然成为圣杯，被一代代传递下去。当然，我们知道，圣杯是一种象征，象征着爱情、事业、信仰等一切与幸福有关的美好事物。而我们每一个人，自来到这个世界之后，自有了生命意识之后，自对人生有了诉求、有了渴望、有了追寻之后，都在寻找自己心目中的圣杯。

英雄的冒险之旅中，少不了爱情的佐料。亚瑟王手下一个很出色的骑士兰斯洛。兰斯洛居然爱上了亚瑟的王后桂妮薇。亚瑟王想把王后带回家，兰斯洛拿着一把剑守在帐篷外面，对亚瑟王说：“你可以把王后带回去，但先得问我手上这把剑答不答应。”桂妮薇被另一个崇拜者绑架了，兰斯洛为了保存体力解救她，坐上了女人才坐的马车，被天下英雄所耻笑。他还做了一件出尽洋相的事情——为了过一条湍急的河流，他从架在两岸的一把巨型长剑上爬过去。按照我们中国人的理解，这哪里是什么英雄，分明是一头狗熊。但兰斯洛并不在乎，在他看来，一个骑士，不能为心爱的女人做几件丢脸的事情才是最大的丢脸。

由于骑士的爱情太有特点了。所以，在骑士的生活中，这种爱情慢慢独立出来，成为一种别样的生活。围绕着骑士的爱情，又产生了骑士文学的第二种样式：骑士抒情诗。由于骑士抒情诗发源于法国南部的普罗旺斯，因此，又被称作“普罗旺斯抒情诗”。由于普罗旺斯抒情诗主要写那些“典雅的爱情”，因此，普罗旺斯也成为浪漫的代名词。不妨先一起读两段文字：

> （女）“再见了，我心爱的人，/黎明要将我们驱散，/保护你我免受灾难，/我听见哨兵在歌唱，/他在向我们报晓，/我的心为此破碎，/倘若我们被人告发，/我的心将更加痛苦。”
>
> （男）“我忠诚的心充满忧伤，/黎明在悄悄降临，/我为此要忍受痛苦，/欢乐将弃我而去。”
>
> （女）“哦，痛苦啊，/我不得不离开你/我宁愿不要白天，/他带来的尽是痛苦。/再也得不到欢乐，/苦楚遥遥无期。/黎明夺走了一切，/留下我孤苦伶仃。”
>
> 她用白皙的手臂，/把他搂在怀里，/两人心心相印，/情意绵绵难舍难分，/她说：走吧，我的情人，/离别令我心伤，/把我的心也带走吧，/它永远伴随着你。①

可能有同学以为这是付笛生和任静对唱的情歌。其实这是一首名为《破晓歌》的骑士抒情诗。写的是欧洲中世纪骑士和贵妇人约会后不得不要分开的缠绵、痛苦，还有害怕。

这里就有一个疑问：一对情侣，夜晚约会，黎明时要分开，却不想分

① 汪丽红．骑士：且歌且战的西欧贵族［M］．上海辞书出版社，2006：139—140.

开，缠绵一番是人之常情；不想分开却不得不分开，痛苦一番是人之常情，可为什么还害怕，而且害怕被什么人"告发"呢？难道他们是早恋，怕被自己的父母知道？其实他们害怕的是被贵妇人的丈夫知道。这就更奇怪了：一个男子，为什么要和一个有丈夫的女子约会？一个有丈夫的女子为何要和一个没有结婚的男孩约会？这是不是不道德的爱情？可是在中世纪，这样的爱情却被称作"典雅的爱情"而非"不道德的爱情"，这又是为什么？

为了解答这样的疑问，我们需要来看第二个问题：

二、骑士与骑士精神

诸位知道，在中世纪，阿拉伯的骑兵曾驰骋于亚非拉三大洲，所向无敌；蒙古人的骑兵曾席卷了辽阔的欧亚大陆，让敌人闻风丧胆。他们的勇武、战功和作战的方式为他们赢得了"铁骑"的称号。唯有欧洲中世纪时期那些马背上的战士才被称为"骑士"。"骑兵"和"骑士"相比，就像"男士"和"绅士"的差距一样，欠缺的是一份潇洒、一份浪漫、一份气质和一份神秘感。可见，骑士是一个非常优雅的称号。骑士是如何产生，又如何成为一个特别的阶层的呢？

公元714年，法兰克王国的新宫相查理·马特为了拯救危在旦夕的法兰克王国，创建了一支全新的军队：骑兵。经过几代人的发展，骑兵逐渐成为法兰克王国的主要军种。以至于到公元9世纪末的时候，法兰克人已经不知道如何步行打仗了。

"骑兵"成为"骑士"，十字军东征起到了至关重要的推动作用。十字军东征始于1095年，终于1291年，历时近200年。十字军东征实际上是西方人打着基督教的旗帜，对伊斯兰教世界所进行的军事征服和经济掠夺行为。十字军东征为骑士的发展提供了广阔的舞台。也正是借助这场漫长的战争，骑士打出了自己的名号，成为一个奇特的阶层。

作为一个奇特的阶层，骑士慢慢拥有了自己独特的行为准则和行为方式，即通常所言的"骑士精神"。一般而言，骑士精神可分为三个部分：

一是骑士信条：忠君、护教、行侠、尚武。忠君即忠于国君；护教，即保护基督教——从原则上说，要想成为骑士，必须首先要成为基督教的教徒，换句话说，一个基督教教徒保护自己的信仰，也是理所当然的事情。而中国的侠客们则无明确的宗教信仰，相反，对儒家文化时时有反叛的企图，他们的行为动机往往是冲动、朴素、自发、随机和无理性的，说白了，看你不顺眼，就要揍你；行侠，即骑士像中国古代的大侠一样，承担着惩奸除恶、维护社会公义的责任，要路见不平一声吼啊，该出手时就出手；尚武，即保护国君、保护基督教和保护弱者，不能只靠一张嘴，或者一副英俊的脸庞，而是要靠高超的本领，所以说，骑士应该是爱武之人、习武之人，是名副其实的武林高手。

二是骑士荣誉。尚武是为了行侠；行侠是为了保护需要保护的人——国君、基督教和弱者；保护需要保护的人，是为了得到这些人的认可和赞赏，得到了这些人的认可和赞赏，便是骑士们苦苦追寻的价值和荣誉。就像军人苦练军事技能，是为了保家卫国，保家获得了老百姓的认可，卫国获得了国家的赞赏，那么，这就是军人的荣誉。

三是骑士风度。骑士做骑士应该做的事情，这就是骑士风度。简单地说，骑士看起来要像一个骑士，他有自己与众不同的气质。这同军人要站如松、坐如钟、行如风、卧如弓是一个道理。骑士的风度体现在方方面面，其中特别值得一提的是对待女性要有风度。为了更好地理解这个问题，我们来看第三个问题：

三、骑士的爱情

前面说了，“保护弱者”是骑士的职责所在，“弱者”包括老人、儿童、鳏寡和孤独，还有就是“女性”。而骑士在保护“女性”的同时，往往是“同情”和“爱情”纠缠不清。适龄的、美貌的女性，骑士在保护的同时，有可能就产生了仰慕之心和爱慕之情，这大概就是所谓的“英雄救美”吧，从中也可以看出骑士保护女性的动机有时候不是那么纯粹——在“救”之前，还要看美不美，美就救，救了以后，还期待着有故事发生，难道说一个女性长得难看点，遇到危险了，你就要掉头走掉了吗？

骑士所心仪的女性，一般符合三个基本条件，第一是“美”；第二是有相当的物质条件；第三是有一定的社会地位，用今天的话说，是典型的“白富美”。同时符合这三个基本条件的，基本上都是“贵妇人”，其实就是封建领主的妻子。

骑士爱上贵妇人，爱上别人的妻子，按照今天的道德标准衡量，自然不值得表扬，更不应该公开表扬，但是，在历史上，骑士对贵妇人的爱情是被当成浪漫的典范来说的，甚至被恩格斯他们誉为开启了西方文化尊重妇女的大幕。当然，这样的看法是建立在比较的基础之上的。在骑士的爱产生之前，西方至少已经形成了古典的爱情观和基督教的爱情观。

首先来看古典的爱情观。在古希腊，爱情虽然备受重视，但女性远没有达到让爱者为之肝脑涂地的地步，妇女和奴隶基本属于一个级别。在古罗马，奥维德的《爱的艺术》中，专辟一章谈论女性如何获得和保存爱情，证明当时女性在爱情中具有一定的主动地位，但女性的这种主动，被奥维德写得过于直接，还有些放荡和轻佻，缺少了点含蓄和庄重，给人一种女性在谈恋爱时还要“倒贴”的错觉。而按照今天的观点，女性在爱情的过程中一旦过于主动，往往一开始就被动了。

其次来看基督教的爱情观。基督教的爱情观认为，在世间唯一可被放纵的爱就是对上帝的爱，而男女之间的爱，不可被称赞，更不可被放纵，在这类爱情观中，被歧视的不仅是爱情，还有妇女。

以古典的爱情观和基督教的爱情观作为参照，骑士的爱情观自然是难能可贵，自然也算是一种“典雅的爱情”。

骑士的爱情，唯一值得诟病的是，他们爱的是有夫之妇。这也是历史和时代造成的。中世纪教会规定妇女在 13 岁左右便要出嫁，13 岁当然不懂得什么是爱情。当她们懂得爱情，想“问世间情为何物”的时候，已经嫁做人妇多年。骑士们要想谈一场真正的恋爱，而不是娶一个媳妇，只能将目标锁定在这些已婚却又期盼爱情的贵妇人身上。这就可以解释，为什么《破晓歌》唱的是一个未婚男孩和一个已婚女子约会时的难舍难分，以及难舍难分时又害怕被别人撞见而不得不分开了。

贵妇人不仅成熟美丽的女性，还是财富、地位和高贵教养的象征，所以，在除了未婚而一无所长的骑士们心目中，她们就了完美的偶像。地位低下的骑士为了能够博颜一笑，也只能动一动脑筋，甚至动一动“歪脑筋”了。

首先，骑士要在贵妇人面前假装得非常卑微。其实，一个古代的底层男孩遇到一个古代的“白富美”，不用假装，就已经很卑微了。因此，一个骑士在一个贵妇人面前，就像一个仆人在一个主人面前一样，全是仰视和崇拜。我们一起来读一读一位“骑士”写给贵妇人的信：

高尚尊贵的小姐：

久别未见，此心依依。每当念及小姐，肝肠寸断！最甜蜜的杜尔西内娅小姐，断肠人愿你身体安康。如果你这个美人儿蔑视我，你这个贵人不把我放在眼里，那么，我内心必然会痛苦万分。纵然我有巨大的忍耐力，这痛苦实在太长，时间实在太久，我已无法承受。啊，忘恩负义的美人，我亲爱的冤家，为了你我已落到什么样的地步，我忠实的侍从桑丘将会一一向你禀报。如蒙你垂怜救我，我就是你的人了。不然，就随你处置吧，反正我将结束此生，以满足你的这颗狠心，也了却自己的心愿。

至死属于你的

狼狈相骑士

其实写这封信的堂吉诃德本是一个极为迂腐的人，但因为读“骑士文学”读得太多了，也能写出如此多情，如此风骚的情书来。情书里的女子杜尔西内娅并不是林青霞这样的美女，而是一个养猪的姑娘，腿上还长满了毛。可是在爱她的人心目中，却是完美的女人。这就给我们一个启发，你在给心爱的女子写情书的时候，一定要将对方当作西施一样赞美，不能说，你腿上都长毛了，没有人要了，快点嫁给我吧，不然就嫁不出去了，如果是这样的话，对方就算真的嫁不出去，也不会嫁给你。我们应该说这样的话：对世界而言，你是一个人，对我而言，你就是整个世界；你的腿一定很累了吧，因为你已经在我的脑海里跑了一个世纪；如果爱上你也算是一种错，我深信这会是生命中最美丽的错，我情愿错一辈子……总之，越肉麻越好。

其次，骑士要时时刻刻在贵妇人面前表达自己的专一和忠心。骑士对已婚女性的爱，今天看来是不行的，但是把这个“已婚”去掉，他们对女性的爱，是值得我们借鉴和学习的。因为，骑士在追寻爱情的过程中，信奉一个基本的准则：既要专一于爱情，又要专一于爱情的具体对象。三心二意、半途而废，脚踩两只船更是为他人所不齿。

可见，“执著”“专一”“真诚”是骑士爱情的核心所在。从这个角度看，骑士的爱情的确是一种典雅的爱情，也可以解释为什么皮耶罗对尤文图斯俱乐部的忠诚被视为“骑士永不离开老妇人”。

当然有的骑士追求女性的过程已经不是执着，而是有变态的嫌疑了。比如骑士尤瑞奇，就像《唐伯虎点秋香》中的唐伯虎一样，跑到贵妇人的城堡中当扈从，触摸她触摸过的东西，偷偷地喝她的洗脚水，甚至砍下自己的手指送给她（意中人终于被“感动”了，告诉尤瑞奇，你送的手指头我收到了，以后没事的时候会拿出来看看的）。尽管他的所作所为换来的是嗤之以鼻，但他乐此不疲，始终不渝。

总之，为了打动爱人的芳心，获得理想的爱情，骑士极为注重日常的礼仪，培养了品行，变得勇敢和进取，慢慢向一个“好男人”的标准靠拢。

什么是“好男人”呢？就是“像骑士一样优雅”。

四、像骑士一样优雅

骑士虽然不在了，但骑士的精神、骑士的美德却永远地保留了下来。后人将骑士的美德归纳为八点：谦卑（Humility），荣誉（Honor），牺牲（Sacrifice），英勇（Valor），怜悯（Compassion），精神（Spirituality），诚实（Honesty）和公正（Justice）。

从大的方面看，骑士忠于自己的国家、自己的信仰、自己的爱情；从细节方面看，骑士比较讲究礼仪规范，衣着庄重、推崇女士优先，向女士脱帽致礼，为女士移动桌椅，写信时落款“你忠实的仆人”等，假如我们今天将这样的美德发扬光大，那自然会成为一个优雅的男士，而一个优雅的男士，不正是传说中的绅士吗？

如何做一个“绅士”？坐公交车时主动给女生让座位，而不是和女生抢座位，更不会因和女生抢座位而打架，这是绅士。四川雅安发生地震时，一所中学高三班的学生正在上课。地动山摇之际，班上的男生大喊道：“让女生先走！”这就是绅士。等女生都安全了，男生才离开教室。等所有的学生都安全了，上课的老师易志强才离开了教室。这也是真正的绅士。

第四节　原罪与救赎：基督教《圣经》与西方文学精神

今天我们跟大家讲《圣经》与西方文学精神。西方文化经常被称为“两希文化”，因为它有源头，古希腊和希伯来。希腊文化代表了西方文化世俗的一个方面，现实的一个方面，重视人性，人的享乐。基督教呢，更多的是为西方提供了一种精神的信仰。但是基督教其实是来自东方的希伯来民族的犹太教，从犹太教衍生出基督教，西方接受了基督教之后，又对整个西方文化产生了重大的影响。

一、为什么是“两希”？

古希腊与基督教《圣经》，正好代表了西方文化的两个方面。古希腊文化就像一个快乐的孩子，每天无忧无虑地在那里享受大海，享受阳光，享受生活带来的一切的美好。古希腊文化充满着一种欢乐的精神，执着于现世。当然也具有一种理性的精神，西方有几个传统，科学的传统，包括这种现世的传统，都跟古希腊文化有关。所以从这个角度来说，古希腊就像这么一个欢乐的孩子，他们一生下来赤裸裸的，然后就开始打量这个世界，第一眼睁开眼就发现自己长得好有颜值，欣赏过古希腊的艺术没有？因为有颜值，觉得自己长得漂亮，身材也好，如果不多暴露一下，岂不是太亏了？所有古希腊人天生就爱展示自己的身体。你看古希腊人奥林匹克运动会，一个个肌肉男，在那里炫耀自己的肌肉。再看那个维纳斯的雕像，我有一年去巴黎的卢浮宫，终于第一次看到了传说中的维纳斯，断臂的维纳斯，面对维纳斯，你真的感觉，没有比这更美的了。而面对美，除了膜拜，你还能怎么着呢？

古希腊人希望尽可能把自己身体的最完美的一面展示出来，然后有了古希腊的雕塑，古希腊的艺术。中国人好像有点不一样，少年老成，从小就开始接受驯化，道德的训练。希腊神话，充满了一种享乐的色彩。那些神，他们每天吃喝玩乐，谈恋爱，相互嫉妒，为了一个金苹果，争得不可开交，一点神的样子都没有。这跟他们的上级有关，上梁不正下梁歪。你看宙斯，娶那么多老婆，生四五十个孩子。宙斯既是雷电之神，又代表着一种旺盛的生命力量。

你再看中国神话所崇尚的那些英雄，黄帝、炎帝、尧、舜、禹……，那都是英明伟大、道德高尚之人。而中国人对待自己的身体，也觉得它不好看，害羞，所以早早地要把自己的身体遮蔽起来。这导致中西服装的差异。西式服装尽可能暴露自己的身体，中式服装呢？则尽可能遮蔽自己的身体。中式服装对那些身材好的人来说特别不利，但是对身材不好的人呢，它也可以藏拙，胖的呢，不至于太胖，瘦的呢，不至于太瘦，强调一种平均主义精神，本质上它是禁欲的。

其实基督教《圣经》在某种意义上也是禁欲的。当古希腊人放肆地享受着世俗的快乐的时候，其实很多时候，罪恶可能也是与人的欲望联系在一起的。古罗马便是在享乐主义走向极端之后，最后导致灭亡的。欲望代表着人类的一种正常的需求，代表人性，人的一种追求。但另一个方面呢，当它没有节制的时候，就有可能导致罪孽的产生，所以人欲横流。所以正因为如此，基督教讲要禁欲？基督教把欲望和人的罪孽联系到一起，所以你一生下来就有罪了。既然这样，你就要去赎罪，要尽可能克制你的各种欲望。甚至婚姻的主要目的，是为了传宗接代，不是为了享乐。基督教代表了西方文化的另外一种传统。古希腊是讲现世，基督教讲来世；希腊文化讲享乐，希伯来文化讲禁欲。所以说基督教恰恰代表了西方文化的另外一个方面，两者相辅相成，一个社会既要充分满足人的各种各样的欲望，但同时又要懂得节制。基督教精神，强调的不是肉体的享受，而是精神的救赎。

二、人之“罪”

基督教最核心的就是两个问题：第一，人之罪，人为什么生下来就有罪？第二，既然人人都有罪，那么怎样才能获得救赎？《圣经》中都有答案。

《圣经》全称叫《新旧约全书》。“约”是指神跟人定的契约。

其实，《旧约》本来是犹太教的经典，《新约》才是基督教的经典。犹太人在历史上是一个多灾多难的民族，他们希望有一个救世主拯救他们脱离苦难，所以他们救世主耶和华订了一个契约，答应放弃多神教的信仰，把耶和华当成唯一的神来信奉。我们知道，原始宗教信仰很多神，山有山神，水有水神，月有月亮神，做饭的地方还有灶神。神无处不在，那叫多神教。一神教呢，那些神我都不信了，我只信奉你为我们唯一的神，这是我们的承诺。反过来，耶和华能给犹太人什么好处呢？契约嘛，就是双方互利互惠。你们只要信我，我就让你们做我的选民，拯救你们脱离苦难，双方订了这么一个契约。这个契约也影响到后来西方文化中的一种精神：契约精神。

《旧约》就是犹太人跟耶和华神订的“约”，它成了犹太教的经典。《旧约》里第一篇“创世纪”，讲上帝创世和造人，人如何犯罪和得到拯救。

很多民族都有创世与人类的起源的神话。希腊神话是普罗米修斯造了人，然后又盗取天火给人类，触怒了宙斯，然后受到了宙斯的惩罚。而《圣经》里面讲世界的产生，是神创造天地。天地产生之前，这个世界是混沌一片，然后神说要有光，于是就有了光。之后又分出白天和黑昼，之后上帝耶和华又创造出天空、陆地、海洋，然后又造出地上各种各样的植物、动物，这些东西全部都造好了之后，第六天，才造了人。

《圣经》里面说：“耶和华神是按照自己的形象造的人，使他们去管理海里的鱼、空中的鸟、地上的牲畜和全地。但上帝造人，先造的是男人，给那人取名叫亚当，之后从亚当身上取了一根肋骨，造了一个女人，叫夏娃。”

这里便有了性别意识，《圣经》一定是男人写的。要是女人写《圣经》，各位女同学会怎么写啊？没有男人啊？这也太新潮了吧！我过去上课都只听说先造女人再去造男人，现在到了新时代，居然说不要造男人了。我自己就活得更好，哎呀，时代真的进步啦，没有男人我们活得更好。行，还是说说，先造了女人，再用女人身上的什么东西造男人吧？头发啊？哎呀，真是女人的集体无意识啊。我在很多场合都问过这个问题，都是说用头发。这充分说明女人比男人更小气。男人还用自己的肋骨造女人，女人却只肯用头发。头发嘛，轻如鸿毛。《简·爱》里面写简·爱想要出走的时候，罗切斯特为了留住她，说他的身上有一根肋骨在隐隐地痛。肋骨跟人，毕竟骨肉相连，要分离了，痛啊。头发就不一样了，一根头发没了也就没了，无关痛痒。

《圣经》里面写女人是男人身上的一根肋骨造成的，也为西方文学提供了一种文学原型：女人往往是男人的附庸。过去很多诗歌里面往往把男人比作成一棵树，女人就是藤。所以女诗人舒婷要写《致橡树》，不肯学“攀援的凌霄花，借你的高枝炫耀自己”，而要做“你近旁的一株木棉，作为树的形象和你站在一起”。

耶和华神造了人之后，在东方立了一个园子，叫作伊甸园，把人安置在那里，然后耶和华使各种树木从地里面长出来，可以悦人眼目，其上的果实好作食物，园子当中又有生命树和分辨善恶的树。耶和华之后吩咐他说：“园中各种树上的果子你可以随意吃，只是分别善恶树上的果子你不可以吃，因为吃了它必定死。”

但是人为什么又吃了那“果子”呢？

《圣经》里面写，是因为那可恶的蛇。蛇对女人说：“吃了那果子，你们不一定会死，因为神知道你们吃了这个果实，眼睛就变得明亮了，你们便如神一样能知道善恶。”这个女人见那棵树的果子好作食物，也悦人的眼目，且是可喜爱的，能使人有智慧，就摘下果子来吃了；又给她丈夫，她丈夫也吃了，他们俩的眼睛就明亮了，才知道自己是赤身露体，便拿无花果树的叶子，作为自己的裙子。你看，这里首先吞食禁果的是夏娃，然后又引诱了亚当。这又构成了另一个文学原型：女人先来诱惑了他。

这个话题留到以后去讲。我们只来看看人为什么要吃果子。《圣经》里面写得很清楚，首先是因为它好吃，好吃本身代表了人的基本的生存的需要。第二是因为悦人的眼目，这代表了人类审美意识的觉醒。关键是第三点，这果子还可以使人有智慧，果真吃了智慧果之后，他们的眼睛就明亮了，才知道自己是赤身露体。请大家注意这句话，“才知道……，赤身露体”，它是一种客观的存在，但是在吃禁果之前，人类意识到自己没穿衣服吗？没有。当一个人连自己没穿衣服都没意识到，也不知道害羞的时候，人不过是一头猪嘛！我们可以想想亚当和夏娃之前过的日子，两个人每天大眼瞪小眼，饿了就吃，困了就睡，一天到晚就浑浑噩噩，不就是猪一样的活着嘛。当人不希望自己像猪的时候，他才吃了这个果子，知道了自己赤身露体，知道了害羞。其实，人区别于动物就是从吃了智慧果的那一天开始的，他代表了人类自我意识的觉醒，人从此走出了人之所以为人的第一步，成了真正意义上的人。

既然如此，那人为什么还要受到上帝的处罚呢？因为人吃了智慧果，变得像上帝一样有智慧。那万一吃了生命树上的果子，人就会变得像神一样长生不死。人本来就是神按照自己的形象造的，颜值跟神有得一比，如今智慧也有了，如果还跟神一样不死了，那还得了，那人不就成了“神”吗？不行，上帝需要惩罚人类这种妄自尊大的行为，赶紧把他们驱逐出伊甸园。

然后，人类开始生儿育女。亚当和夏娃生的两个孩子，一个是该隐，一个是亚伯，该隐是种庄稼的，亚伯是放牧的，他们都把自己的劳动果实敬奉给上帝，但是上帝只喜欢这个亚伯送的肥美的牛羊，不喜欢这个该隐送的庄稼五谷，该隐因为嫉妒，杀死了自己的弟弟，这就是人类犯的第一桩罪孽：兄弟互相残杀。

之后随着人类的繁衍，人越多，人的罪恶也越多，所以上帝很后悔造人，才用洪水来毁灭人类。当义人诺亚一家事先得到神示，造了方舟，躲过洪水，人类重新开始繁衍子孙，但他们又开始不安分了，想要造通天塔，通到天上去。上帝为了让他们造不成通天塔，变乱他们的口音，通天塔终于没能造成。

这就是“创世纪”的故事。它告诉我们，第一，人类曾经有乐园，人类的痛苦就是从吃智慧果，被驱逐出伊甸园那一天开始的。智慧与痛苦就像一对孪生兄弟，相伴相生，人的智慧越高，痛苦就越多。所以如今流行要像猪一样地快乐活着，而世界上的大哲学家，大多是悲观主义者的原因。这是人类的两难。

其二，基督教的“原罪”，虽然表面上是因为人的始祖吃了“禁果”，犯了“罪”，人类的后代生下来便都有罪了，其实暗含着西方文化对人性的基本认识。人既然一生下来就有罪，说明这个罪是与生俱来的，先天的，是人的“本性之罪”，人性中本来就包含着“恶”。

既然“原罪”是本性之恶，它也影响到后来很多的西方作家，从莎士比亚、雨果到陀思妥耶夫斯基，对人的“原罪”的认识。莎士比亚中期的四大悲剧，《哈姆雷特》《麦克白》《李尔王》《奥赛罗》，其实都与“人性之恶”有关。《哈姆雷特》讲兄弟互相残杀，还有情欲带来的邪恶。哈姆雷特为了要拯救这种“恶”，自然无能为力，最后只好与敌人同归于尽。陀思妥耶夫斯基说刽子手的特性就藏在现代人的胚胎之中，其实这就是作家所理解的“原罪”。

三、如何救赎

既然人生下来就有了罪，人一生要不断地去赎罪，要去忏悔自己的罪孽，那么，如何才能获得救赎，这就是我要讲的第二个问题。

这个我们前面讲的《旧约》，是犹太教的宗教，《新约》才真正是基督教的经典。但是基督教源于犹太教。它是产生于公元一世纪巴勒斯坦一带。基督教在产生的时候被当成是犹太教的异端，因为它宣称将有一个新的救世主耶稣基督来拯救人脱离苦难，耶稣基督宣称是上帝的儿子，到人世间来替人类赎罪的，但是没人相信，因为耶稣基督是以一个凡人的面目出现的，他的母亲叫玛利亚，玛利亚的未婚夫是一个木匠，叫约瑟。但是他们还没有结婚，玛利亚就怀孕了，约瑟就想悄悄地把她休掉。这个时候上帝托了一个梦给约瑟，他说你的未婚妻是感应了上帝的圣灵怀了这个孩子。这决定了耶稣基督的双重血统，他名义上的父亲是木匠约瑟，实际上的父亲是耶和华，所谓“三位一体”，圣父、圣母、圣子，或者说圣父、圣子、圣灵，是玛利亚感应了上帝的圣灵。

耶稣基督长大之后，宣称自己是上帝的独生子，被派来传播福音的。耶稣基督一个方面收了一些门徒，带着他们徒到处去传播福音。但另一个方面，又不断受到犹太长老的驱赶，认为你这个是异端邪说，最后要把他送上十字架，处死他。

380 年，罗马帝国正式承认基督教为国教。476 年，西罗马帝国是被北方的蛮族——日耳曼人所灭，但日耳曼人在文化上又低于古罗马，所以战场上的胜利者又成了文化上的被征服者。日耳曼人也接受了基督教作为自己的信仰，之后基督教由南往北，不断地传播，一直到公元 988 年，罗斯受洗，整个欧洲拥有了共同的精神文化的信仰。

《新约》作为基督教的经典，包括福音书、使徒行传、使徒书信、启示录四大部分。福音书又有四部：《马太福音》《马可福音》《路加福音》《约翰福音》，讲的都是耶稣基督的故事。其中讲到耶稣基督带着他的门徒传道，有一次，到了一个山上，耶稣就坐在那里登山训众，其中有特别重要的几段，如“论爱仇敌”。《新约》里说，“你们听见有话说：以眼还眼，以牙还牙。只是我告诉你们：不要与恶人作对。”你们听见有话说，那是《旧约》里的话，耶和华神的话。耶稣基督却说：不要与恶人作对。“有人打你的右脸呢，连左脸也转过来由他打；有人想要告你，要拿你的里衣，连外衣也由他拿去；有人强迫你走一里路，你就同他走两里；有求你的就给他；有向你借贷的不可推辞。”这就是基督教与犹太教的不同。

雨果《悲惨世界》讲就是一个基督式的主人公的故事。冉·阿让因为给他的姐姐七个嗷嗷待哺的孩子偷了几块面包，被判了七年的监禁。他一次一次地试图越狱，一次一次的加重刑罚，最后坐了19年的牢。当冉·阿让出狱的时候，脸上还有着苦役犯人的印记，在一个小城，谁也不敢收留他，这个时候有一个好心的人让他去找米里哀主教。米里埃主教收留了他。第二天，冉·阿让走的时候，顺手牵羊把米里埃主教家里面一套银餐具带走了。在路上，又被警察抓住，那个卫兵把冉·阿让抓回来，让米里埃主教指认，这个苦役犯人是不是偷了您家的东西。这个时候这个米里埃主教跟警察说：你怎么不告诉他这是我送您的呢？然后又吩咐仆人把另外一套银器也送给了冉·阿让。这就是有人要拿你的里衣，连外衣也由他拿去。正是米里埃主教这个仁慈的举动感化了冉·阿让，使冉·阿让从此走上了一生行善的道路。

《新约》中还写道：你们听见有话说：爱你的邻舍，恨你的仇敌。只是我告诉你们：要爱你们的仇敌，为那逼迫你们的人祷告，这样就可以做你们的天父的儿子，因为他叫日头照好人，也照歹人；降雨给义人，也给不义的人。你们若单爱那爱你们的人，有什么赏赐呢？就是税吏不也是这样行吗？你们若单请你们弟兄的安，比人又有什么长处呢？就是外邦人不也这样行吗？所以你们要完全，像你们的天父完全一样。

“爱你的邻舍，恨你的仇敌”是《旧约》里面的话。耶稣基督却告诉我们，不光爱你的邻舍，还要爱陌生人，甚至还爱你的仇敌。这就是基督之“爱”，博爱、大爱、神圣之爱。这种爱强调的是对所有人的爱，没有差别，没有分别的爱，甚至对恶人，对仇敌也要持一份爱心，这样才有可能使他这个从邪恶中走出来，从仇恨中走出来。这就是基督式的救赎，爱的救赎。

当然在这个过程中，每个人也要同时要经受苦难的洗礼考验，要去忏悔，才有可能获得灵魂的救赎，就像耶稣基督十字架上的救赎。耶稣基督为了替人类赎罪，受尽各种苦难，甚至在十字架上被拷打，被嘲骂，被吐唾沫，受尽羞辱，为了什么呢？他是来替人类赎罪的。这代表了整个西方文化的一种精神：苦难中的救赎。

后来的西方文学中，有不少耶稣基督式的主人公，为了大众自我牺牲，就像哈姆雷特、冉·阿让，包括这个陀思妥耶夫斯基小说中的“白痴”公爵梅诗金。

刘小枫曾经写过一篇文章，题目叫《我们这一代人的怕和爱》，他说他们20世纪50年代出生的一代中国人，往往缺少两样东西：就是一点点的“怕”和“爱”。他们从小接受的教育，是“天不怕地不怕”“与天斗，其乐无穷；与地斗，其乐无穷；与人斗，其乐无穷”“石油工人一声吼，地球也要抖三抖”“天上没有帝皇，地下没有龙王，喝令三山五岳开道，我来了”，你看那个时代的中国人，多么富有壮志豪情。不怕牺牲，不怕天翻地覆，不怕妖魔鬼怪。当一个人或者一个民族，什么都不怕，他就可能为所欲为。

上帝存在的目的，就是让人存点畏惧之心，一点点的“怕”。佛教讲因果报应，基督教讲天堂、地狱，只要你相信有来世，这辈子做事情就会有点忌讳。

第二，刘小枫说，他那一代中国人既缺少一点点怕，也缺少一点点爱。他们从小接受的就是一种阶级斗争教育。阶级斗争要年年讲，月月讲，天天讲。人为地把人分成不同的阶级，然后，对待同志要像这个春天般的温暖，对待敌人则要像秋风扫落叶一般残酷。在这种教育里面，只有阶级之爱、同志之爱，如果“志”不同，连亲人也可能变成仇敌。

曾是中国人民大学教授的余虹，也写过一篇文章，题目叫作《有一种爱我们还很陌生》。他讲到美国弗吉尼亚理工大学的一个校园枪击案，韩国的一个叫赵承熙的留学生，开枪打死了32个人，然后他自己也开枪自尽。当时余虹也在美国。然后他就非常惊讶地发现，当美国人举行悼念仪式的时候，他们点燃的是蜡烛是33根，敲响的钟声是33声，他们在为33个生命祈祷。然后余虹又打电话问国内的朋友。问了很多人，说碰到这种情况，你们会怎么办？结果回答都是：32。然后余虹就疑惑，为什么中国人只有“32”的悲伤经验？而没有“33”的悲伤的经验？在我们的悲伤经验中没有凶手的位置，他只能成为被我们仇恨的对象，而非悲伤的对象。

在余虹看来，中国人所感到陌生的爱，就是对凶手的爱。

在余虹看来，悲伤的经验起源于爱。我们因爱被害者而悲伤。对枪击事件有三种截然不同的感受和反应：第一种呢，是为受害者悲伤，憎恨凶手，它的前提是善恶区分，特点是爱憎分明；第二种反应是因受害者是敌人而幸灾乐祸，这里没有悲伤只有快乐，没有爱只有恨，它的前提是敌我区分；第三种反应是既为受害者悲伤，也为凶手悲伤，它的信念是一切的生命都有同样的价值，或者说生命的价值高于一般的善恶敌我区分的价值。我们熟悉第一、第二种，而惊讶陌生于第三种。我们熟悉的爱是有分别的世俗之爱，不熟悉的爱是无分别的神圣之爱。在余虹看来所谓世俗之爱，主要有两种形式：第一种就是以亲疏敌我区分为基础的爱，第二种就是以善恶是非区分为基础的爱。而另一种，它不以亲疏敌我、义与不义、善恶是非的区分为前提为条件，他爱人如己，爱义人也爱不义的人，爱善人也爱恶的人，33 这个数字就是一种爱的见证，那是一种基督启示，更在长期的信仰实现中培育出来的神圣之爱。

也许我们很难理解对凶手的“爱”。凶手作为杀人犯，理所应当受到法律的惩罚，这是没有任何疑问的，但是否我们就一定只能去愤恨他，而不是去同情他，或者去理解他的犯罪背后的一些动因，而由此给他一点点的爱。世间的很多罪恶其实都是源于仇恨，面对这种仇恨如果我们只能以恨来惩罚恨的话，这个社会中的恶会不断地循环下去，也许只有宽容，只有一点点的同情，只有爱才可能使这个社会的恨或者说这个社会的罪恶少一点。

基督教在某种意义上来说，其实代表的就是一种仁爱的精神，或者说他代表着一种基督教人道主义的精神，这种精神也影响到整个西方文学的价值取向。西方文学经常写道人的原罪，原罪在很大程度上就跟人的本性之恶有关，然后人如何去忏悔，如何在苦难中去获得救赎，如何在爱中获得一种灵魂的升华，走向精神的复活，这经常成为西方文学共同的主题，这些主题在很大程度上跟基督教精神有关。

我们经常把这个西方文化称作是一种罪感文化，把中国文化则称作乐感文化。罪感文化也往往跟基督教传统有关。所谓“原罪”就是人的本性之罪，所以人要不断地去忏悔自己的罪孽，行善去恶，才能获得来世的救赎，它在很大程度上，不光影响了西方人的精神信仰，也影响到其制度建设。西方的一整套制度其实都是建立在人性本“恶”的基础上的，于是才有政治制度，强调权力分散，互相制衡，因为他相信“总统是靠不住的”，权力导致腐败，绝对权力导致绝对腐败。法律制度则用法律的形式约束你，以正当的方式去满足你的欲望。经济制度它要制定一系列经济自由竞争的法则，大家遵守共同的规则。包括经济契约。我们两个做生意之前为什么要签订合同，其理论假设是我们两个人都是小人，都有可能背信弃义。如果都是君子，那么君子协议、口头约定就可以了。而西方的管理制度，要制定严格的规章制度，因为它不相信哥们儿义气，也不相信人人都可以大公无私。那就多劳就多得，少劳少得。西方的一整套制度都是建立在人性本恶的基础上，他要让每个人以合理的方式去满足自己的欲望。这另一个方面，基督教则致力于人的精神建设，每个人要忏悔自己的罪孽，要不断地去赎罪，要多做好事少做坏事，做了好事下辈子会进天堂，做了坏事就要进地狱，以这种方式去提升你的精神、提升你的道德，所以从这个角度来说，基督教给西方提供的是一种精神的信仰，当然另外一个方面又要有制度的保障，这构成西方文化的两个方面，当然也影响到西方文学。文学，同样致力的就是人的精神的提升，灵魂的净化，让这个世界变得美好一点。

第五节 《浮士德》：追寻人生

《浮士德》的作者是德国大文豪歌德。歌德是一个什么样的人呢？我觉得他是一个特别矛盾的人。

第一，对政治他是矛盾的。在《歌德谈话录》中，歌德告诫其他诗人不要去做官，认为诗人做了官就不是纯粹的诗人了，但他自己却在26岁到37岁期间，跑去魏玛公国做了十一年的官。诸位知道，在西方作家中，有过做官经历的作家是非常少的，做官做得很享受的作家则更是屈指可数，而在中国作家中，没有做过官的是很少的，没有想过做官的则更是罕见。

第二，对世俗他是矛盾的。一方面，同其他大文学家、大思想家一样，他是一个鄙视世俗世界的天才，另一方面，他又在世俗的世界中游刃有余，因为他比一般的文学家和思想家更懂得“做人”。比如歌德和好友贝多芬一起散步，看到奥地利国王率领着一群王室成员迎面而来，歌德不顾贝多芬的劝阻，同普通百姓一样站到了路边，恭恭敬敬地脱帽行礼，说什么“领导亲自散步”之类的谄媚之语，可见他世俗和圆滑的一面。此时，贝多芬不屑地说：“国王和公爵有许多，而贝多芬却只有一个。”说完，贝多芬昂首挺胸地扬长而去。

就当我们纷纷为贝多芬“点赞”并由此嘲笑歌德时，中国的诺贝尔文学奖获得者莫言为歌德辩护说，当面对国王的仪仗扬长而去没有任何风险且会赢得公众鼓掌时，这样做其实并不需要多少勇气；而鞠躬致敬，会被万人诟病，而且被拿来和贝多芬比较，这倒需要点勇气。但他的教养，让他与大多数百姓一样，站在路边脱帽致敬。因为国王的仪仗队不仅代表权势，也代表很多复杂的东西。比如礼仪，比如国家的尊严，和许多象征性的东西。英国王子结婚，戴安娜葬礼，万人空巷，那么多人看，你能说路边的观众全都是卑劣、没有骨气吗？你往女皇的马车上扔两个臭鸡蛋，就能代表勇敢、有骨气吗？所以当挑战、蔑视、辱骂权贵没有风险，而且会赢得喝彩的时候，这样做其实是说明不了什么的。而和大多数老百姓一样，尊重世俗礼仪，是正常的。

莫言的意思是，其实像贝多芬那样对待权贵，是很容易的，因为这是他的本性，这是他“做自己”的自然流露，而像歌德那样，能够对权贵表现出看起来是奉承的态度，是非常难的。歌德自己在弯腰鞠躬的时候，心里估计也在想：贝多芬怎么看？世人怎么看？他们肯定会鄙视我的，鄙视我不能做自己，鄙视我卑躬屈膝。只不过，他们在鄙视我的时候，并不会关心我弯腰鞠躬的背后隐藏着一个天大的“秘密”：我这样做，才能保住我的官位，保住了官位，我才能更好地实现自己的政治抱负。

第三，他对女性是矛盾的。他既多情，为很多不同的女性写情真意切的情书、写感人肺腑的情诗，又滥情，他女朋友太多，专一于爱情却从不专一于爱情的具体对象，有时候还一点绝情——他和克里斯蒂安同居了 19 年，有了一个 17 岁的儿子，但直到这个女人在拿破仑的士兵面前救了他，他才给了她一个名分。

第四，在认识人生和世界的方式上，他也是矛盾的。他既感性和忧伤，用短短数天时间，就写出了让人心碎的《少年维特之烦恼》，又理性和深沉，用近六十年的时光，才写出了让人沉思的《浮士德》。

那么，这部融入歌德一生心血的《浮士德》究竟是一部什么样的书呢？有人说，它是和但丁的《神曲》一样的“天书”，一般人看不懂。之所以有这样的说法，是因为《浮士德》和《神曲》一样，充满了象征和隐喻，读起来比较费劲。但不等于说，它不是写给人看的。认真仔细地读，还是能读出一点味道的。

这部作品，我反反复复读了很多遍。今天很高兴与同学们分享我的感受和发现。下面，我们遵循从感性到理性、从故事到人生的原则，由浅入深地走进这部诗剧。

一、浮士德的“重生”

《浮士德》，顾名思义，讲述的是主人公浮士德的故事。其实，故事中有两个浮士德。第一个浮士德，年过半百，但不要小看这个老人，如果他递过来一张名片，你会吓一跳，哇哦，因为上面赫然印着“博士”的头衔，按照我们现在的习惯，可以称他为“浮博士”。正像我考上博士以后，就失去本名，大家都称呼我为“宋博士”一样。浮博士虽然没有行过万里路，却读过万卷书，算得上知识渊博，学富五车，著作等身。按照当今的评价体系，他至少也是一位国家社科基金评委级别的博士生导师，生活应该非常志得意满才对。可是，他却正坐在书房里，独自唉声叹气。这是为何？

他叹气的原因，根据他自己的独白，可以简要归纳为两点：

一是他发现自己所学的知识都已经过时了。浮士德所学的知识，主要有四类：哲学、医学、法律和神学。这四类知识都是中世纪的主流知识。可是，浮士德是18世纪的歌德笔下的人物。歌德用18世纪的眼光来审视这些中世纪的主流知识，自然认为这些已经过时。要知道，在18世纪，自然科学已经逐渐成为主流。因此，在歌德的笔下，浮士德感觉到自己这一辈子都白学了，不仅白学了，还越学越蠢了，几乎成了可怜的“蠢得死”了。以前人家称呼他博士，他觉得是无限的光荣，现在人家再称呼他为博士，他觉得这是在骂他，会很气愤地回应：你才是博士，你全家都是博士。但同学们应该知道，中世纪的四大知识在18世纪或许不再主流，但并不会完全无用。其实知识到底有没有用，很多时候不取决于知识本身，而取决于学习者的心态和目的。你们说文学到底有没有用？或许今天大家都认为文学是没有多大用的，可是鲁迅却弃医从文，因为他觉得文学比医学更能拯救中国。可见，浮士德感到郁闷的主要原因倒不是他过去的所学真的毫无用处，而是他对“用”的理解发生了变化。也就是说，浮士德之所以有这样的忧愁，归根结底是因为另外一个原因。

二是他的人生观发生改变了。以前的浮士德是比较出世的，是为了学术而学术，所以并没有觉得研习那些形而上的学问有什么不好。可是，在晚年的时候，他突然对世俗的生活产生了浓厚的兴趣，而他所学的那些知识对世俗的生活并无实质性的帮助，比如未能给他带来名利和爱情。所以，他觉得“所用非所学，所学非所用”。应该说，当一个人文科学的研究者，一个形而上学问的追求者将生平所学同世俗生活过多地联系起来，那么，很多人都会有浮士德这样的遗憾和后悔。比如北京大学中文系毕业生陆步轩，毕业后做了“屠夫”，卖了十多年的猪肉。他在接受采访时，公开说，希望自己的女儿以后不要学文科。另外还有一个北大博士，写了一封给女儿的公开信，声称“爸爸是一个无能的人”，核心观点也认为学文科无用。

人文科学当然是有用的，但假如用挣多少钱，做多大官，有多少个异性粉丝来衡量这个“用”的程度，那可能会有点失望。浮士德的失望也正是这个原因。他第一次感到过去的人生是失败的。因为这种失败感，他感到了无比的痛苦。

产生痛苦的浮士德，可以用两种方式来缓解痛苦，一是推翻过去的人生，重新来过。在生活中，的确有一些老人，一辈子很平淡地过了，退休后，突然想干点事情。做官是不可能了，就发财吧。天天做着发财梦。子女们劝他们：安享晚年吧，别折腾了。这些老人还不服气：不要阻挡我发财，等我发财了，开着宝马回来，不要忌妒我。结果呢？结果被骗进了传销组织，被骗光了积蓄。浮士德是一个有自知之明的人，知道自己一大把年纪了，不可能再做出点什么惊天动地的事情了。于是他想到了第二种缓解痛苦的方式，就是去死吧，死了就一了百了。但如果浮士德真的死了，这个故事也就完了。显然，诗剧的作者歌德不愿意浮士德就这样死去，于是他用一个浪漫主义的，也可说是魔幻的情节，即借助魔鬼靡菲斯特这个角色的魔法力量，让浮士德恢复了青春，给他重新生活一次的机会，于是，诗剧中出现了第二个浮士德。

第二个浮士德二十出头，充满青春的气息，高大、英俊和有钱，但这只是表面的差别，第二个浮士德和第一个浮士德最本质的不同是，他不再是“宅男”，而是积极入世的俗人，充满了各种世俗的欲望，他信奉的人生观是：“理论是灰色的，唯有生命之树常青”，他要体验到第一次生命中没有体验过的那些丰富多彩的人生。他要做的第一件上辈子没有做过的事情是：谈一场轰轰烈烈、死去活来、惊天地泣鬼神的恋爱。

于是诗剧的女主角甘泪卿闪亮登场。甘泪卿属于那种很傻很天真的女性。她和浮士德偷偷地约会。浮士德让她给母亲吃安眠药，她就真的做了。浮士德说，一次约会几个小时太短了，所以，下次让你的母亲多吃几颗安眠药。恋爱中的女人智商为零吧？为了和情郎多待一会儿，甘泪卿将所有的安眠药一次性送进了母亲的肚子中。她的母亲再也没有醒过来。甘泪卿的哥哥为了阻止妹妹如此冲动的爱情，最后也死在了浮士德的剑下。甘泪卿神经错乱，失手弄死了自己和浮士德的儿子。她被关进监狱，浮士德想去营救她，但遭到她的拒绝，因为她甘愿接受良心的惩罚。

这段经历，便是浮士德的“爱情生活”。

浮士德在品尝了爱情的生活后，感到非常失落，觉得上辈子没有体验而特别想体验的生活原来也不过如此。也许男人是权力的动物吧，于是，他又有了新的想法——进宫廷辅助皇帝。他帮助皇帝发行纸币，缓解了宫廷的财政危机，体验了一把“位极人臣”的感觉。

这段经历，便是浮士德的“政治生活”。

皇帝知道浮士德无所不能，要他把古希腊的美女海伦复活。当海伦复活后，浮士德也被她那种空灵的美所折服，他决定自己拥有海伦。浮士德和海伦结合，生下了儿子欧福良。欧福良在天上飞翔的过程中，总是想着我要飞得更高，最后跌死了。海伦也化作一股轻烟，回到古希腊去了。在这里，海伦不再是现实中一个具体的女性，而是古希腊艺术的象征，因此这段经历，便是浮士德的“艺术生活”。

浮士德站在高山之上，俯瞰浩瀚的大海，心潮澎湃。他决定围海造田，开辟疆土。刚好国家发生内战，浮士德借助魔鬼打败敌人，赢得了海边的封地。于是他决定在这片土地上，建立自己心目中的理想王国：在自由的土地上生活着自由的国民；人要每天去争取生活与自由，才配有自由与生活的享受。因为一对老夫妇的房屋阻碍了工程的进展，浮士德为了自己的梦想，就一把火烧了他们的房子。所以说，浮士德可谓是暴力拆迁的鼻祖。

这段经历，便是浮士德的“社会生活”。

不知不觉，第二个浮士德也已经 90 多岁了。歌德让浮士德重活一次，但并没有让他长生不老。按照自然规律，第二个浮士德即将离开人世了。假如他能够再活 500 年的话，一定还会有 500 个欲望；假如他长生不老的话，一定还有会无穷尽的梦想。但是，这些只是假如，一个凡人的生命总是有限的，因此，一个凡人的梦想总是要走到尽头的了。

第一个浮士德在五十岁的时候回忆总结一生，觉得自己这一生单调枯燥，毫无色彩和意义可言，可谓是“有的人活着，他已经死了”或者“30 岁就死了，等到 80 岁时才埋”，故有诸多的遗憾。而第二个浮士德，在经历了爱情生活、政治生活、艺术生活和社会生活后，觉得这一生是波澜壮阔的一生。回想过去种种激情燃烧的岁月，突然间有了一种虚幻的满足之感，终于禁不住脱口而出“你真美呀!”

浮士德不断自我否定，自我超越的人生特点，被学术界归纳为“浮士德精神”。

二、“浮士德精神”的时代含义

浮士德精神的时代含义，从小到大来说，体现为三个层次：

一是体现了歌德精神。歌德 25 岁开始写《浮士德》，82 岁写完《浮士德》。因此可以说，歌德自己一生的很多关键词在这部作品中都有具有体现：

浮士德对中世纪四大学问的反思和批判，和歌德本人哪段人生精力直接对应？是“狂飙突进”运动时期的歌德。“狂飙突进”运动的核心是：

自然、天才、自由、行动等，这些都是直接针对封建文化而提出的。像歌德的成名作《少年维特之烦恼》的主人公维特，便是体现了“狂飙突进”运动精神的一个人物形象。

浮士德和甘泪卿的恋爱，这也是浮士德丰富的情史的一次自然反映。歌德写过一首诗，叫《欢聚与别离》，是写给他青年时代的恋人弗里德莉克·布里翁的。但不久他们的关系破裂，歌德不辞而别。正是出于对布里翁的负疚感，歌德塑造了甘泪卿这个人物形象。

浮士德在宫廷为皇帝服务的经历，同歌德本人做官的经历密不可分。1775 年 11 月 7 日，26 岁的歌德应邀来到魏玛公国的首府魏玛，担任了这个小公国的枢密顾问，他精力旺盛，责任感强，因此，实际成了魏玛的大管家，是魏玛的军委主席、教育部部长、农业部部长、旅游总局局长、发改委主任。

浮士德同海伦的结合，是歌德本人寻找古典文化庇佑的隐喻。在魏玛的最后一年，歌德慢慢地厌倦了这种忙碌却没有希望的生活。终于在 1786 年 9 月 3 日凌晨，只身一人，逃向了童年时代就向往的意大利。意大利是什么地方？文艺复兴的发源地。文艺复兴“复兴”的是什么？正是古希腊、罗马文化。歌德主要朝拜的是意大利的罗马，罗马是什么地方？西方古典文化的一种象征。

浮士德的“社会生活”，正是歌德的终极梦想：让德国也变成了一个和法国、英国一样富有和自由的资产阶级理想国度。

可以说，两个浮士德的生命加在一起，代表了歌德不断寻找自我出路和民族出路的一生。

二是体现了德意志精神。当时的德国，除了文学，其他方面可以说是全方位的落后。首先，政治上是落后的。这个被称作“德意志民族神圣罗马皇帝”的地方，有 360 个独立小邦：有的称为王国、公国、大公国、侯国、选帝侯国，有的称作伯爵领地、男爵领地、帝国自由市等，此外，还有一千四五百个骑士庄园。他们名义上臣服当时的皇帝，实际上各自保持独立，因此，当时的德国缺少一个如同法国、英国那样的中央集权政府。

这种政治上的分裂，延缓了德国经济上的发展，一个地方到另外一个地方，一百多里地，要交几十次关税，关卡的密集度和中国高速公路收费站的密集度有得一拼。

总之，当时的德国是欧洲最让人失望的国家之一，恩格斯说德国是一个粪堆，一些软弱的资产阶级躺在粪堆里，一点不觉得脏，还觉得暖和，舍不得起来。后来觉得用粪堆形容自己的民族，有点不好听，就改为“奥吉亚斯牛圈”，其实还是“粪堆”的意思。

不过，幸运的是，德国还有极少数人是勇敢的先知。以歌德、席勒、海涅、贝多芬、康德、黑格尔为代表的德国先知，希望用浮士德精神来铲除这个粪堆，建设一个民族统一、政治清明、经济发达、文化繁荣的新德国。

三是体现了欧洲精神。从浮士德身上，我们看到了读到了一种比较成熟的欧洲精神。欧洲精神，也就是一种典型的资本主义精神。这种精神，从文艺复兴时代开始酝酿，到启蒙主义时代逐渐完善。比如大家从《巨人传》中读出来资本主义精神的自由和享乐，从《哈姆莱特》中读出了资本主义精神的自信和怀疑，从古典主义文学中读出了资本主义精神的克制和理性，从《鲁滨孙漂流记》中读出了资本主义精神的冒险和实干，那么，从《浮士德》中，则可以读出这些精神的大融合。或者说，浮士德从否定中世纪主流知识而开始的人生，隐含了西方资本主义从文艺复兴以来到启蒙主义时代三百多年的发展历程：西方文化是怎样摆脱了中世纪的蒙昧时期，努力探寻新的道路，通过克服内在和外在的障碍或矛盾，最后实现了自己的目标，并且展望未来美好的远景。

三、“浮士德精神”的象征含义

或许每个人读浮士德精神的理解并不一样，但浮士德精神包含了一种自强不息、奋发进取的精神，是大家形成的共识。

浮士德是人类的象征，意味着历史是不断发展的，人类是不断清明的。此乃诗剧的象征意义之一。

人类在政治、经济、文化、伦理、法律、艺术等方面,整体上都是向前发展的。由此可见,歌德是一个乐观主义者。但在悲观主义者看来,人类发展却是一个不断倒退的过程。比如希腊神话将人类历史划分为“黄金时代”“白银时代”“青铜时代”“黑铁时代”,意味着他们认为人类是一代不如一代的。在欧洲的中世纪,有一种流行的观点,认为基督教时代是人类历史的最后阶段,即人类的老年时代,这意味着人类在中世纪时期就已经濒临死亡了,而且关于原罪的学说注定了人类历史不可能是进步的。在不少浪漫主义者看来,人类最美好的时代是原始社会,人类在根本上是在不断堕落的。

当然,歌德力挺的是“进步论”。他是从辩证法的角度证明自己的观点的。他特别推崇黑格尔的辩证法思想,因此,在《浮士德》中设置了诸多的矛盾,比如至善和至恶的矛盾;相对善与相对恶的矛盾;浮士德自身的灵与肉的矛盾。既然矛盾是普遍的,那么,发展也就是必然的,因为矛盾是事物发展的永恒动力。

浮士德也是每一个个体的象征。不同时代、不同国家、不同个性的个体,或许每个人追求的东西都不一样,但每个人都会像浮士德一样,在活着的时候,都会不断地树立目标和追求目标。“没有终极意义上的理想,只有永恒意义上的追求”,这是每一个正常人都具有的一种生命状态。

此乃故事的象征意义之二。

有一句广告说:“人生就像旅途,重要的不是目的地,而是沿途的风景,以及看风景的心情。”这或许是对“浮士德精神”一种比较生动的诠释。

第一个浮士德一生只做了一件事情,他的一生是单调、无趣和平庸的一生,因为这个浮士德没有任何世俗的欲望。第二个浮士德却做了那多么不同的事情,他的一生是丰富、有趣和荡气回肠的一生,因为第二个浮士德拥有了诸多世俗的欲望。从这个角度上说,一个没有欲望的人和一个没有理想的人,基本是一个意思。可见,正是欲望让人有了梦想,人有了梦想,才能不断地完成自我的超越和提升。

欲望是生命之源，此乃故事的象征意义之三。

从这个角度看，《浮士德》毫无疑问是肯定欲望的，这是对希腊情感的继承，是对文艺复兴精神的继承。通过浮士德的自我否定，诗剧告诉我们，欲望是存在的，任何否定欲望的人，都是否定真实的存在。无论是人类的历史，还是个体的历史，就是在欲望的牵引下不断前进的。如果你借用一些冠冕堂皇的理念斥责自己或者别人的欲望，这是虚伪的，也是有害的。

但是，诗剧也告诉我们，第一个浮士德因为缺乏欲望而变成一个平庸的“老好人”，但“老好人”也是好人的一种，至少他没有害过人。第二个浮士德因为拥有了欲望而不再平庸，但在成功的过程中，也害了不少人，比如因为谈恋爱，让甘泪卿家破人亡；因为填海造田，害死了海边的一对老夫妻，更破坏了自然环境，这说明，一个欲望很强的人，并且还通过不正当手段实现欲望的人，非常可能给他人和社会造成伤害。

欲望也是死亡之根，此乃故事的象征意义之四。也就是说，诗剧对欲望也做出了一定程度的反思和批判，这是对罗马精神和基督精神的继承。

《浮士德》在整体上是张扬欲望的正面价值的，因为当时的德国太需要欲望的推动作用了。如果一个民族因为软弱而处于生死存亡的关头，是特别需要这种精神的。比如五四运动前后的中华民族，宗白华呼吁我们“拿歌德的态度做人”，其实就是呼吁中华民族要能自强不息、奋发进取。

当个体丧失斗志的时候，也需要一些浮士德精神。可能不少老师和同学们感觉到了，现在不少大学生过得太浪漫和轻松了。其实。在同学们这个年纪，欲望不够多，也不够大，可能只是找个女朋友或男朋友，考个四六级，拿个奖学金，找份好工作之类的，所以，我还是鼓励大家多一些欲望，或许，换一个词，好听一些，大家要多一些梦想。如果你们在这个年纪，就告诉老师自己早就看破红尘、六根清净了，早就是佛系青年了，那你老爸老妈会吓死的：孩子你才多大啊，就看破红尘、六根清净了。但将来有一天，你们或许在各个领域功成名就，官做得很大，钱赚得很多，也拥有了正常的爱情或婚姻，那个时候，我们则要多想想欲望的负面效果，要警惕“人为财死，鸟为食亡”，要警惕“色字头上一把刀”，要懂得欲望这条绳索的两端，一端是享乐，另一端是死亡。那个时候，我们就会通过外在的法律和道德来约束自己，还会通过内在的人格修养来平衡自己，唯有这样，我们才可能拥有幸福的人生，而幸福的人生无疑就是成功的人生。

第六节 《叶甫盖尼·奥涅金》：虚空人生

对于我们的父辈、爷爷辈而言，俄罗斯是一种情结，剪不断，理还乱。但我们这一代人，对俄罗斯已经不是很了解，而且似乎也不是很想去了解。为什么？原因有很多，其中之一便是："俄罗斯不做大哥已经很多年"。由于长期研究俄罗斯文学的缘故，我还是很想和同学们一起去了解俄罗斯。当然，了解俄罗斯是一项长期的、系统的工程。今天，在有限的课堂时间中，我只能选择一个比较独特的角度，即带领同学们一起读一部俄罗斯的文学作品，来认识俄罗斯文学和俄罗斯文化的一个局部，再通过这个局部去感受俄罗斯文学和文化的整体。这部作品，便是俄罗斯民族文学之父普希金的诗歌体长篇小说《叶甫盖尼·奥涅金》。我读完小说的第一印象是：这是一部爱情小说，它讲述了一出爱情悲剧。

一、一出爱情悲剧

在现实生活中，我们总是期待着有情人终成眷属，而在文学作品中，我们读到的更多是"劳燕分飞"。也就是说，不完满的爱情更容易受到文学作品，尤其是悲剧作品的青睐。悲剧作品中的爱情，就是常说的爱情悲剧。何谓爱情悲剧？从爱情的结果上看，就是"为什么明明相爱，到最后还是要分开"，或者"爱上一个不该爱的人，所以心中充满伤痕"。

《叶甫盖尼·奥涅金》中的爱情显然也属于这样的悲剧爱情。男主人公奥涅金是一个达官显贵的儿子，用今天的话说，他是19世纪初期俄国的一个“官二代”兼“富二代”。他在乡下有一个伯伯，病重了，伯伯没有其他亲人，他只得心不甘情不愿地从彼得堡来到乡下照顾伯伯。我们的女主人公，美丽的达吉雅娜正在乡下平静地生活着。城里人奥涅金的突然出现打乱了她的生活节奏和生活计划。达吉雅娜在家里第一次见到奥涅金，不禁脱口而出：“就是他”。她的心扑通扑通地跳，她的脸通红通红的，晚上她失眠了。她的奶妈问她是不是“发烧了”。只结过婚但从未谈过恋爱的奶妈不知道，我们的达吉雅娜第一次心动——恋爱了。

一个村姑为什么会突然爱上了城里人奥涅金。我们不知道具体的理由，只能说“因为爱所以爱”。当爱上奥涅金后，她做出了当时俄罗斯的乡下女孩根本不敢做，也不曾想去做的一件事情：给奥涅金写情书，告诉他：“有没有人曾告诉你，我很爱你”。

同学们可以去读一读这封情书，你会发现，这是多么真诚、多么直白、多么炽热的一封情书！打动了你，打动了我，却无法打动奥涅金，无法消除城市与农村的距离，无法消除一个淳朴少女和一个纨绔子弟思想的差距。

奥涅金虽然没有对达吉雅娜说“你神经病啊！”但他明明白白地拒绝了达吉雅娜！他真是一个怪人。他第一次见到达吉雅娜时，对乡下青年连斯基说：如果我是你，我一定会选择达吉雅娜做女朋友，这正是我喜欢的类型，是“我的菜”，而不会像你那样，选择达吉雅娜的妹妹奥尔伽做未婚妻，而现在达吉雅娜主动向他表白了，他怎么又毫不犹豫地拒绝呢？

奥涅金让人看不懂的地方还有很多。比如下面的两件事情：

第一件事情，他根本看不上达吉雅娜的妹妹奥尔伽，但在一次乡村舞会上，他整晚都缠着奥尔伽跳舞。奥尔伽本来就是一个没有头脑的傻姑娘，一直没有发觉自己把未婚夫连斯基冷落在一旁。连斯基坐在舞池一个黑暗的角落里，看到奥涅金和未婚妻如此缠绵，心中自然很伤心，很忌妒，用赵本山小品中的话说，他的心拔凉拔凉的。他觉得受到了屈辱，觉得这属于典型的男人的问题。而男人的问题，只能用男人的方式解决：和奥涅金决斗，即“单挑”。奥涅金居然一口答应，这可是他生命中唯一的朋友啊！在决斗中，奥涅金射杀了好朋友连斯基，这是一个多么令人痛心的结果。

第二件事情，很多年后，他又向达吉雅娜表达热烈的爱意。挚友连斯基之死唤醒了奥涅金，他似乎突然间明白了自己的过错，开始用浪迹天涯来舒缓自己的痛苦和焦灼。悠长的岁月和丰富的经历让他似乎成熟了许多。他焕然一新地回到彼得堡，力图重新做人，重新生活。他见到了达吉雅娜，不过早已物是人非，因为淳朴的乡村少女变成了雍容华贵的将军夫人。奥涅金或许觉得从哪里结束，又从哪里开始便是重新生活的最好方式。于是，他给达吉雅娜写了一封火热的情书，祈求达吉雅娜的爱情。大意是当年我拒绝了你，是我错了，能不能给我一次机会重新开始，我给您跪下了。

爱情让人忘记时间，时间也会让人忘记爱情。面对初恋的情人，达吉雅娜心情很复杂。她浑身颤动，情绪激动，但最后只能告诉奥涅金，对不起，一切都晚了，我已经是别人的妻子和母亲。两封美妙的情书，却揭示出一次悲剧性的爱情错位：当达吉雅娜对奥涅金有意的时候，奥涅金对达吉雅娜无情；当奥涅金陷入热恋中的时候，达吉雅娜却已经甘为他人妻。奥涅金和达吉雅娜的故事，揭示了爱情悲剧产生的一种比较普遍的原因：爱一个人不难，被一个人爱也不难，难的是让两件事同时发生。这是多么痛的领悟！

那么，《叶甫盖尼·奥涅金》仅仅是一出爱情悲剧吗？应该不是，在我看来，这部小说还是一个文化转型的悲剧。

二、一个“多余人”

我们一起来想一个问题：一个男孩，明明很喜欢一个女孩，而这个女孩又主动向她表白，但这个男孩却拒绝了她，这个可能性有多大？应该说，可能性很小。但奥涅金却这样做了。为什么？他是不是有病啊！答对了，他真的有病。什么病？书中交代得很清楚：奥涅金得了抑郁症，而且是俄国式的抑郁症。

首先来看第一个问题，奥涅金为什么会得抑郁症？奥涅金至少有七个特点：一是“官二代”兼“富二代”；二是正处于躁动不安的青春期；三是长期无人看管；四是社交高手，跳舞、喝酒、追女孩子，样样精通。五是受过良好的贵族教育，能说一口流利的法语，举止优雅，风度翩翩；六是读了很多有思想的书，比如《荷马史诗》，拜伦的《唐璜》，亚当·斯密的《国富论》，卢梭的《社会契约论》，这些书籍都涉及自由和民主的问题，所以他很多观点比较西化和现代；七是长期用养尊处优的生活导致他缺乏基本的生存和生活能力。

西方的书读得多，让奥涅金具备了一定的反思的能力，故他对贵族这种醉生梦死的生活产生了厌恶之情，有点“忏悔”的迹象；长期的养尊处优，让奥涅金无法抗拒和脱离这种醉生梦死的生活。时间一久，奥涅金人格分裂了，而人格分裂的结果就是：他对任何事物，包括不美好的事物和美好的事物，都失去了兴趣，用哈姆莱特的话说，“人类不能使我发生兴趣；不，女人也不能使我发生兴趣。”最后，奥涅金对是生是死也没有了兴趣。连斯基说要和他决斗，他立刻说，决斗就决斗，反正活着也没有意思。第二天约好八点钟决斗，连斯基早早地起来做准备，但七点半了，奥涅金还在睡大觉。因为他没有把死亡当一回事情。对生死都没有了感觉，这不正是忧郁症的一种典型症状吗？

正当奥涅金对什么事情都没有兴趣的时候，达吉雅娜的情书送到了他的手中。他读完了后，非常感动。但他很清楚地知道，自己患有抑郁症。他只得向达吉雅娜说，我目前的状态是不适合恋爱的，我是一个精神上的病人，没有资格享有爱情、婚姻和家庭，以及一切与幸福有关的美好事物。所以，尽管我清楚地知道，您是最适合我的那个女人，但我却不能接受您的爱，不是我不想，而是我根本就不配。如果我和您在一起，只会给您带来无尽的痛苦和伤害。

问题是，达吉雅娜并不知道奥涅金说的都是事实，她以为这是话只是奥涅金拒绝她的托词。所以，奥涅金主观上不想伤害达吉雅娜，但客观上却让达吉雅娜尝尽了失恋的痛楚。

再来看第二个问题：为什么说奥涅金得的抑郁症是俄国式的抑郁症？因为奥涅金患的抑郁症在19世纪初期的俄罗斯，具有一定的普遍性。

谈及19世纪初期的俄罗斯，不得不谈1812年俄国人抵抗拿破仑入侵的卫国战争。这场战争让俄罗斯的民族意识空前觉醒和高涨。俄罗斯人，尤其是知识分子，开始有意识地思考一个问题："俄罗斯向何处去"。当时俄罗斯的知识分子，主要是贵族知识分子。面对俄国的生死存亡，一部分贵族知识分子继续心安理得地享受着贵族的奢靡生活；一部分贵族知识分子，当然只是少数，像"十二月党人"那样，采取比较激进的行动，比如武装革命，来变革现实；还有一部分贵族知识分子，就像奥涅金那样，既无法心安理得过那种寄生生活，为自己的寄生生活感到焦灼和痛苦，又没有能力和胆量脱离现状，做一个"斗士"和"英雄"，而只能不知所措、无所事事地活着。

像奥涅金这样的贵族知识分子，在19世纪初期的俄国，渐渐地成为一种类型。莱蒙托夫《当代英雄》中的毕巧林、屠格涅夫《罗亭》中的罗亭、赫尔岑《谁之罪》中的别尔托夫等，都属于此类人，他们的人生和奥涅金一样，处于一种矛盾状态：一方面，他们受到西欧现代化思想的影响很深，对俄国的农奴制度和专制制度深恶痛绝，另一方面，他们的骨子中又流淌着东方专制制度和封建农奴制度的血液；一方面，在身份上，他们趋向上层，另一方面，在意识上，他们趋向下层，他们既不会和政府合作，也不会和普通民众打成一片，最后，他们成了漂浮在上层和下层之间的一个奇特阶层，成了"马车的第五个轮子"，成了活着没有多大用，死了也没有多大损失的"多余人"。

当然，说"多余人"完全"多余"，也是不对的。像奥涅金这样的贵族知识分子，主要起到的历史作用是"启蒙"，即从理论上告诉俄罗斯人什么是错的，什么是对的。当他们完成"启蒙"的历史使命后，俄罗斯人则更需要通过"革命"革故鼎新，而承担"革命"重任的只能是以资产阶级为主导的平民知识分子。正是在这一背景之下，最后一代"多余人"，如冈察洛夫《奥勃洛摩夫》中的奥勃洛摩夫等，“多余”的成分就越来多了。奥勃洛摩夫什么都不做，也什么都不想，他懒到了连袜子都让仆人穿的地步。他最大的爱好就是睡觉，连做梦都梦见自己在睡觉。

根据我们的观察，在社会转型、文化转型时期，最容易出现多余人。因为在过去和未来的夹击下，你想脱离过去脱离不了，你想面向未来不知如何面向，就容易失落、迷惘和惶恐，然后就成了多余人。就像瞿秋白所言，旧社会崩坏，新社会未成的青黄不接的时代，非常容易涌现“无用的好人”，而“无用的好人”没有不是多余的。十九世纪初期，俄国从贵族文化向平民文化转型的时期，出现了奥涅金这样的多余人。二十世纪二三十年代，在中华民族何去何从的关键性阶段，也出现了一大群因为思考未来而不得的“多余人”形象，比如鲁迅笔下的涓生、钱钟书笔下的方鸿渐、巴金笔下的高觉新、柔石笔下的肖涧秋、叶圣陶笔下的倪焕之、曹禺笔下的周萍等。

那么，多余人仅仅是一种文学形象或者文化现象吗？我认为它还代表了一种生命状态。下面来看看最后一个问题：多余人的哲学意蕴。

三、一种生命状态

其实，每个个体也有属于自己的文化转型，假如这个型没有转好，那么，就很容易变成“多余人”。也就是说，“多余人”不仅是一种社会现象，文学形象，也代表着一种生命状态。什么样的生命状态？一种虚空的生命状态。

我们不妨联系现实来谈这个问题。大学一年级，正是同学们人生中一个很关键的文化转型时期：从高中向大学的转型。有的人转好了，可以拥有一个阳光、充实和健康的大学生活，还有很多同学没有转好，变成了同学们眼中，甚至他们自己心目中的“多余人”，从而过上了一种“虚空”的人生。

据我的观察，大学里的“多余人”不外乎由以下几种情况造成的：

一是痴迷于形而上的思考。比如说，有些同学喜欢看尼采的书、庄子的书，或者基督教、佛教的书，慢慢地变得比较出世，有点看破红尘、六根清净的倾向，甚至有直接遁入空门的。

二是遭遇挫折而心灰意冷。有些同学因为失恋或者其他原因，精神和信心受到重大的打击，开始破罐子破摔，一不小心就成了多余人。

三是消极反叛。有些同学对大学生活不满，比如认为自己上的学校低于自己的预期，或者认为学校的课程和老师比较让人失望等，于是通过逃课、睡觉、上网等方式来做消极的反叛。有些同学逃课的方式是，第一节来一下，看看老师长得好看不好看，最后一次课来一下，看看老师如何划重点；有的同学睡觉睡得天昏地暗，睡得“白天不知夜的黑”；有的同学上网打游戏，连亲爹都不认识了。

四是懒惰。这些同学有点像奥勃洛摩夫，天性就是喜欢那种无所事事的生活。进入大学后，没有外部力量的引导和制约，这种“天性”就充分展示出来了，在治疗懒惰的药发明之前，他们还会一直“多余”下去。

五是迷惘。有些同学告别了非常目标明确，井然有序的高中生活，进入无拘无束，没有人管的大学校园，突然蒙了，不知道该干什么了。用奥涅金在日记中的话说：“没有比找不到活着的理由更让人苦闷了，也没有比找不到生活目的的人更感多余。”于是，这些同学都像《男人帮》中孙红雷扮演的“顾小白”那样，总喜欢躺在一个地方，不停地念叨：“好无聊啊，好无聊啊，好无聊啊”。无聊得一久，就会出精神问题了。

人生在某个阶段像个多余人，是无法避免的，因为人生总是在不断地转型，一旦转型，迷惘是不可避免的。有时候，暂时的虚空反倒促使我们更清醒地思考人生，更深刻地体验人生。但如果一辈子都像个多余人，一辈子虚空下去，那无疑是悲剧的一生。我们显然不希望自己或者别人一辈子都是一个“多余人”。我们该如何走出“多余人”的状态，让人生在整体上变得有追求、有意义、有回味？这方面，奥涅金有经验，我也有经验。大一下学期，我正因为迷惘而成了暂时的“多余人”。没有朋友，没有学业，没有爱情。白天同学们去上课，我在寝室里睡觉；晚上同学们去上自习，我抱床被子去网吧上网，或者在校园里像孤魂野鬼一样游荡。

综合奥涅金的经验和我自己的经验，有三条走出“多余人”状态的思路可供同学们参考：

第一种经验，像奥涅金那样，走出比较封闭的环境，到更广阔的社会中去行万里路。奥涅金后来为什么又有了爱的冲动，向达吉雅娜表达爱情？因为他抑郁症治好了。如何治好的？因为他在俄罗斯的大地上走了一遭，俄罗斯的风土和人情，自然和人文，幸福和不幸让他豁然开朗，获得新生。同学们如果能利用寒暑假，做一些社会实践或者旅行一下，比如骑个自行车去一趟西藏，活着回来之后，相信心情和思想都会不一样。

第二种经验，一直想一个问题，如果其他人都像我这样生活，社会会变成什么样子？比如说，所有的大学生都遁入空门，中国会变成什么样子？所有的同学在上课的时间都躺在床上睡觉，大学会变成什么样子？

第三种经验，一直想另一个问题，如果我一直这样下去，我的父亲、我的母亲、我的亲人会有这样的感受。他们东借西借，将我送到大学，就是让我来无所事事的吗？如果我们的父母亲来学校看我，发现我正在网吧里废寝忘食，或者躺着床上，不停地唠叨“好无聊啊，好无聊啊”，他们会不会泪往心里流？在我最“虚空”的时候，我正是常想这个问题，而变得非常愧疚和羞耻，于是尝试着树立一些小的目标，比如通过英语四级、六级考试等，来让自己有事情可做。从大二开始，我心中的“多余感”渐渐消失了，在同学们心目中，我也是一个充满进取精神的好学生了。

第七节 《简·爱》：性而上的寻求

《简·爱》其实不应该由我来讲。因为女性作家的作品，男性讲起来可能难免隔靴搔痒。但中国另外有一句话：不识庐山真面目，只缘身在此山中。男性站在一边看风景，也许也会看出一点别样风情。

一、“寻求”的母题

其实，《简·爱》与《围城》都写的是同一个母题：寻求。

《围城》讲的是一个人一生的四种基本寻求：求学、求职、求爱、求婚。方鸿渐先是到国外求学，回国后碰到心仪的女孩子去求爱，于是有了爱情，又走向婚姻。可是人活着，光要爱情不行，还得求学、求职，谋一个好饭碗。所以《围城》不过是写的每个人都会经历的人生四部曲。

当然，《围城》作为一部现代小说，恰恰写的是人生永远寻寻觅觅，可遇而不可求。“人生永远就像围城一样，城里面的人想出去，城外的人又想进来”。人生就这样永远进进出出，没有了结的时候。小说从方鸿渐回国的轮船上写起，给人一种人生充满希望的感觉。回国后，在上海，在苏文纨和唐晓芙之间，经历了一场爱情纠葛。喜欢唐晓芙，却因为苏文纨的从中挑拨，有情人终不成眷属，只好重新上路，去内地。在三间大学谋得一个副教授职务，但最后教职丧失，好在得到了孙柔嘉。两人取道香港，重回上海。与孙柔嘉结婚，结婚后总发现娶的不是原来的那个人，两个人大吵一顿，婚姻面临危机。小说最后，赵辛楣给方鸿渐写信，让他到重庆去，据说有一个新的职位等着他。方鸿渐本来是从国外回到上海，转了一大圈后回到上海之后，又想到重庆去。他去重庆可能不过是人生一个新的轮回的开始。起点就是终点，终点也是起点，人生永远在起点与终点之间，不断轮回，寻求而不得，就是《围城》的主题。

《简·爱》写的也是一个“寻求”的故事，只不过它表现的是一个女性精神寻求的历程。小说中，盖茨海德是简·爱人生的起点，盖茨海德在英文里面据说就是门头、门槛的意思，代表女性的起点从门槛出发。简·爱本来是寄居在舅妈家里，后在劳渥德学校接受教育，开始了她精神成长的之旅。在这个过程中，简·爱碰到了海伦·彭斯，给了她最大的人生影响。相比简·爱“狠狠地回击”的处世态度，海伦·彭斯对一切都是以德报怨的态度。当海伦·彭斯得了肺病，即将离开这个世界时，简·爱对死亡充满恐惧。但她非常奇怪地发现，海伦竟非常安然地接受了这个残酷的事实。因为，在海伦看来，死了就可以到天堂去，离开这个痛苦的世界。因为相信天堂，便安然接受了离开世界的结局。所以简·爱说：“我还是觉得海伦·彭斯是借一种我的眼睛所看不到的光亮来看事物的。”“看不到的光亮”就是上帝之光，简·爱的人生就是从反抗到逐渐皈依上帝的历程。在这过程中，海伦的人生态度给了简·爱巨大的精神影响。

后来，简·爱来到桑菲尔德，英文里面叫荆棘地，代表人生的考验。在汉语里面，披荆斩棘代表面对人生的考验、困难，要迎难而上。简·爱曾把桑菲尔德当成伊甸园，人生乐园一般。但这个乐园马上就失去了，最后又重新回到桑菲尔德，重新回归乐园。就像《圣经》里面写的从乐园、失乐园到复乐园这么一个故事。

原本，简·爱觉得桑菲尔德有几分像家的感觉。但因为疯女人的存在，婚礼被打断，简·爱只好重新开始漂泊、流浪的旅程。在荒野上流浪了好多天，最后来到沼屋，碰到她的一个表哥、表姐，在那里重新找到了她的精神之家。表哥圣约翰向简·爱求婚，邀请她一起去印度传教，传播上帝福音。简·爱面临人生的重大抉择：去印度还是不去？就在她“要做出决定的时候，她仿佛听到了罗切斯特在遥远的地方呼喊她的名字……”她还是放不下罗切斯特，于是回到桑菲尔德，才发现那时的乐园已变成废墟。罗切斯特被一场大火，烧瞎了眼睛，断了一只胳膊。此时的简·爱以一种拯救者的姿态，站在罗切斯特面前，决定跟罗切斯特在一起，充当他的眼睛、拐杖、人生的引导，走向他们美满幸福的家。

小说写的就是这么一个19世纪女性不断寻求爱情、寻求婚姻，更多的寻求精神家园的故事。所以从这个角度来讲，《简·爱》写的也是一个“寻求”的故事。寻求作为一个“母题”，古今中外有不少与“寻求”相关的故事。如中国的《西游记》、西方荷马的《奥德修记》、但丁的《神曲》、班扬的《天路历程》、歌德的《浮士德》等，20世纪乔伊斯的《尤利西斯》则被看作是一个现代奥德修斯的故事。只不过古典的寻求故事，寻求而可以得到，现代寻求故事则经常是寻求而不得。《简·爱》与《围城》也是这样，这就是时代的差异。

二、性别意识与人物组合模式

文学有时代的差异，民族文化的差异，也有性别的差异。

我们今天重点讨论性别意识。《围城》与《简·爱》两部作品都写的是关于婚姻、爱情的故事，但作家的性别差异却赋予了作品不同的色彩。

从写作角度来说，文学作品都具有浓厚的性别意识。男性作家会站在男性立场写关于婚姻、爱情的故事，女性作家也有女性的立场。反过来，阅读也是这样。男性读者和女性读者面对同一个作品，理解和感悟就经常不一样。

我曾在中南大学外国语学院任教时，给英语专业同学上欧美文学课。那时候讲《简·爱》，我首先会让学生讨论。比方说讨论：简·爱该不该出走？经常男女生意见截然对立。

女生认为，简·爱出走是必然，没有什么好商量的。男生认为，简·爱出走是不负责任的表现。其实，他们的观点没有对错，只是站的角度不同。这就是文学中的性别意识，体现在文学创作的各个方面。

首先我们来看看《围城》的人物组合模式，这是“一个男性与五个女性”的故事。《围城》男主人公是方鸿渐。方鸿渐在回国轮船上开始认识了第一个女孩子，鲍小姐，跟她有了一段交往。鲍小姐走后，马上又在轮船上跟女博士苏文纨勾搭上，两人有了一段交集。到了上海，春天来了，方鸿渐在家太无聊，便去找苏文纨。苏文纨不过是方鸿渐伤春阶段的一个工具。在苏公馆，苏文纨又自掘坟墓，领出一个19岁左右的娇小女孩子，唐晓芙。方鸿渐一看，马上觉得今天来得不冤枉，想在对方面前造一个好印象，便有了那番女人就是天生的政治动物的奇谈怪论。在这之前，方鸿渐还曾和银行家的女儿张小姐相亲，当方鸿渐看到张小姐读的是《如何获得丈夫并且守住他》这种书，方鸿渐想，我可不想做她的饭碗，嘴角不禁撇出一抹笑来，恰巧被张小姐看到了，这场相亲自然没有结果。但是那天方鸿渐打麻将赢了好几百块钱，买了一件他早就看中的貂皮大衣。《三国演义》中说，兄弟如手足，妻子如衣服，妻子没有得到，买了一件衣服，那今天也没算白来。

方鸿渐人生中遇到的最后一个女性，是在去三间大学的途中遇到的孙柔嘉。孙柔嘉论长相，不如鲍小姐；论才学，不如苏文纨；论纯情，不如唐晓芙。就是这么一个最平凡的女性，却最成功地把方鸿渐围进城里面，一女当关，万夫莫开。她凭的是什么呢？一是装傻，装得傻乎乎的，什么都不懂的样子；二是装弱，装得弱不禁风的样子。

两人结婚后才发现，他娶的不是原来那个人，她嫁的自然也不是原来那个人，然后不断地争争吵吵，婚姻也风雨飘摇。

《围城》写的就是这么一个男性串起一串女主角的故事，这是男性小说家惯用的一种爱情模式。反过来，女性小说家一般会写一个女主人公串起几个男性的故事，比如《简·爱》，就是“一个女性与两个男性”的人物组合模式。

《简·爱》是站在女性的视角，写一个女性与两个男性的故事。简在桑菲尔德庄园碰到了爱德华·罗切斯特，后因罗切斯特的妻子，出走，又碰到她的表哥圣约翰·里弗斯。两个人都想娶她为妻，最后简·爱做出了自己的选择。这就是文学作品性别意识下的人物组合模式差别。

其实，文学作品总是充满性别意识的。如果说《围城》是一部充满男性意识的作品，那么《简·爱》就是19世纪充满浓厚女性意识的代表作品，甚至被认为是女性意识的经典文本。

著名女性主义批评家朱虹曾在《简·爱与妇女意识》谈到《简·爱》体现的女性意识：1．控诉男性的压迫；2．塑造作为强者的女性形象；3．大胆坦率地描写妇女的感情生活。

《简·爱》一反过去文学作品中塑造的“天使般的柔弱女性”，将简·爱塑造成一个凌驾于男性之上的强者，并且大胆、坦率地描写妇女的感情生活，使女性真正站在自身角度表达感情，而不是像过去男性作家作品里男性代女性抒情。就像中国过去的很多诗歌，哪怕是爱情诗歌，写闺怨，都可能是男性诗人代女性抒情。“闺中少妇不知愁，春日凝妆上翠楼。忽见陌头杨柳色，悔教夫婿觅封侯。”这种类似的闺怨诗，都是由男性来代女性抒情。远方的人不说自己的思念，而总想着守在家里的那个人如何思念自己。所以，《简·爱》被认为第一次大胆地、坦率地表现了妇女的感情生活，从这个角度体现浓厚的女性意识。

美国女性主义批评家桑德拉·吉尔伯特和苏珊·古芭尔曾写的《阁楼上的疯女人》，副标题叫19世纪女性文学的想象。探讨了19世纪一些女性作家作品，其中《简·爱》是重点探讨的作品之一。

她们认为，在19世纪的男性心目中，理想的女性是天使般的纯洁、美丽、甜蜜、是被动的、玩偶式的、无自我的尤物。然而，就在这天使的背后隐藏着一个怪物：具有破坏性的、冲动的、疯狂的女性，她使男性感到恐惧，正如《简·爱》中的疯女人时时威胁罗切斯特一样。男性出于对女性既渴望又恐惧的心理，才创造出天使与恶妇的形象，后者充满了女性自身的原欲，代表着一种颠覆男性统治的革命性力量。从伯莎烧掉桑菲尔德即可看出这一力量的威力。女性主义视野中的伯莎，成了简·爱的另一重自我，女性的反叛者。

从表面上看，简·爱与疯女人是一对情敌，按道理应该水火不相容。

但在女性主义批评家看来，疯女人被囚禁，代表着在传统社会一直被禁闭的传统女性。包括中国的传统女性，三四岁就要缠足，把脚裹起来，目的就是把女孩子禁锢在封闭的狭小的世界里。走路尚且不方便，还怎么能仗剑走天涯呢？

也因此，中国古代特别容易发生一见钟情的故事，这与封闭的空间大有干系。一个女孩子从小就只跟自己家里面的人接触，很少见到外人，最容易被忽悠。古代一见钟情的故事发展路线一般为：在某个风和日丽的日子，长久被禁足在庭院里的小姐们，难得出去放放风、赏赏花草，或者倚靠在自家围墙上看着外面的花花世界时。突然，一位年轻公子骑着一匹高头大马走来，一看，帅哥，就喜欢上了。其实她看到这个帅哥，未必就真的是帅哥，只不过是她见到的异性太少了，很容易把看到的第一个年龄相当的异性当作钟情对象。所以在中国古代那种封闭的世界里面，女性对男性一见钟情的爱情故事最容易发生。

现代社会的女孩子，从小就跟男孩子在一块打打杀杀，早就见惯不怪。女孩子能一眼就钟情于哪个男孩子的情况，自然越来越少。因为女孩子的眼睛越来越明亮，免疫性越来越强，男孩子的随便忽悠对她们越来越没有作用。所以从这个角度看，传统女性更多地在充当一个被禁闭的角色。

在女性主义批评家看来，疯女人就是被禁锢在阁楼里的。所以她才要不断地冲出封闭空间，去放火，摧毁桑菲尔德庄园。疯女人做的很多事情，都是简·爱想做而没有完成的。

简·爱在罗切斯特面前老是觉得自卑，她更愿意跟作为情人的罗切斯特在一起，而不是作为庄园主的罗切斯特，更愿意和罗切斯特平起平坐。结果疯女人一把火把桑菲尔德烧毁，帮她办到了。

结婚之前，罗切斯特给简·爱送了一件做新娘婚纱。当她披上这婚纱，站在镜子前，突然觉得镜中的这个人特别陌生，她不喜欢简·罗切斯特太太这个名字，那不是真正的自己。简·爱不喜欢这件婚纱，那天晚上疯女人就把它撕毁了。

小说里面写“结婚的日子已经定下来，不会推迟”，意味着简·爱对这段婚姻是充满恐惧的，她想，婚礼能够推迟一点，也许更好。疯女人也帮她办到了。

疯女人做的，很多都被认为代表了简·爱潜意识里想做但没做的事。所以从这个角度来说，疯女人伯莎尽管在罗切斯特眼里面是一个恶妇、疯女人的丑陋形象，但在女性主义批评家心中就成了男性主义的反叛者。

那么伯莎为什么会成为疯女人？在女性主义批评家看来，恰恰是因为罗切斯特在对伯莎进行缺席审判。叙述者是罗切斯特，整个叙述也就成了罗切斯特的一面之词，他把自己打扮成一个婚姻的受害者，把伯莎说成是性格多么的浅薄、暴躁，带有一种疯狂的天性。而伯莎完全没有为自己辩护的权利和机会。

很多时候，同一个故事，如果是两个当事人讲述，就有可能不一样。就像昆德拉的《生命中不能承受之轻》，通过托马斯与特丽莎两人分别讲灵与肉的故事。先是特丽莎讲了一遍两人怎么相遇、怎么走到一起，后面再通过托马斯的视角，又重新把他们的故事讲了一遍。同样的故事，两个主人公，立场不同，讲出来的故事就不一样。

当然，关于疯女人成为简·爱的第二层自我，这是女性主义批评家读出来的。夏洛蒂·勃朗特在创作的时候有没有这种意图，我们另说。

三、叙事模式：对男性中心主义的反叛

《简·爱》被认为是典型的对“男性中心主义”模式的反叛。在传统文学中，以男性为中心的叙事，经常有以下几个常见的模式：

（一）天使模式

“男性中心模式”常常把女性形象塑造两极化：或者是天使，或者是妖女。妖女是对女性的丑化，天使看起来是对女性的美化，但在女性主义批评家看来，同样是出自男性意愿，站在自己的角度想象，塑造了女性的天使形象。

《简·爱》首先要打破的就是“天使模式”。小说里的简·爱，不好看，性格特别要强、特别倔强，不肯当温柔的小女人。其实像罗切斯特那么有钱的庄园主，即使疯妻子还在，要是奔着只图生活安逸，简·爱完全可以留下来，现在流行叫小三。但简·爱偏不肯。

订婚之后，罗切斯特经常给简·爱取一些小名：“我的小鸟”“我的小松鼠”“我的天使”。简·爱对“天使”非常敏感，她说：“我不是天使，我就是我自己。”简·爱在罗切斯特面前不肯做天使，也没有信心做天使，因为她不漂亮，又没钱。她更多的不是靠外表去吸引男人，而要做一个自尊、自立、自强的新女性形象。

《阁楼上的疯女人》总结出19世纪男性作家作品里“家里的天使”，往往都有谦逊、优雅、精致、纯洁、恭敬、驯顺、缄默、禁欲、和蔼、殷勤之美德。当一个女性具有了这么多“美德”时，作为女性的自我也就可能失去了。

还比如，歌德《威廉·迈斯特的漫游年代》塑造的玛卡莉形象：

> 她过着一种几乎十分单纯的静思生活……在一个乡下庄园里孤居独处着……她的生活不受外界事件的干扰——从她的生活中无法得到任何故事，因为她生活中本来就没有故事。但她的存在却并不是没有用处的。……当那些卷入了某种感情和事件的人们急切地转向她寻求帮助的时候，他们从来不会受到怠慢，相反，却被给予了忠告和抚慰。她是一个理想的人物，一个无私的典范，代表着心灵的纯洁。

其实女性的“天使形象”，不光有凡间“家里的天使”，还有“天上的天使”。

中国古代的民间故事，讲述许许多多的人仙爱情故事，往往是凡间某个贫穷书生，或是某个砍柴的、采药的男性，邂逅某位仙女。这些仙女，通常貌美非凡，厌倦天堂的神仙日子，到凡间，于是就有了董永和七仙女的故事，有了许仙与白蛇娘子的故事。

围棋里面，在天台山，还有刘晨、阮肇遇仙的故事。一天，刘晨、阮肇两人上山采药，碰到两位仙女。两位仙女一看就喜欢上他们，把他们留了下来，还教他们下棋，每天悠然自在，就这样过了大半年。但是日子久了，刘晨、阮肇又想念家乡，两个仙女依依不舍地把他们送走。刘晨、阮肇回到天台，发现同代人都不在了。原来山中半年，世上百年。刘晨、阮肇教会了当地人下棋，围棋就这样传播开来。

诸如此类的“人仙爱情故事”，其实都有一种共同的模式：天上美丽的仙女主动投怀送抱，凡间男子不费吹灰之力就得到仙女，其实这些男性实在看不出有多少“优秀”之处，能让人一见倾心。这种故事模式典型地代表了现实生活中男性的想象、欲望。古代那些有身份、有地位的男人，现实中有了三妻四妾还不满足，还老打天上仙女的主意，希望天上的仙女哪天不小心就看上他了，然后还主动得赶都赶不走，真是想得美。

反过来，如果是天上的男神仙与凡间女孩子，肯定不会拥有一段美好的爱情故事。往往是天上一个恶魔，看上了凡间某个女孩子，要把她抢走。凡间的人们就团结起来，坚决不答应，跟恶魔奋抗争到底，最终保住女孩子，没被恶魔抢走。

天上的女孩子可以嫁给凡间的男孩子，而凡间的女孩子却绝对不能让天上的恶魔抢走，这体现了一种浓厚的性别意识，古代是这样，现代也是这样。

这种代表男性意愿的“天使”意识还体现在一些现代的流行歌曲中。比如一首叫《小芳》的歌：

村里有个姑娘叫小芳/长得好看又善良
一双美丽的大眼睛/辫子粗又长
在回城之前的那个晚上/你和我来到小河旁
从没流过的泪水/随着小河淌
谢谢你给我的爱/今生今世我不忘怀
谢谢你给我的温柔/伴我度过那个年代

从歌词里面可以看出，当时的美好女性都拥有两大基本品质：漂亮、善良，内外兼修。“一双美丽的大眼睛，辫子粗又长”是那个“白衣飘飘”的时代流行的纯洁女孩子形象。

《小芳》其实暗含着一个悲剧故事。一个城里的知识青年上山下乡，在乡下无聊的时候跟当地的一个女孩子谈恋爱，谈得不亦乐乎。等他回城了，又不肯把人家带走，只好“谢谢你给我的爱，我一辈子也不会忘记你的。谢谢你给我的温柔，帮我度过那个年代”。

男孩子回到城里，娶妻生子，家里有了娇妻如玉，儿女如花。但是他又老回想起那段往事，忘怀不了曾经的那个女孩。曾经的小芳成了他的精神之梦，也仅此而已。你让他重新回乡去找小芳，他也是不肯的。从这个角度来说，小芳的故事背后依然隐含着“男性中心视角”。

世界上很多美好的故事往往经不起追究。那些人仙爱情故事，被我这么一追究，一点浪漫都没有了。现实有时候就是这么残酷，你要是相信“七仙女总有一天会来到你面前”，多好。

“天使模式”这其实暗含着对女性的不公，所以简·爱不肯做天使，她要做回她自己。

（二）诱惑模式

在男性作家作品里，还有经常出现的一种文学模式，就是女人先来诱惑他。其原型来自《圣经》的创世故事，写人类犯罪，是夏娃受引诱偷吃禁果，再引诱亚当。《圣经》同样是一个男性文本。写造人也是，是先造男人，再拿男人身上的肋骨造了女人。

在《围城》里，鲍小姐和方鸿渐的故事，同样是一个“女人先来诱惑了他”的故事。

《围城》一开始，写在回国的轮船上，天气很热，鲍小姐穿得很少，人们给她取了些外号，一个是“熟食铺子”，因为只有“熟食铺子”，才会在大热天拿一堆颜色暖热的肉出来展览。鲍小姐还有一个外号叫“真理”。因为据说“真理是赤裸裸的”。但是鲍小姐并未一丝不挂，便做了修正，叫“局部真理”。还有鲍小姐的长相，“长睫毛下一双欲眠、似醉、含笑、带梦的大眼睛，圆满的上嘴唇好像鼓着在跟爱人使性子”。鲍小姐有姓无名，作为充满诱惑力的女性形象，纯粹就是一个男性欲望的符号。

小说写方鸿渐虽然订过婚，却毫无恋爱经验，一碰到鲍小姐，自然马上中箭落马。方鸿渐跟鲍小姐唯一的一次性关系，是船到了越南。因为船要停靠一整天，所以他们上午出去玩，到了晚上回来的时候说起他们同舱房的同伴都走了，鲍小姐有意无意地漏了一句，“咱们两个人都是一个人睡”。方鸿渐一听这话，就像电光一闪，他不知道鲍小姐说这话，是有心还是无意。那天晚上他辗转反侧，正在纠结是不是要主动去找鲍小姐的时候，鲍小姐主动地推开了他的舱房门。然后有了他们唯一一次性关系。

第二天，鲍小姐遗落到方鸿渐枕头上的头钗，被船上的阿刘捡到了，阿刘要挟他们，鲍小姐一气之下就不理方鸿渐了，方鸿渐还奇怪，鲍小姐为什么这么容易变心呢？结论是：她压根就没有“心”。

到了香港，鲍小姐的未婚夫来接她下船。方鸿渐回想起跟鲍小姐第一次见面时，鲍小姐曾对他说：“方先生，你长得很像我的未婚夫呢。”当一个女孩子跟一个男孩子说长得像自己的未婚夫，无非是两个意思：一是恨不相逢未嫁时；二是你长得既然像我的未婚夫，我的未婚夫又不在面前，所以你可以拥有未婚夫的权利，想干什么都可以，但无须履行未婚夫的职责，无须跟我结婚。

所以方鸿渐非常好奇，“长得像自己的未婚夫”到底是什么样子？他一看，来接鲍小姐的，是一个戴大黑框眼镜的胖子，原来这就是“长得像自己的未婚夫”！方鸿渐这才醒悟过来，鲍小姐的那句话，压根就是引诱。

这是典型的“女人先来诱惑男人”的故事，是很多男性作家作品里面惯用的一种模式。而《简·爱》写的确是一个男人的诱惑与女人逃避诱惑的故事。比如《简·爱》第二十三章写求婚。那天简·爱刚为舅妈奔丧回来。离开一个多月，回来，她突然觉得桑菲尔德有了几分像家的感觉。那天傍晚，她一个人在果园里散步，小说写“这里树木繁茂，花朵盛开，没有比这更隐蔽、更像伊甸园的角落了”。伊甸园的故事，就是诱惑与犯罪的故事。

简·爱在果园散步，在闻到的各种花香里，突然闻到了一股她所警觉的香味，那是来自罗切斯特先生的雪茄烟味。罗切斯特俯着身子，似乎在闻某种花香。简·爱不想跟他见面，“这时我想，也许全神贯注，我的脚步再轻点，也许我就可以神不知鬼不觉地溜走了”。

正当她想溜过去的时候，月亮还没有升得很高，在园子里面投下了罗切斯特长长的身影。这影子代表着男性巨大的阴影，把主人公罩住了：“我正要跨过这影子，他却头也不回地低声说：‘简，过来看看这家伙。’”简·爱终于没能跨过这影子。小说写尽管“我不愿意在这个时候单独与罗切斯特先生漫步在阴影笼罩的果园里”，但是她又不得不留下来。接下来两人的对话主题是罗切斯特要跟英格拉姆小姐结婚，罗切斯特答应给简·爱在别的地方找了一份新工作。事实上，结婚子虚乌有，罗切斯特主要是想试探简·爱对他的情意深浅。

罗切斯特说：“有时我对你有一种奇怪的感觉，尤其是当你像现在这样靠近我的时候。仿佛我左面的肋骨有一根弦，跟你小小的身躯同一个部位相似的弦紧紧地维系着，难分难解。”一看到这里，就马上想起《圣经》里写女人是男人身上的肋骨造成的。

类似的场景，还有简·爱离开罗切斯特时。罗切斯特想留住简·爱，就说“我身上的肋骨在隐隐作痛”，意味着简·爱走了，这根肋骨就被取走了，会很痛。

罗切斯特不过是在一步一步，想尽办法地试探简·爱，不断地让她袒露自己的心声，才有了简·爱那一段著名的女性主义宣言：“你难道认为我会留下来，甘愿做一个对你来说无足轻重的人吗？你以为我是一架没有感情的机器？”当罗切斯特确认了简·爱对他的情意，成了他的笼中之鸟后，才有了他的求婚。

类似的“试探”在现实生活中也经常发生。当我们喜欢上某个女孩或者男孩，会故意在对方面前说另外有人对自己很好。就像《围城》里孙柔嘉跟方鸿渐说，历史系副教授老是给她写情书，为此求救于方鸿渐怎么对付陆子潇，同时也想看看方鸿渐对这件事的反应。

《圣经》里讲“不可试探你的主”，经常是魔鬼要耶稣试探上帝：你是上帝的儿子，那你能不能从悬崖上跳下去，看上帝能不能保佑你，证明你是上帝的儿子。你能不能把石头变成面包，让五千个人都能吃饱，等等。不断地以这种方式来让耶稣证明他是上帝的儿子。耶稣每次都说：“不可试探你的主”。

在成功试探了简·爱后，罗切斯特心满意足地以为简·爱已成为她的笼中鸟。但是简·爱反复强调：“我不是鸟，也没有想过落网，我是一个具有独立意识的自由人，我要行使自己的意志，我要离开你”。

然后有了罗切斯特的“求婚”：“我想让你属于我，完全属于我，你肯吗？快说好啊！”上海译文出版社祝庆英的译文更有意思：“简，你愿意成为我的吗？说愿意，快！”

这是求婚的态度吗？求婚者应该要跪下来，一手拿着玫瑰花，一手拿戒指，再虔诚地跟对方说：“求你嫁给我”。被求的一方，可有两个选择：我可以嫁给你，也可以不嫁。

而罗切斯特对简·爱的语气完全是命令式。因为在简·爱把自己内心的情感袒露无遗后，罗切斯特占据了绝对的有利位置，才“命令”简·爱嫁给他。从求婚可以看出，两个人其实是处在一种不平等的地位。罗切斯特是主动者，简·爱是被动者。

订婚后，罗切斯特曾经跟简·爱开玩笑：“简，顺便跟你说一句，是你先向我求婚的。”一般来说，求婚，被求的一方是主动的，求婚者是被动的。求的一方只有一个选择：“求你嫁给我”“求你娶我”。被求的一方可以有两个选择：拒绝或者接受。所以两个人谈恋爱，起初不论是谁先开口求婚，到结婚后，经常谁也不肯承认是自己先开口，都说是对方先开口的。

接着，小说写当简·爱答应了罗切斯特的求婚，“月亮还没有下沉，我已经完全淹没在阴影之中了。虽然主人离我近在咫尺，但我几乎看不清他的脸”。为什么“看不清”？因为罗切斯特身上还有很多秘密，是她所不了解的。

罗切斯特向简·爱求婚的背后，确实包含着罪孽。所以才有罗切斯特无缘无故地说：“上帝饶恕我吧！”他不禁又添了一句：“还有人呀！别干涉我，我得到了她，我要紧紧地抓住她。”因为他隐瞒合法妻子，跟简·爱求婚，犯了《圣经》里的奸淫罪。《圣经》对犯了“奸淫罪”的人惩罚：

> 如果你的右眼叫你跌倒，就挖出来把它丢掉，宁可失去百体中的一体，不可叫全身下地狱。如果你的右手叫你跌倒，就把你的右手砍掉，宁可失去百体中的一体，不可叫全身下地狱。

《圣经》里面对奸淫罪的惩罚，后来应验到了罗切斯特身上。疯女人一把火，烧毁了桑菲尔德，烧瞎了罗切斯特的眼睛，断了他一只胳膊。而“求婚”那一章最后：“那天雷电大作，第二天早上发现果园的大七叶树遭了雷击，被劈去了一半”，也已经暗示了他们的分离。

当婚礼被打断，简·爱再次面临人生何去何从的选择。一方面，她爱着罗切斯特，舍不得离开。但另一方面，她觉得自己有责任、有义务离开罗切斯特。她内心充满矛盾、纠结和不舍。所以她向月亮女神求告：“我该怎么办？”月亮女神只告诉她：“我的女儿，逃避诱惑吧！”

简·爱最后选择离开，逃避诱惑。当她踏上荒原，踏上人生的一段新的旅程，小说写道：“未来是个可怕的空白，又有点像洪水过后的世界。”“洪水过后的世界”是人类的新天地，对简·爱来说，也是她的一段新的人生。

如果说简与罗切斯特的爱情、婚姻自始至终都包含罪孽的话，那么罗切斯特是诱惑者，简·爱是被诱惑者和逃避诱惑者。从这个角度来说，小说写的就是一个典型的“男人诱惑与女人如何逃避诱惑”的故事，是对传统“诱惑模式”的反叛。

（三）“灰姑娘”模式

很多男性作家作品里写的都是灰姑娘和白马王子的故事，男性永远是拯救者，女性永远是被拯救的。而在《简·爱》里面恰恰相反，写的是一个男性的“灰姑娘”和“白马公主”的故事。

对于“简·爱该不该出走”这一话题，从读者角度，可以见仁见智。但从简·爱的性格发展逻辑角度来说，出走是必然。从作家写作的逻辑角度来说，出走也是必然的。

简·爱如果不出走，留下来和疯女人、罗切斯特幸福地生活在一起，那么《简·爱》也不过是一个灰姑娘与白马王子的故事而已。一个家庭教师碰到一个富裕的庄园主，两个人结合，然后幸福地生活在一起。

小说为了打破“灰姑娘的故事”，所以一定会选择简·爱出走，又通过许许多多的巧合，让简·爱得到一笔遗产，变成真正的强者。又让桑菲尔德被烧毁，罗切斯特成为一个残废的人。这时候，简·爱重新回到桑菲尔德庄园，两人的身份和地位马上倒过来了。简·爱成了白马公主，罗切斯特成了需要被拯救的灰姑娘。

小说写当简·爱重新回来，看到的罗切斯特，就像“笼中的鹰，在金环围绕的眼睛被残酷弄瞎以后，可能看上去会像那一个失眠的参孙一样。”那天，简·爱托着“蜡烛”和一杯“水”走进罗切斯特阴暗的房间，罗切斯特想“看看”，却可悲地发现，什么也“看不见”了。参孙的力量在他的头发上，罗切斯特的力量在他的眼睛里，“失眠的参孙”也就意味着他的力量已经完全丧失了。面对“一个瞎眼的木头”，简爱抚摸着罗切斯特浓密而没理的长卷发，说：“现在是有人要重新把你变成人的时候了。”

与前面的情节对应，但角色已完全翻转过来。之前是简·爱一直如在梦中，有一种不真实的感觉，现在是罗切斯特怀疑自己在“做梦”。之前罗切斯特用英格拉姆小姐不断激起简·爱的自卑，如今是简·爱用曾向她求婚圣约翰让罗切斯特满怀嫉妒。面对一个英俊、博学、文雅、有教养、有绅士气派的圣约翰，罗切斯特自惭形秽：“你刚才描绘的图画让人看到一个过于强烈的对比。你非常美丽地勾画出一个优美的阿波罗；他正好合乎你的理想——高高的，蓝眼睛，有一个希腊式的侧影，很美。而你的眼睛，却看着一个伏尔甘——一个皮肤棕黑、肩膀宽阔的地道的铁匠，外加又是瞎眼，又是残废。”太阳神阿波罗是美男子的代称，伏尔甘是罗马神话里的火神和司锻冶的神。两相对比，曾经的庄园主、男子气概十足的罗切斯特，也就变成了一个需要被拯救的“灰姑娘”。

最后，简·爱选择充当罗切斯特的眼睛、拐杖、精神向导，携手走向他们永远的家园。他们幸福和谐地生活在一起，罗切斯特的眼睛也逐渐恢复，重新获得了光明。《简·爱》也就成了一个意味深长的故事，一个关于女性的救赎和男人被拯救的故事，从而打破了传统的男性叙事的种种模式，体现了一种浓厚的女性意识。

第八节　陀思妥耶夫斯基：残酷的天才

一、邂逅陀思妥耶夫斯基

上大学的时候，第一次看《罪与罚》，就把我震撼到了。小说写一个法律系的大学生自认为是出于正义杀了人，杀人之后却无法承受心灵的折磨、良知的拷问，最终走向悔罪的故事。那种心灵的拷问，真的需要有一些勇气才敢去面对。

陀思妥耶夫斯基被称为“残酷的天才”，鲁迅先生说他“把小说中的男男女女，放在万难忍受的境遇里，来试验他们，不但剥去了表面的洁白，拷问出藏在底下的罪恶，而且还要拷问出藏在那罪恶之下的真正的洁白来”。这种对人灵魂的拷问，决定了陀思妥耶夫斯基的小说永远在揭示人或者社会的阴暗面，然后再去寻求灵魂的救赎。他的小说与屠格涅夫或者其他的抒情作家不一样，他塑造的是一个痛苦的世界，同时又让你不得不去直面的世界。

我大学读完《罪与罚》，就再也不想读他的小说了。然后到研究生，读俄罗斯文学专业，研究生期间上过一门比较文学的课，我写过一篇论文——《精神分析与陀思妥耶夫斯基》。为什么要讨论精神分析与陀思妥耶夫斯基的关系呢？精神分析当然是指弗洛伊德的精神分析学说。我们知道，他的这一学说更多地关注人的潜意识层面。在弗洛伊德看来，每个人都是精神病人，只不过程度不同而已。弗洛伊德更关注人的本能、人的自我、人的潜意识。而陀思妥耶夫斯基则被看作是一个精神分析的大师，小说领域里的精神分析大师。陀思妥耶夫斯基的小说最擅长的是对人物，特别是变态人物、小人物的心理分析，写出他们精神的煎熬与痛苦。当时我很想以“精神分析与陀思妥耶夫斯基”为题作毕业论文。但是正好是1986、1987 年，批判资产阶级自由化，当时西方的思想家，像萨特、尼采、弗洛伊德都成为资产阶级自由化的代表。张铁夫老师让我换一个不要这么敏感的题目，然后我就换了一个更加敏感的题目——“论陀思妥耶夫斯基的宗教意识”。二十世纪八十年代，不少中国人对宗教的认识仅停留在“宗教是麻醉人民的鸦片”这一层面。

而俄罗斯民族是一个具有浓厚宗教意识的民族。俄罗斯从地理位置上说，地跨欧亚，它的文化也是半欧半亚的。它的文化有欧洲的传统，公元六世纪，最早的都城是建在罗斯河边，叫基辅罗斯。公元 988 年，罗斯受洗。基辅大公规定所有的俄罗斯人都要抛弃那种原始的宗教信仰，抛弃多神教，信奉上帝耶和华为唯一的神，皈依基督教里面的一支——东正教，使得俄罗斯与欧洲有了共同的宗教信仰，同时也使他们有了共同的精神文化传统。从这个角度来说，俄罗斯的文化，在根上属于欧洲，属于西方。

但在公元 13 世纪的时候，蒙古建立了一个地跨欧亚的大帝国。俄罗斯也被置于蒙古帝国的统治之下，俄罗斯开启了东方化的时期。有人认为，俄罗斯的农奴制、专制的传统与东方化有关。这就使得其文化具有了亚洲的色彩。然后到 18 世纪，彼得大帝改革，使俄罗斯重新面向西方。当时，俄罗斯迁都，从莫斯科迁到彼得堡。彼得堡事实上是彼得大帝新建的一个都城，在涅瓦河的入海口。而彼得堡就是以彼得大帝的名字命名的。从彼得大帝改革，俄罗斯就这么一直发展下来。到了 19 世纪，俄罗斯还是介于东方和西方之间。

俄罗斯到底要走什么样的道路，19 世纪的知识分子有不同的派别，主要有两大派，一派叫西欧派，强调俄罗斯必须走西方的自由民主之路，这才是俄罗斯的希望之路。但另外一派叫斯拉夫派，他们更看重自身的传统，在他们看来，俄罗斯完全可以走自己独特的发展之路。19 世纪，俄罗斯有一种村社制度。斯拉夫派相信俄罗斯的村社社会主义是俄罗斯的独特发展之路。他们可以避免走西方的道路。而陀思妥耶夫斯基总的来说是偏向斯拉夫派的。

陀思妥耶夫斯基是一个具有浓厚宗教意识的作家。我的硕士论文写他的宗教意识，首先讨论他的宗教意识的特质。我把它叫作人道宗教和民族宗教。人道宗教就是人道主义和宗教的融合，他信奉宗教的最终目的是拯救人。另外，俄罗斯一直具有一种大俄罗斯沙文主义的传统。陀思妥耶夫斯基的宗教意识里面也带有浓厚的民族主义色彩。在他看来，天主教已经堕落，只有俄罗斯能拯救世界。他把莫斯科看作第三罗马。我的论文第二章讨论他皈依宗教的原因。陀思妥耶夫斯基一生就是苦难的一生，他特别需要来自上帝的救赎。论文第三章讨论他的小说与圣经原型的关系。当时答辩，几位老师对我的论文很是肯定，论文三部分分别发在三家外国文学刊物——《外国文学研究》《外国文学评论》《外国文艺欣赏》。因为硕士论文，我从此走上了陀思妥耶夫斯基研究之路。

1994 年，我在长沙铁道学院任教的时候，报了一个国家社科基金的青年课题：陀思妥耶夫斯基及其小说的文化阐析。1994 到 1996 年，我开始写我人生中的第一本书《陀思妥耶夫斯基与俄罗斯文化精神》。那几年，是我人生最艰难的几年，我一个人带着孩子，一周上十八节课，还要写书。我当时是副教授，住在一个旧房子的一楼，阴暗潮湿，老鼠横行。不小心转过身，看到的可能就是一只老鼠和你对视，“深情相望”。在那么一个境况之下，写《陀思妥耶夫斯基与俄罗斯文化精神》，特别有感觉。陀思妥耶夫斯基的小说提供的就是一个痛苦的世界，一个苦闷的世界，一个精神分裂的世界。书出来之前，我就因为陀思妥耶夫斯基研究的一些论文，破格提升为教授。书出来之后，我又凭着它拿了一些奖。我年轻的时候拿的奖都和那本书有关。可以说，从 1987 年到 1997 年，陀思妥耶夫斯基陪伴我度过了最重要的十年青春时光。

当然，读这个作家的作品很痛苦，研究他又给我带来很多现实的好处。因为陀思妥耶夫斯基让我破格提了教授，所以我经常开玩笑，咀嚼作家的痛苦然后获得很多现实的利益，不知道是我该感到羞愧呢，还是这个时代的学术本来就是这样。做陀思妥耶夫斯基研究很痛苦。我硕士论文本来更想做像屠格涅夫，包括苏联作家帕乌斯托夫斯基（写有《金蔷薇》《面向秋野》等）在内的这类作家。我喜欢的都是浪漫的抒情的作家，但是那种浪漫抒情的作家从研究的角度来说没什么话好说。就像喜欢一个人，喜欢就得了，说那么多，分析那么多做什么。美是经不起分析的，爱情也经不起分析。陀思妥耶夫斯基的小说尽管痛苦，但给你提供了一个无限的可阐析的空间，所以我当年选择了陀思妥耶夫斯基。那本书写完，生命在那一刻仿佛也耗尽了，因此大病一场，然后就远离陀思妥耶夫斯基几十年，不再看他的书，直到 2014 年回归湘大，2015 年又回到陀思妥耶夫斯基，开始做《跨学科视野中的陀思妥耶夫斯基小说研究》。

1997 年告别陀思妥耶夫斯基研究，我找到一个很好玩的东西：围棋。陀思妥耶夫斯基与围棋刚好代表人生的两端。刘小枫曾写过一本书《拯救与逍遥》。陀思妥耶夫斯基代表拯救，围棋代表逍遥。陀思妥耶夫斯基的小说提供的是十字架上的救赎，苦难的救赎。人生要经历苦难的考验，最终才能看到天堂的一线微光。这个过程很痛苦，你需要有勇气去面对。鲁迅先生曾经说过有两个作家他很敬佩但是不能爱的，一个是但丁，他读但丁的《神曲》，从地狱走到炼狱，读到有些鬼魂每日推石上山，这个石头推上去，一松手立马就滚下来了。看着看着，他觉得疲乏了，终于没有走到天国去。第二个作家就是陀思妥耶夫斯基。陀思妥耶夫斯基永远都在拷问人的灵魂，毫不留情地拷问。有人说，托尔斯泰的小说体现的是俄罗斯的广度，大都是史诗性的。《战争与和平》就有很多非常宏伟的场面。陀思妥耶夫斯基的小说体现的是俄罗斯文学的深度，不断地往深处挖掘。用鲁迅先生的话说，就是不但要写出人的罪孽，还要写出罪孽之下的洁白来。

反过来，围棋代表的是逍遥的人生、诗性的人生。所谓“林间扫石安棋局，岩下分泉递酒杯”，一卷书、一杯酒、一局棋、一盏茶，这就是中国传统文人所追求的一种理想的、诗意的生存。中国的文化就是一种诗性的文化，围棋典型代表了这种诗性文化，也代表了中国人对逍遥人生的追求。中国人把围棋叫作坐隐、手谈、忘忧，还叫作烂柯。何以解忧，唯有下棋，棋中蕴藏着无穷的快乐。这是一种审美的人生、逍遥的人生。我的一辈子好像就是在陀思妥耶夫斯基和围棋之间不断地游走。做围棋是快乐的、忘忧的。但是，在做围棋研究的过程中，陀思妥耶夫斯基所代表的俄罗斯文学的那种救赎传统已经成为你内心深处的一种情结。

人生可能永远都是矛盾的，人要追求逍遥，但又老是不小心回到陀思妥耶夫斯基那里去。陀思妥耶夫斯基提供的是一个苦难的世界，但同时又是你必须面对的世界。人生需要你去直面一些东西。我们有的时候既想逃避又想直面。逃避人生的痛，当然会让你获得暂时的精神上的安慰与解脱，但另一方面，现实中有些东西你是没办法逃避的。陀思妥耶夫斯基提供的就是一个你不敢不想不忍但又不得不去面对的世界。

二、苦难的一生

陀思妥耶夫斯基的一生就是苦难的一生。他的父亲本来是一名军医，退役之后在莫斯科的马里英济贫医院当医生。这个济贫医院是带有半慈善性质的医院，来治病的大部分是穷人、下层人。陀思妥耶夫斯基生活在莫斯科一个窄小的房子里。俄罗斯的其他作家像普希金、屠格涅夫、托尔斯泰在乡下都有很大的庄园。托尔斯泰就是一个庄园贵族。陀思妥耶夫斯基没有这个条件，他出生在一个城市的贫民的家庭。他从小接触的就是城市的下层人、平民。这也就注定了陀思妥耶夫斯基写的大多数是城市中的这些小人物，讲述城市平民的故事。

陀思妥耶夫斯基后来长大上学，父亲把他送到了军事工程学校，从1838年到1843年，一直在军事工程学校上学。毕业之后就在一个军事部门做一个绘图员，天天画那种军事地图。但是这种工作非常枯燥。陀思妥耶夫斯基内心一直有种文学的情结。所以，他一边做绘图员，一边从事写作。在1846年出版了《穷人》，作品引起了巨大的反响。从书名就可以看出这写的是一个穷人的故事。

其实在俄罗斯文学中有很多小人物的故事，从普希金的《驿站长》开始。《驿站长》写了一个驿站长的女儿被一个贵族公子骗走了，徒留老父亲一个人的感伤的故事。然后果戈里有《外套》。《外套》主人公攒了好多年的钱终于做了一件新外套，结果第一天穿去上班那件外套就丢了。在寻找外套的过程中受了很多磨难，多方求助却只受到奚落嘲笑，最终一命呜呼。一件外套就夺去了一个人的生命，让人感叹。一直到俄国著名短篇小说家契诃夫，他也写过很多小人物的故事。其中最著名的就是《一个小官员之死》，一个九等文官看戏的时候不小心打了一个喷嚏。喷嚏的唾沫不小心溅到了前面的一位大官头上去。当时他就吓得不得了，赶紧拼命道歉，对方和他说没关系。但他也没心思看戏了，心里老是想着这个大官口中说着没关系，是不是心里就恨着他了。然后，他就再去道歉，妨碍人家看戏被说了一下，完了之后他就更慌张了。第二天，他就想起到官吏的府上去解释，“我”为什么要打这个喷嚏，“我”打这个喷嚏完全没有任何要冒犯你的意思。等了好久，终于被接见了。人家早把这事情忘记了，你又啰哩吧嗦。于是被赶了出去。赶出去之后他就更害怕了，失魂落魄地走在十一月寒冷的大街上，受了一点风寒，回去之后就一病不起。因为一个喷嚏，一条生命就丧失了。这就是小人物的悲剧。

陀思妥耶夫斯基的第一部小说《穷人》同样也写的是小人物的故事。与其他作家不同的是陀思妥耶夫斯基不仅描写小人物的物质贫困，还更关注他们的心理感受。小说主人公最在意的就是别人会怎么看他。就说主人公杰符什金吧，他的外套满是油渍，他又买不起新外套，他最担心的就是别人会不会一眼就注意到那些污渍。陀思妥耶夫斯基小说主要写的不是人生的苦难本身，而是这些苦难和卑微的地位给这些小人物带来的心灵上的重负，甚至所受到的心灵创伤。从《穷人》到陀思妥耶夫斯基的第二部小说《孪生兄弟》，都是如此。《孪生兄弟》写的是怎样一个故事呢？主人公戈利亚德金，他是个小官吏。有一次上司的女儿生日举行舞会，其他同事都收到了邀请，只有他没有收到邀请，他又特别想去参加舞会。那一天，他穿上一件新外套，去了舞会现场，从后门溜了进去。溜进去之后，正好是两支舞曲的间隙。他跑进去之后，突然发现众目睽睽之下，他不知道该往哪里去了。别人都用异样的眼光看着他，他慌里慌张之下，不是撞到了这个，就是踩了另外一个人的脚。他本来想融入舞会中，结果成为大家的一个笑柄。恨不得要有个地缝，钻进去就好了。他赶紧逃离现场。他跑出去之后，在彼得堡的十一月的夜晚，寒风之下，跑着跑着，一个小戈利亚德金出现了。小戈利亚德金其实就是他的另外一个自我。戈利亚德金每天都和他一起去上班，一起下班。大戈利亚德金只会干活，不会做其他的。小戈利亚德金却是个八面玲珑、左右逢源的人。大戈利亚德金写的公文报告都被小戈利亚德金拿去向上司邀功了。小戈利亚德金本来只是大戈利亚德金的一个想象中的自我，却成为现实生活中处处和他作对的一个人。这是人的异化，想象的自我却又成为他生活中的对立面，处处和他作对。小说写的就是这么一个人的人格分裂。所以，《孪生兄弟》又被翻译成《双重人格》。

陀思妥耶夫斯基曾经一度相信空想社会主义，他在 1847 年加入了彼得拉舍夫斯基这样一个空想社会主义小组，每周都参加活动。这个小组后来被沙皇的侦探侦破。有一天，他们正在聚会的时候被抓了起来，接受审讯，小组的核心成员统统被判死刑。这些人被押到了刑场上，行刑的士兵已经举起了枪，只等最后一声令下，就送他们到另外一个世界。这个时候，沙皇派他的传令兵来传达旨意，大赦天下，赦免这些死刑犯，改判西伯利亚的监禁流放。就这样陀思妥耶夫斯基从死神边上重新回来了。他曾在小说《白痴》中，通过主人公梅思金之口，讲一个死刑犯，马上要见上帝了，结果又从那个世界回来了的心理活动，其实就是写的他自己。陀思妥耶夫斯基从 1849 年底被判流放西伯利亚，在西伯利亚的一个监狱坐了四年牢，还有六年的流放。他人生最好的十年，28 岁到 38 岁就是在监狱流放中度过的。

1859 年他重新回到彼得堡，他的世界观发生彻底的改变，他不再相信当初的空想社会主义，也不再相信仅仅靠制度就能解决问题。然后他就开始了对人的精神的灵魂的救赎的思考。包括他回归俄罗斯传统，回归到人民的根基。比如，监狱里的那些犯人包括杀人犯尽管非常凶恶，但他在他们内心发现了一些非常温柔的东西——人性的温暖。用陀思妥耶夫斯基的话来说，他在那些犯人中发现了“人身上的人”，再坏的人身上也有善性，也有美好的东西。陀思妥耶夫斯基从早期对社会的批判到后期致力于对人性的救赎。陀思妥耶夫斯基回来后写了一系列小说，从《死屋手记》（《死屋手记》写的就是监狱的那几年生活），然后到《被侮辱与被损害的》（同样写的是小人物被侮辱被损害的故事，地主的管家的女儿被诱拐的故事），再到《地下室手记》。从《双重人格》到《地下室手记》都被打上浓厚的陀思妥耶夫斯基烙印，也就是更关注的不是他们的物质贫困，而是这些小人物遭受到屈辱后心灵上受到的磨难。他们精神的煎熬，人格的分裂。大家不妨看看《地下室手记》中的片段。

> “啊，要是我只是因为懒惰才什么事都不干，那有多好呀！天哪，要能这样，我会多么尊重自己呀！我将尊重自己，因为我身上至少能够有一个惰性；在我身上至少有一个似乎是肯定的、自己也深信不疑的禀性。请问：此公何许人也？答曰：懒汉。听到人家这样议论自己，真是莫大的愉快。这意味着我有了肯定的评价，意味着人们对我是可以有所议论的。‘懒汉’——这是一种称号和天赋，这是一种事业。”①

陀思妥耶夫斯基写的是小人物缺乏自尊、被人无视的心理挫伤。小说写主人公半夜经过一家小饭馆，看到有人在打架，他突然非常羡慕那个能被扔出窗外的人。他也想去打一架，也许也会被扔出窗外。我们经常说一个人刷存在感，当一个人被视为无物的时候，什么都不是。就像小说主人公所说：“我哪怕做不了英雄，你哪怕把我叫作坏蛋，坏蛋至少有了名分，

---

① ［俄］陀思安耶夫斯基．陀思妥耶夫斯基作品集·赌徒［M］．满涛，译．上海译文出版社，1988：151—152.

说我是坏蛋、臭虫。最怕什么都不是”。所以主人公想和别人打一架，被人扔出窗外。结果，“我”连跳窗都不会，只好架都没打成，就走了。然后，他恰恰在这个过程中挡了一个军官的道，那个军官视他为无物，轻轻地把他拨到了一边去。他就特别生气，有一段写他想着怎么和人去决斗，决斗弄不成，他又想着什么时候在大街上碰到对方，一定要去撞对方一次，找回面子。结果每次要撞上军官的时候，他心里一害怕又躲开了。所以他特别恨自己，连撞人家一下都不敢。在最后一次，他准备要去撞人家的时候，又想着自己要穿着体面，没那么多的钱，只好去向上司借钱，把自己打扮一番，走到大街上，终于两个人结结实实地撞了一下。尽管自己可能吃了大亏，对方身体强壮把他撞痛了。他觉得自己至少达到了目的，保持了尊严。“我”终于敢撞他了。

生活中的这么一个小细节，在陀思妥耶夫斯基的笔下，花了很多的篇幅，就为了写主人公的心理活动。人们经常把陀思妥耶夫斯基叫作心理学家，他擅长分析的就是主人公的这种细微心理。他的小说写小人物更多的不是写物质贫困，而是他们失去价值感、自尊感的时候，如何去找回自我。下面还写一件事，主人公的几个大学同学正在商量，其中一位同学升官了，要到外地任职，几个同学商量要凑个份子钱欢送他。那几个人没想过要主人公参加的，结果主人公自己凑上去。他说他也要参加，他愿意出凑份子的钱。人家只好让他去。通知他说下午五点钟在某某地方。那一天，他如约到了那里，结果发现：

> 我昨天就知道我一定会是头一个到，问题不是头一个不头一个，他们不仅没有及时来，而且我是好不容易才找到他们订的那个包厢，座位上还没有摆好餐具，这是什么意思呢？我一再询问，才从侍应生那儿打听到，宴会是定在六点而不是五点。柜台上也肯定了这一点，我当时都不好意思问下去了，那时才五点二十五。假如他们改了时间，无论如何也该通知我一声啊，市邮局不就是干这个的吗？而不应该让我丢人。非但我自己受了羞辱，还在侍应生面前掉了价。我坐了

> 下来，侍应生开始摆桌子。有侍应生在场，不知怎么的更让人可气。快六点的时候，除了点着的灯以外，房间里又拿来了几根蜡烛。侍应生没有想到，我来了应该尽管把蜡烛拿来。隔壁房间两桌客人在吃饭，一人一桌，板着脸，一言不发。在远处的一个包间里，声音十分的嘈杂，甚至吵吵闹闹。可以听到一大帮人在哈哈大笑，还可以听到令人作呕的吓人的尖叫声。有女人在一起吃饭。当然，那是十分的恶心，我很少比这更让人难受的时刻了。而且，到了六点，他们几个人一下子全来了的时候，我甚至很高兴，把他们看作救苦救难的大救星。我差点忘了我应该摆出一副生气的样子才是。

他如约五点到了吃饭的地方，结果人家改到了六点。他特别生气，觉得自己受了侮辱，本来想一走了之，结果还是留了下来。其他人到了之后，本来自己应该摆出生气的样子，他却很不争气地如同见到了大救星一般。

后来，当他们开始落座吃饭。那几个人兀自聊他们的，把主人公抛在了一边，不理他。小说写：

> 大家都把我撇下不管，我沮丧而又尴尬地坐在一旁。主啊，我怎么跟这些人掺和到一块了呢？我想这是在他们面前自取其辱，成了多大的傻瓜。然而我也太纵容这个费尔费奇金了，这帮糊涂蛋还以为让我跟他们在一起吃饭是给了我面子。却不知不是他们给了我面子，而是我给了他们面子。啊！这该死的裤子，兹维尔威科夫刚才发现了衣服上的污渍……那算什么！还待在这儿干吗？马上、立刻从座位上站起来，一句话不说，干脆走人，出于轻蔑。明天哪怕决斗，这帮卑鄙小人，要知道，我不是舍不得那七个卢布，他们大概以为他妈的，我不是舍不得那七个卢布，立刻走人。不用说，我还是留了下来。

你看，他觉得他同学看不起他，不跟他说话，他特别生气，想了什么呢，“立刻走人”，结果呢，“不用说，我还是留了下来。”然后一杯一杯地喝着酒，后面又写他生气之下，恨不得拿酒瓶砸向对方的脑袋，结果却是给自己满满地倒了一杯。这种身不由己，自己也无法把握自己，让主人公特别沮丧。小说大量写的是小人物的屈辱，那种心理挫折感，让人感同身受。

陀思妥耶夫斯基的小人物的故事，和别的作家不一样，他写的是人面对社会上所受的那种屈辱、那种挫折感所导致的人格分裂。从《地下室手记》到《罪与罚》《白痴》，都是这样。《白痴》讲的是白痴公爵，他有癫痫病，从小在瑞士的疗养院治疗，后来他回到彼得堡来，要来继承一笔遗产。在彼得堡那个充满罪恶的世界，白痴公爵被看作一个善良的人、一个理想的人。但就是这么一个人却被叫作白痴，他想拯救他人，最后却自己旧病复发，患了癫痫病，只好重新被送回去瑞士山中。《群魔》，是写一个小组，他们作为革命者，从事各种肮脏的事业，想靠暗杀，推翻政府。小说把这些革命者写成像"群魔"一般。陀思妥耶夫斯基后期的小说不赞成社会主义，他也不相信改变制度就能变革社会，也更多地致力于人性的救赎。

陀思妥耶夫斯基的小说，从《少年》一直到《卡拉马佐夫兄弟》，都是偶合家庭的故事。《卡拉马佐夫兄弟》写的是老卡拉马佐夫和他的四个儿子的故事。老卡拉马佐夫是个放荡鬼、色鬼，生下几个孩子，当然他从来就没有管过这几个孩子。小说一开始，大儿子德米特里，是一名军官，回来了，他要从父亲这里拿到一笔遗产。然后父子同时看上了一名女子。父子就由此大打出手。德米特里一直扬言要把他父亲杀掉，有一次他去找他父亲要钱那天，正好被仆人发现，他走的时候把仆人打伤了。结果，就是在那天晚上，老卡拉马佐夫被人杀了。其实是被他的私生子斯迈尔加科夫杀掉的。后来德米特里被抓了起来，种种证据表明，老卡拉马佐夫被杀那天晚上，德米特里去了那里，甚至他手上还带了铜杵。所以最后法庭上判他有罪，指认他就是杀人犯。小说写大儿子想杀父，但是没杀成，被法庭错判为杀人犯。老二是在欧洲留过学回来的，心里面也对父亲充满了仇恨。分明知道那天要出事，他却借故出差走开了，给了私生子斯迈尔加科夫下手的机会。四兄弟只有老三阿廖沙被写成一个纯洁的少年，代表了在这么一个罪恶世界里的希望。这是一个弑父的故事，探讨人性中充满了种种罪恶，该如何去救赎。陀思妥耶夫斯基一辈子就在写这种故事。就像他的代表作《罪与罚》，罪——罪孽；罚——惩罚。这种罪孽不一定是法律上的罪，更多的是思想上的罪，人性之罪。相对应的，惩罚或者说救赎就不仅仅是法律上的救赎，更是精神救赎、上帝的救赎。

陀思妥耶夫斯基一辈子都处在贫困之中，从 1859 年回到彼得堡，他曾经和他的哥哥合办过一个杂志，叫《时代》杂志，但是这个杂志并没有挣到钱反而亏损了很多。而他哥哥又因为肺病早逝，留下一家子需要他抚养。陀思妥耶夫斯基的第一个妻子还带来了她和前夫生的孩子。妻子后来也因为肺痨死了。继子也由他抚养长大。后来他再婚，一大家子都靠他一个人抚养。陀思妥耶夫斯基因为债务缠身，只好拼命地赚钱，拼命地写作。

陀思妥耶夫斯基是一个多产作家，为什么多产？为生活所迫。你越是需要钱，出版商就越是克扣。有一次，一个出版商和他签约，把他之前出版的所有作品的版权全部买下来，除此之外还得再增加一部小说。陀思妥耶夫斯基要钱急用，只好签了这个不平等的协议。但是到了离约定时间不到一个月的时候，他的那部新的小说还没有写出来。怎么办？他只好请了一个速记员。然后他来口述，由速记员速记，速记完了再回去整理。由此，后来成为他妻子的安娜也走进了他的生活，就是这个速记员。经过一个月的合作，终于把一部新的小说《赌徒》写完了。两人在工作过程中，有了深厚的情感，最后走到了一起。他们到国外去旅行结婚，但这次出国并不浪漫。陀思妥耶夫斯基出国是因为什么呢？为了躲避债务，在国内不断地有人来讨债。除了躲债外，他有几大家子，他一有点稿费，就被这些人给抢光。

陀思妥耶夫斯基曾一度迷上赌博，迷上轮盘赌。他老是觉得自己发明了一种新赌法，只要下下小赌注，冷静细心地下注，赢到一定程度了就赶紧走人，这样一定可以赚到钱的。但是陀思妥耶夫斯基又属于那种性格比较偏激、好走极端的，他根本就没办法保持那种冷静。所以他每次一赢钱就想赢得多一点，结果常常会输个精光。他输了之后，就赶紧回来找他妻子要钱。要了钱之后再去赌，再赌再输。结果最后把妻子的嫁妆和首饰都输光了。每次输光回来之后，在他妻子面前痛哭忏悔，打定主意，再也不去赌了。结果过了两天，他依然摆脱不了通过赌博赢钱的欲望，又回到了赌场。最后一次，他输个精光之后，终于彻底戒赌。陀思妥耶夫斯基曾说他迷恋赌博不仅仅是金钱的原因，关键还在赌博本身。赌博本身就有一种吸引力，那种大起大落的刺激，很容易让人沉迷进去，不能自拔。

陀思妥耶夫斯基还有一种病叫癫痫病，这种病既和人的一种器质性病变有关，同时也和人的精神有关。如果在生活中受了某种刺激，发病的时候，往往会口吐白沫，人事不省。哪怕几分钟后醒过来，精神也处于一种非常压抑的状态。疾病和贫穷伴随了陀思妥耶夫斯基一生。陀思妥耶夫斯基是贫穷的一生、痛苦的一生，也许正是因为如此，他才写出了那么多苦难的故事。弗洛伊德曾经把陀思妥耶夫斯基称作既是伟大的艺术家，一个道德家，同时也是一个罪犯，一个精神病人。弗洛伊德认为陀思妥耶夫斯基把艺术家、道德家、罪犯、精神病人集于一身，然后才有了他的复杂的小说。

作者的生平经历与他的创作有着莫大的关系。从这个角度说，了解一个作家的生平再去读他的小说，你可能会体会更深一些。

三、《罪与罚》：罪孽与拯救

下面我给大家介绍陀思妥耶夫斯基的一部代表作——《罪与罚》。这部小说写的是一个大学生杀人的故事。西方文学里有很多杀人者的故事，当然杀人的动机、手段、方式、目的可能都各异。

古希腊悲剧里有一部和杀人有关的故事：《美狄亚》。美狄亚杀的是自己的儿子。为什么？为了报复负心的丈夫，她要杀死作为丈夫血缘存续的儿子。美狄亚以残忍的方式报复丈夫，那是要和命运抗争，以一种惨烈的方式的抗争。

莎士比亚的悲剧中不少也和杀人有关。《麦克白》《奥赛罗》，还有

《哈姆雷特》，莎士比亚的悲剧基本上和杀戮有关。奥赛罗杀妻是因为嫉妒，《哈姆莱特》里面克劳狄斯杀兄，第一是因为觊觎哥哥的王位，第二是贪慕嫂嫂的美色。权力欲望与色欲情欲导致他杀害兄长。这是源于人性之“恶”的杀戮。

不少影视作品关于“杀人”的叙述，会把焦点集中在主人公为什么会杀人，他的悲惨处境，或者把重心放在法庭审判、辩护上，以此揭示社会的不公，激发观众对杀人者的同情。对“杀人”问题的思考、透视也就有了种种社会学的意义。

回到陀思妥耶夫斯基，他也写过很多杀人的故事，如《卡拉马佐夫兄弟》，如《罪与罚》。

《罪与罚》讲的是一个思想杀人者的故事。主人公拉斯柯尔尼科夫作为法律系的一个大学生，相信了当时的欧洲流行的一种理论：说是为了某种正义、为了某种理想，有些人有权越过法律，乃至去犯罪杀人。在他看来“成千件好事和创意可以利用老太婆往后捐助修道院的钱来举办和整顿！成千上万的人都可以走上正路，几十个家庭可以免于贫困、离散、死亡、堕落、患上花柳病，利用她的钱来做这一切事情。”拉斯柯尔尼科夫很穷，同时他身边的大学生也很穷。他觉得为了拯救他身边的这些人，杀死一个对社会毫无用处甚至有害的老太婆就像捏死一只虱子，这是一个正当的事情。在他看来，“把她杀死，拿走她的钱为的是往后为人民服务，为大众谋利。你觉得怎么样？一桩轻微的罪行不是办成了几千件好事吗？牺牲一条性命，就可以使几千条性命免于疾病和离散。死一个人，活一百条命。这就是算学。”

在拉斯柯尔尼科夫看来，他杀人是因为某种正当目的——为了拯救和他一样穷的人，去杀死一个毫无用处的人，他就有了杀人的权力。与此同时，他杀人也是为了证明自己。社会上有两种人，一种是只能被束缚在法律之下，就像被绳子拦住一样。还有一种人可以跨过绳子，越过法律，做一个超人，拿破仑式的英雄。有时候，小人物杀一个人可能是罪犯，大人物杀一个人可能就成了英雄。历史上多少战争、多少英雄，是建立在千千万万的生命之上啊！

拉斯柯尔尼科夫也想做这么个英雄，小说写他要杀人，“当时我要知道，要快些知道，我同大家一样是只虱子呢，还是一个人？我能越过，还是不能越过？我敢俯身越过去拾取权力呢？还是不敢？我是只发抖的畜生呢，还是我有权力？”陀思妥耶夫斯基的小说很多都是小人物，在现实生活中受尽屈辱，然后失去自我。他们对自己很在意，总是想方设法证明自己。拉斯柯尔尼科夫杀人也是想证明自己，究竟能不能做拿破仑式的英雄。所以，尽管杀人是一件可怕的事情，但他在正义感以及证明自我的内在动力的驱使之下，实施了他的杀人行为。那天他偶然知道老太婆一个人在家，他一个人到老太婆的家中去，用事先准备的一把斧子，把老太婆砍死了。但是在这个过程之中，老太婆的妹妹回来了，他惊慌之下，把妹妹也杀死了。这出乎了他的意料，在实施一个“伟大”的计划同时，又使一个无辜者丧失了生命。

杀人在《罪与罚》中只是一个开端。这本书大部分是写一个人杀人之后的反应。那种生理、心理的反应，包括思想上的冲突、纠结，矛盾。拉斯柯尔尼科夫以正义的名义去杀人。一个方面，他不仅杀死了高利贷老太婆，还把一个无辜者杀死了。另一方面，一个人在杀人之后，意志再坚强的人也无法控制自己。拉斯柯尔尼科夫在杀人以后，陷入了一种梦魇的状态。而清醒过后，杀人成了他沉重的心理负担，同时，他又存着侥幸，自己能够逃脱法律的制裁。他因为欠房租被警察叫去，他以为是杀人的事情被人知道了，见到警察局局长，本来不是问这件事的，但他却因为高度紧张，晕倒在了警察局。小说后面大部分写的就是这么一个杀人之后所受的良心折磨的过程。也就是说即使是在最高的正义之下，也还有人的良知。哪怕你是以“正义”的名义杀人，在杀了人之后，你也要受自己良心的拷问。

小说写的就是拉斯柯尔尼科夫的“罪与罚”。罪——犯罪。这里的罪一方面是思想的罪，出于某种“崇高的思想”去杀人，当然这里也包含着某种人性之罪。惩罚一个方面是来自法律的惩罚，最终他要判刑，但更多的是来自心灵的惩罚，来自上帝的惩罚。小说还写了另一个人——索尼娅。索尼娅是一个妓女。一个杀人者和一个妓女的故事。拉斯柯尔尼科夫作为一个杀人者，经受了心灵的折磨。索尼娅是为了全家人的生活，去领了黄色的牌照，为了全家去牺牲自己。在这个过程中，她又不断受到他人的诬陷。在极度痛苦之下，拉斯柯尔尼科夫的出现，给了她心灵的安慰。对拉斯柯尔尼科夫来说，有这么一个女子关心他，给了他人生唯一的温暖。小说里写拉斯柯尔尼科夫向索尼娅坦白了他杀人的罪行后，有一段写索尼娅的反应：

> “‘您，您究竟对自己做了些什么啊！’她绝望地说，然后又跳起身来，扑过去搂住他的脖子，用双手紧紧地、紧紧地搂着他。拉斯柯尔尼科夫急忙躲开，带着一副凄然的笑容望着她。‘你这人真奇怪，索尼娅，我告诉了你这件事，你反倒拥抱我、吻我。你简直不知道你自己在做什么。’‘不，全世界再也没有比你更不幸的人了。’”

我们小时候看过的红色经典里面，面对一个有“罪”者，主人公往往是大义灭亲的姿态，所谓爱憎分明。而这里拉斯柯尔尼科夫坦白罪行后，索尼娅紧紧地搂住了他，还说他是“最不幸的人”。为什么索尼娅不是把拉斯柯尔尼科夫看作最凶恶的人，而是世上最不幸的人呢?

俄罗斯或者说整个西方文学有这么一个传统，包括陀思妥耶夫斯基写的《死屋手记》，往往那些罪犯都被称作是“不幸的人”。为什么是不幸的人，而不是可恨的人呢? 从拉斯柯尔尼科夫个人的角度来说，一个人本来过着非常安稳的日子，杀了一个人后，从此，你一辈子都要背上杀人的心理负担，一辈子都要做噩梦。所以，从罪犯本身这个角度来说，拉斯柯尔尼科夫即使是出于正义的目的杀人，却也背上了沉重的心理负担。另一个方面，按照基督教的观念，每个人都是有罪的，每个人都是不幸的人，所以耶稣基督才到人世来，代人赎罪，代人受苦。在基督教传统里面，每个人都是不幸的人，你作为罪犯，犯了罪，当然也就更不幸。不仅你的灵魂有罪，你比一般人罪孽更深重，你的灵魂更需要拯救。从这个角度来说，杀人者被看作比一般人更不幸的人。

> 索尼娅的这种反应，使一种好久没有过的感情如波涛般涌上他的心头，使得他的心一下子变得柔软了。他没有去抗拒这种感情，两滴泪珠滚下来，挂在他的睫毛上。

西方文学中有不少类似的场景。巴黎圣母院中有一个情节，加西莫多因为克洛德主教爱上了爱斯梅哈尔达，奉命去抢她，在实施抢劫的过程中，被抓了。抓住以后，加西莫多被判拷打示众。加西莫多在烈日炎炎之下，口渴难忍，他说要喝水，周围的人不断戏弄他，把水拿到他的嘴边，然后故意把水罐甩到地上去。这时，只有爱斯梅哈尔达——这个遭他抢劫的吉普赛女郎，走上前去，给了他一罐水喝。加西莫多喝了这水后，小说写，他久已干枯的眼睛里面流下了两颗泪珠。这是加西莫多的感动之泪。

雨果的《悲惨世界》里同样有一个类似的情节。主人公冉阿让为了姐姐的小孩，偷了几块面包，被判了七年牢，后来又因为试图越狱，被抓回来，最后坐满十九年的牢，才被放出来。当他放出来后，他对世界充满了仇恨。因为他放出来时，身上穿着囚衣，没人肯收留他，只有一个好心的人指点他让他去找米里哀主教。那天晚上，他找了主教，主教收留了他，让他住在家里。第二天，冉阿让走的时候，又把一套银餐具偷走了，在路上被卫兵抓住，被抓回来指认。主教怎么说的呢？他说："你怎么不告诉他，这是我送给你的。"他让家里的仆人把另一套银餐具送给了冉阿让。《圣经》里面说：别人打了你的左脸，你要把右脸伸出去给他打，别人拿了你的里衣，你要把外衣也给他拿去。正是主教这种"拿了你的里衣，把外衣也送给他"的行为，感化了冉阿让。冉阿让对世界充满仇恨的心突然变得柔软了，感到人世间还有一点点温暖，然后才走上了行善之路。

其实很多时候，善恶只在一念之间。如果一个人在不幸的时候，受到的是冷漠残酷的对待的话，他也许就一辈子走上不归路。如果在这个过程中，有人肯给他一点温暖，也许他的心就变得柔软了。小说写的拉斯柯尔尼科夫就是在索尼娅的感化之下内心变得柔软了，"两颗泪珠挂在了睫毛上”。因为索尼娅的这份爱，使他去自首，最后被流放到西伯利亚。小说结尾就是索尼娅也跟着拉斯柯尔尼科夫去西伯利亚流放。

19 世纪，俄罗斯文学里，有一大批这样伟大的女性形象。19 世纪那些革命者被流放时，从十二月党人开始，他们的妻子就跟着他们到西伯利亚去。19 世纪俄罗斯文学里就留下了这么一批杰出的自我牺牲的就如圣母一般的女性形象。索尼娅被看作是俄罗斯的母亲，俄罗斯圣母。

《罪与罚》写的就是罪、罚。基督教有关于罪的解释，人一生下来因为亚当夏娃偷吃禁果，就有了原罪。但是在西方文学里，更多地把罪与人性之罪联系到一起。罪，既可能是原罪，也包含了人性之罪，人性中包含着的恶的东西。拉斯柯尔尼科夫的罪还包括一种思想之罪。他杀人是出于崇高的目的。但世界上，为了崇高的目的杀人的事情，实际上导致了许许多多悲剧的产生。

《死屋手记》中说：“刽子手的特性存在于现代人的胚胎之中。”小说《卡拉马佐夫兄弟》中的主人公伊凡也有所发现，在他看来：“自然，每个人心中都潜藏着野兽，激怒的野兽，听到被虐待的牺牲品的叫喊而情欲勃发的野兽，挣脱锁链就想横冲直撞的野兽，因生活放荡而染上痛风、肝气等疾病的野兽”。每个人身上都有一个刽子手，一种恶的东西，甚至折磨他人就会有一种快感。特别是在这个过程中，如果披上一种神圣的外衣，就是说有了“正义”的目的，杀人如果有了一种崇高的幌子，有了理由。而陀思妥耶夫斯基要质疑的恰恰就是这一点。哪怕你以“正义”的名义，你就有资格杀人吗？陀思妥耶夫斯基的回答是“你没有权利”，每个人都是上帝的子民，每个人都没有去擅自处置他人生命的权利。

而人性中本身存在的恶，仅仅依赖于制度的改变是不够的。更需要人的灵魂的、精神的救赎。所以陀思妥耶夫斯基才会在《罪与罚》里面写一个人杀人之后悔罪，寻求救赎的过程。惩罚，一个方面来自法律意义上的惩罚，法律以公正的方式判决你有罪，这是正义的程序。但法律的惩罚只能惩罚你的行为，管不了你的心灵，管不了罪犯是否悔罪。如果一个罪犯不悔罪，他认为自己没有罪，他出来之后，照样会去干他觉得“正义”的事业。或者一个人认为自己无罪的话，哪怕是被判刑，他也觉得是在做正义的事业，反而有一种大义凛然、舍生取义的英雄感。法律只负责惩罚人的行为，管不了人的精神。所以陀思妥耶夫斯基除了法律意义上的惩罚之外，更想去寻求心灵上的救赎。心灵上的救赎源于杀人者首先要认识到自己是有罪的，然后才可能去忏悔，去自首，走上心灵的新生之路。

从他者的角度来说，拯救罪恶，需要的就是索尼娅式的爱的救赎。面对罪犯，我们是否该给他一点同情、一点怜悯，一点仁爱，而不仅仅是把他当成罪犯，而去仇恨他。在陀思妥耶夫斯基看来，面对世界上所有这些有罪的人、不幸的人，我们需要以一颗爱心去拯救他们，给他们一点人性的温暖，才有可能使他们的心变得柔软起来。所以，从这个意义上来说，陀思妥耶夫斯基提供的救赎就是一种基督式的爱的救赎，用爱来拯救世界，仇恨只会使得罪犯在罪恶的道路上越走越远，使得他不断地去从事各种有罪的事业，只有怜悯、同情、关爱，才有可能使罪犯从不归路上回归，重新获得精神的新生。这就是陀思妥耶夫斯基《罪与罚》的伟大，这是爱的救赎，来自上帝的救赎。

在陀思妥耶夫斯基那儿，基督代表的就是仁爱的精神，就像耶稣基督通过上十字架来拯救人类，那是一种爱的救赎。不光是要爱你的亲人，爱你的朋友，还要爱陌生人，当然，也包括你的仇敌。要爱你们的仇敌，这恰巧是基督式的伟大，哪怕是有罪的人。在接受法律惩罚的同时，也不影响你给他一点关爱之心。任何时候，都存一点宽容之心、仁爱之心，这个社会可能就会变得更美好一点，这也是陀思妥耶夫斯基给我们的启示。

第九节 《德伯家的苔丝》：一个女性的悲剧

各位同学，晚上好！今天要赏析的作品是英国小说家哈代的代表作《德伯家的苔丝》。在解读这部作品之前，简单了解一下这位作家及小说创作的背景。

一、哈代及小说创作的背景

哈代（1840－1928）出生在英格兰西南部的多塞特郡，一个较为偏僻的乡村。按照常理说，以哈代的出身背景，他是不太可能成为小说作家的。哈代的父亲是一位砖瓦匠，一位自由职业者，业余时间爱好音乐。哈代的母亲重视孩子的教育，喜欢给孩子讲民间故事。哈代是家中的长子，身为长子，顺理成章地继承了父业。他拜当地的建筑师为师，学成以后进了当地的建筑事务所，22 岁时去伦敦发展。他在建筑方面表现了良好的天赋，23 岁时写的论文《色砖和赤陶土在现代建筑中的应用》赢得了英国皇家建筑师学院银质奖章。他在建筑领域的发展可以说是一帆风顺，前途一片光明。但到 25 岁时，哈代突然改变了人生的道路，他开始进行文学创作并顺利发表。27 岁时，他决定以文学创作为生，成了职业作家。哈代一生共发表了近 20 部长篇小说，代表作有《德伯家的苔丝》《无名的裘德》《还乡》和《卡斯特桥市长》等。

哈代的小说富有浓重的地方色彩和时代印迹。他的小说大都以家乡多塞特郡为背景，展示了英国农村的恬静景象以及因为资本主义的发展给此地的人们带来的强大的冲击。因为多塞特郡古称威塞克斯，人们遂将哈代以“威塞克斯”为背景的小说称为“威塞克斯小说”系列。

哈代将自己的小说分为三类：性格与环境的小说、罗曼史与幻想的小说和精于结构的小说。今天我们要讲的《德伯家的苔丝》是哈代性格与环境小说系列的代表作。哈代被弗吉尼亚·伍尔夫称赞为“英国小说中最伟大的悲剧大师”，被马克思·韦伯誉为“英国小说界的莎士比亚”，他究竟给我们讲述了怎样的故事呢？

二、故事概况

《德伯家的苔丝》人物及故事情节都比较简单。这部小说的主要人物就三个：女主人公苔丝及两个并列的男主人公——安玑·克莱和亚雷·司托。主要情节就是女主人公与两位男主角之间发生的情感纠葛。

这部小说的故事脉络是怎么样的？小说共分为七个部分，我们就按此来讲授：

第一部分是妙龄少女。这个标题形容的是苔丝在故事开端的状态。故事开始的时候，苔丝还是一位不满16岁的一位少女，她是布莱谷马勒村的一枝花，在乡村集市跳舞中会引得外来人流连瞩目的女子。苔丝的美貌及她赤贫的家世为她的悲剧命运埋下了伏笔。

故事的起因是苔丝的父亲知道了自己了不起的出身。一天，苔丝的父亲在外出回来的路上碰到一个牧师，这位牧师看到她父亲的时候就喊一声“约翰爵士”，引发苔丝父亲极大的好奇，他不依不饶地问牧师：“你究竟为什么要叫我是爵士？”无奈，牧师只好告诉他，他们家其实叫德伯维尔，是一个大姓，祖上如何如何了不起！苔丝的父亲一听非常高兴，人也飘飘然起来，迫不及待要到处去显摆。到了晚上，她父亲就去了村里的小酒馆喝酒吹牛。本来苔丝家连吃饭都成问题，但是为了显摆“德伯维尔”这个姓氏，显摆祖上的荣光，父亲跑去小酒馆喝酒，很晚都没有回家。苔丝的母亲为了寻看究竟，也去了小酒馆，但却一去不回。苔丝在家里特别着急，因为原定第二天父亲要去赶集卖家里的农产品，她家只有卖了农产品才有钱买米下锅。苔丝的父亲是个佃户，但身体并不强健，母亲要照顾家里的孩子。这个家有 7 个孩子，苔丝是老大，15 岁，她的大妹妹 11 岁（在她和大妹妹之间父母曾经生了两个孩子都死掉了），苔丝的大弟弟 9 岁，下面还有两个妹妹，一个 3 岁及不满周岁的弟弟。苔丝特别懂事，担心父亲因为喝酒误事，但自己要照看弟弟妹妹，没办法去酒馆。于是叫大弟弟去请父母回来。结果弟弟去了以后也没有回来，因为父母太高兴了，一直在喝酒，弟弟也被大人们的热情感染而忘记自己去小酒馆的目的了。苔丝没有办法，只好亲自去小酒馆叫回家人，但父亲已经喝得烂醉如泥了。第二天清晨，到了该去赶集的时候了，但父亲却怎么叫都无法叫醒，苔丝只得和大弟弟一起赶车去集市。由于苔丝和弟弟都是小孩子，前一天晚上也折腾了一夜，所以在赶马车的时候，两人都迷迷糊糊睡着了。不幸的事情发生了。由于马没人赶，它跑到了逆行道，与对面飞驰而来的邮车迎面相撞，邮车的车辕戳中了马肚子，马当场死亡。这匹名叫王子的老马是苔丝家赖以生存的劳动工具，失去它意味着全家人的生计无法维持了，苔丝非常内疚。

在这个时候，苔丝的父亲打听到离他家不远，有一户姓德伯维尔的人家很有钱，因为是本家，父亲希望苔丝去认亲戚，寻求帮助。苔丝本不愿意去，但她清楚地认识到家中的生存困境是无法靠体弱的父亲解决的，加上她自认为是自己的原因导致“王子”死去，使整个家庭陷入困境。最后，苔丝不得不违背自己的初衷，去本家认亲戚。苔丝到了阔气的德伯维尔家，发现这一家只有母子二人。老太太是一位盲人，一个奇葩，她似乎对什么都不太关心，只关心她养的鸡。她喜欢听鸡叫，对自家的鸡了如指掌，给每只鸡都取了名字，只要摸一下，就能分辨出是哪只鸡。苔丝主要的工作就是照顾老太太的鸡和逗鸡叫。这家唯一的儿子亚雷·斯托，是远近闻名的花花公子。他一见苔丝，就用各种言语挑逗苔丝。苔丝非常讨厌他，也一直避免和他接触。一天，苔丝跟同在德伯维尔家干活儿的人一起去赶集。这些成年的男男女女聚在一起，玩兴很浓，喝酒，跳舞，乐不思蜀。但不到16岁的苔丝对这些都没有兴趣，只想早点回去，但自己又不熟悉路，只得等她的同伴。天已经很晚了，她的同伴才尽兴回去。回去的路上，大家边走边聊天，相互打趣。大家正开一个女孩子的玩笑，不料，那个女孩子突然恼了，向苔丝扑打过来。原来那个女孩子一直自认为长得不错，希望得到亚雷少爷的青睐，未果，却发现亚雷对新来的苔丝有意，所以她早就对苔丝充满敌意。就在两位姑娘扭打之时，亚雷骑马出现了，"救苔丝于危难之中"。他带苔丝离开了是非之地，走入了漫漫黑夜。在黑黢黢的夜晚，亚雷骑马带着苔丝在树林里兜兜转转，他似乎迷路了，怎么也走不出这片林子。就在这伸手不见五指的黑夜，就在这浓密的林子里，苔丝在恐惧、无助、无奈、不知所措等复杂的情绪下失去了贞操。

第二部分，失身女子。在那一夜以后，又发生了什么，作者并没有写。只是一个多月以后，苔丝不辞而别离开了德伯维尔家。亚雷闻讯，赶着马车追来。他让苔丝坐上马车，被苔丝拒绝。他又软磨硬泡，把苔丝劝上车。他问苔丝的打算，并对苔丝说如果发生了什么事情就去找他，还说以苔丝的姿色，随便嫁一个男人都不是问题。苔丝打心眼里厌恶亚雷，不愿与他多说话，更不想与他有任何瓜葛。苔丝突然回家，她的这一举动引来周围人的猜测，大家都用异样的眼光来看她。苔丝承受着巨大的压力。她将自己关在家里，屏蔽一切外来的信息。但不久以后，她发现自己怀孕了。她更加封闭自己，一直到孩子出生。孩子的出生，让苔丝有了很大的改变，她决定面对现实，承担起一个做母亲的责任。她开始出去干农活，也不畏大家的眼光，在干活儿的地里给孩子喂奶。但是不幸的是孩子才几个月大就夭折了。孩子的死给了苔丝沉重的打击。在消沉了一段时间后，她决心开始新的生活。

第三部分，重整旗鼓。苔丝决定离开她的家乡，到谁也不认识她的地方去，开启新生活。苔丝在一个牛奶场找到了工作，她默默劳动，低调生活。在这里，苔丝生命中另一个重要的男人——安玑·克莱出现了。安玑是一个人见人爱的男人，他温和友善，好学能干，是牛奶场女孩子们的梦中情人、话题中心及争相讨好的对象。只有苔丝不为他所动。特别的苔丝，引起了安玑的注意，安玑开始接近她，经过接触和了解，两人心意相通、情意相投，不知不觉爱上了对方。但相爱的两人表现却大相径庭：安玑爱得热烈，苔丝却爱得犹豫。

第四部分，终身大事。安玑一心想娶苔丝，他不顾苔丝的反对，回家跟父母摊牌，表明自己要娶苔丝的决心。安玑的父亲是个虔诚的牧师，他虽然希望儿子能子承父业，但面对儿子想创业当农场主的理想，及娶苔丝这位海外拓荒的理想伴侣的选择表示尊重和同意。两人的婚事在顺利地推进。苔丝也在欢喜与不安的复杂心情中迎来了自己的婚礼。新婚之夜，这对各怀心事的夫妻坦白了各自不堪的过去。原来安玑在年轻的时候因为生活没有目标去了伦敦，在伦敦被一个岁数比自己大许多的女人迷得昏头昏脑，不能自拔而干出了荒唐事。他请求苔丝原谅。苔丝当即表示原谅，暗自高兴自己的丈夫并不完美。接着她也向丈夫坦承了自己的过去，她以为不完美的丈夫能够接受不完美的自己。可惜她错了。

第五部分，吃亏的是女人。苔丝做梦也没想到那位口口声声称爱自己的男人马上就变脸了，直接说苔丝再也不是他心目中的苔丝了，再也不是那个姑娘了。出于面子上的考虑，安玑勉强和苔丝在一起待了几天，但态度非常冷淡。几天后，他就离开苔丝，一个人匆匆踏上去巴西的淘金路，留下苔丝一个人面对残局及残酷的现实。苔丝非但没有责怪丈夫的离开反而陷入了更深的自责中。为了躲避旁人好奇的目光，她以父姓示人；为了躲避熟悉她的人，她去了更偏远的地方，从事更艰苦的工作。她就这样坚强地生活着，坚定地等着她那音讯全无的丈夫。后来，苔丝家里传来噩耗，父亲突然去世，家里失去了唯一的劳动力，全家面临吃不上饭的境地。更糟糕的是，租给父亲的房子因父亲的去世而自动解约，一家人到了无家可归无房可住的地步了。面对家里的困境，苔丝一个人再也扛不住了，她希望有人能帮她，而她唯一可以求助的就是自己的丈夫。她给丈夫写信，但得不到回信。她决定亲自前往夫家寻求帮助。但强烈的自尊心最后阻止了她去见公婆。就在苔丝走投无路时，一个熟悉的身影闯入她的眼帘，再次改变了她的人生轨迹。

第六部分，回头人。苔丝遇到的人就是亚雷。具有讽刺意味的是，这位昔日的花花公子，摇身一变成为虔诚的基督徒。苔丝看到他时，他正在教堂讲授他皈依宗教之路。他讲述了自己年轻的时候如何荒唐，又怎样在宗教的感召下醒悟，决心要做一个好人、善人，劝诫大家来信教。这位加害苔丝的人，成为大家眼中的好人——一个迷途知返者。而苔丝作为一个受害者，却成了世人口中不贞洁的女子，生活狼狈不堪。这个时候亚雷发现了苔丝，重新开始了他第二轮的追求。他还振振有词地说，本来自己已经皈依宗教，决定做一个海外传道者，但一看到苔丝，就忘记所有，只有苔丝了。苔丝拒绝了亚雷的追求，她回家帮助家里处理搬迁之事。亚雷也跟着追来，他目睹了苔丝家流落街头的惨状，表示愿意接济苔丝，被苔丝拒绝了。亚雷背着苔丝给了苔丝母亲钱，苔丝无奈，被迫成为亚雷的情妇。

第七部分，完结。在苔丝成为亚雷的情妇不久，安玑从巴西回来了。在读到苔丝的求救信后，他心急如焚，四处寻找苔丝，最后在一个海边的小城找到了苔丝。他发现了苔丝真实的生活状况，失望地离开了。安玑的回归和再次离开，对于苔丝来说是一种致命的打击。她十分懊悔，她一直深爱的那个男人终于回来救她了，但是命运捉弄人，她没有坚持到这一天。苔丝看着亚雷——这个毁了自己一生幸福的男人，心中充满了愤恨。这时亚雷的讥讽激怒了她，她一怒之下杀了亚雷，然后不顾一切地去追她的爱人。两个人相爱的人终于在一起了，他们互诉衷情，甜蜜相伴。在逃亡五天后，苔丝被捕并处以绞刑。安玑遵照苔丝的遗愿，带着忏悔的心情和苔丝的妹妹开始了新的生活。

三、如何理解这部小说？

我们先来破题。小说名叫《德伯家的苔丝》（Tess of the D' Urbervilles）而不是《苔丝·德伯》（Tess D' Urberville），这两个名字的差别在于，后者仅仅强调苔丝本人，而前者除了强调苔丝本人之外，还强调了她的出生——德伯家族（D' Urbervilles）。德伯家族这个姓氏是理解这部小说的一把钥匙，苔丝的悲剧命运与她的姓氏紧紧相连。

苔丝的悲剧是在父亲知道自家是伟大的 D' Urbervilles 的后代开始的。小说的开头，苔丝的父亲——一个普通的农民赶集回家的途中，无意中知道自己出身高贵。原来自家不是姓 Durbeyfield 这么一个平凡的姓，而是 D' Urberville 这一古老高贵的姓氏。他的祖先是追随征服者威廉从诺曼底来的骑士，因为战功卓著，获得大量的封地，显赫一时。在苔丝生活的年代，这一家族早已没落了，但它的辉煌历史在这一片区域仍可见到，像山下的王陴、墓地、石头上的头像以及白玉石的神龛都在诉说这一家族昔日的荣光。这一古老家族到苔丝父亲这一辈，已经没有宅邸，没有领地，家里仅剩的两样旧物件——古调羹和古印，一看就是有年头的东西，印证了苔丝家与那个古老家族的联系。知道自己的出身这么高贵，苔丝的父亲不禁扬扬得意，到处显摆。结果乐极生悲。父亲因为喝酒误事，导致了家里赖以生存的劳动工具——“王子”（一匹老马）之死。“王子”一死，家里的生计出现了困难，为了解困，才有了苔丝去冒牌的德伯家认亲之事。

苔丝与亚雷的情感纠葛也是因 D' Urbervilles 这一姓氏而起。为了解救家庭的困境，苔丝遵照父母之意到德伯维尔家认亲。但这户人家并非德伯维尔家的后代，也不是当地的原住民，是实实在在的冒牌货。这家的男主人是一位名叫西蒙·司托的北方人，刚去世不久。据说他是一位诚实的商人，也有人说是放债的。总之，在他发财后，他就远离了他做买卖的地方，到南部地区定居，当个乡绅。为了不让大家轻易辨出他是过去那个精明的买卖人，他决定改名更姓。通过研究关于家族的文献，选定德伯这个古姓为自家的姓氏。这个自称 D' Urberville 的家庭，没有田地，没有佃户，只有一座漂亮的乡村宅邸，算不上是真正的庄园主。这家那位假德伯少爷在看到真德伯小姐的一瞬间，就决定要将其占为己有。苔丝与亚雷的关系也非常具有象征和讽刺的意味。亚雷，一个本应姓司托的人，现在却堂而皇之地姓 D' Urberville，也苔丝，D' Urbervilles 真正的后代，现在却姓 Durbeyfield。亚雷不仅鸠占鹊巢，霸占了苔丝的姓氏，也霸占了苔丝的肉体。凭什么？靠什么？资本。《德伯家的苔丝》为我们展示了因为资本主义的发展给英国农村人们恬静生活带来了冲击和改变。

D' Urbervilles 这个姓氏给苔丝生活带来的影响并没有结束。苔丝和安玑在一起以后，D' Urbervilles 这个姓氏仍像恶魔一样围绕着苔丝这个无辜的女子。在安玑回家与父亲商量同苔丝的婚事时，安玑就听他的父亲谈起一个人叫 D' Urberville 的人，一个远近闻名的浪荡子，一个由暴发户改名而来的冒牌家族。这位 D' Urberville 臭名昭著，身为牧师，安玑的父亲希望能拯救他，希望他迷途知返，劝他向善。结果没想到这位浪荡子根本不理会牧师的良苦用心，不顾牧师已白发苍苍，当众侮辱他，令安玑非常气愤。

此外，在安玑的心目中，一直对古老门第存有偏见。他曾说："在政治上，我对古老门第的优越性表示怀疑"。在谈到 D' Urbervilles 这个家族的衰亡时，安玑认为 D' Urbervilles 的衰落是因为他们的性格里面有一些腐朽的堕落的寄生虫，正是这种性格才会让这样一个曾经辉煌的家族衰亡没落。新婚之夜，在苔丝对安玑说出自己遭遇时，安玑直接对苔丝说："我想，发现你们家世的那个牧师，若当初守口如瓶，事情反而更好些。因为我不禁要把你的意志脆弱和你家族的衰亡联系起来。腐朽的世家也就意味着腐朽的思想、腐朽的行为。天哪，你为什么要把你的家世告诉我，给了我一个更加瞧不起你的把柄呢？我本来一直以为你是大自然的新生儿女，谁知道竟是没落贵族的遗孕！"与苔丝分开后，安玑非常痛苦。他审视他俩之间的关系，结论是：他的一切孤寂和凄凉，都是苔丝家那古老的德伯维尔姓氏所引发的。他后悔当初在知道苔丝生于衰败了的古老世家而非像他所梦想的那样生在新生的小户人家的时候，没有遵照自己的原则，忍痛割爱，把她放弃掉。他认为他所遭受的痛苦，正是因为自己违反了自己信念，跟一位贵族的遗孕在一起的恶果。

安玑对 D' Urbervilles 的偏见还表现在小说的最后，苔丝告诉安玑，说她杀了亚雷，安玑的第一反应是德伯维尔家族真的有疯狂的血液。脑中浮现出关于"德伯家的大马车"的传说。这是这个传说在小说中的第三次出现。

这个传说第一次出现是在苔丝与安玑婚礼结束后。两人乘马车开启他们的蜜月旅行，在车上安玑提起了“德伯家的大马车”这一传说。他对苔丝提到，德伯家有一个人在自家的大马车里犯了一件可怕的罪，从那以后，这家人随时都会看见那辆车的模样，或是听见那辆车的动静。德伯家的大马车上究竟发生了什么可怕的事？为什么这个家族的人随时都会看见那辆车的模样，或者听见那辆车的声音？作者在暗示什么？

这个传说第二次出现，是在苔丝一家走投无路之时。当时苔丝正在失神发呆，亚雷来到她身边，问她是不是听到了什么声音，并提起了德伯家的大马车。在苔丝的追问下，亚雷讲述了关于这辆马车的故事：“据说，一个姓德伯维尔的人抢了一个美丽的女人，抓进了马车里，那女的企图逃跑，他们两人就在马车里打了起来，结果，他把那个女人杀死了—要么是那个女人把他杀死了。这点我记不清了。”

可见，“德伯家的大马车”的传说是关于德伯家族的一桩谋杀案。哈代通过与苔丝命运相关的两个男人对这一个传说的叙述，暗示了苔丝的命运，她（德伯）将杀人，也将因此被杀。

《德伯家的苔丝》写的是苔丝的悲剧故事，但它不仅是苔丝的悲剧，也是德伯维尔家族（D’Urbervilles）的悲剧，更是千万个古老家族的悲剧。因为苔丝家庭的际遇在这一地区并非个案，具有普遍性。像在新婚之夜，安玑·克莱指责苔丝，抨击她腐朽的思想和行为都源于她的家世时，苔丝曾说过这样一段话：“在这方面，还有很多家庭跟我一样糟呢……你到处都能找到像我一样的人，这是本郡的特点，对此，我有什么法子呀？”德伯家苔丝的死亡、德伯家的走投无路，是千万个古老家族命运的缩影，它象征着古老的家族及它所代表的英国传统农业社会的衰亡。这些生活在偏远地方的农民，从过去自给自足的生活状态变成被雇佣、受剥削的状态，他们的身份也由农民变成了农业工人。《德伯家的苔丝》反映了这一时期的历史，表现了对这些失去土地沦为农业工人的人们的同情，对正在逝去的旧有的生活方式和田园风光表现出依恋之情。这就是作品的主题。

作者通过作品的主题表现了怎样的思想？他创作的意图是什么？

作者的思想及创作主旨通过女主人公的形象得以充分地体现。我们接下来分析作品的主人公苔丝。

四、如何理解苔丝这一人物形象？

《德伯家的苔丝》在英国一经刊出就引起极大的争议，争议的焦点就是女主人公。很多人认为像苔丝这样有污点的女人不配做小说的主角。这种看法与当时人们的道德观相关。小说创作于1891年，处于维多利亚时代（1837—1901）的后期。维多利亚时代是英国政治经济的全盛时代，被称为是英国历史的黄金时代。这一时期的社会生活以崇尚道德修养和谦虚礼貌而著称，比较保守，具有清教主义倾向。苔丝按照那个时代的道德标准来看，是一个不洁的女人。

面对维多利亚时代虚伪的社会道德，哈代选择了公开挑战。他为小说添加了一个副标题："一个纯洁的女人"，明确表达了自己的观点。他还在不同的场合、以不同的方式表达自己对苔丝的爱与怜惜。比如他曾表示想把自己的姓给苔丝，在小说扉页他留下痛彻心扉的题词："可怜的受伤的名字！我的胸膛将是一张供你养息的眠床。（莎士比亚）"

哈代为何称苔丝为"纯洁的女人"呢？他又是如何来塑造这一女人的呢？

《德伯家的苔丝》是哈代"性格与环境小说"最典型的一部。在小说中，环境与主人公相互感应、相互衬托、息息相通。苔丝的奋斗、追求、幻灭，莫不与环境相关。这里的环境包括人与人、人与自然及人与社会的关系。苔丝的品性在环境中得到了充分的展现。

苔丝的品性集中体现在她与两位男主人公的关系上。

首先是苔丝与亚雷。亚雷（Alec）的名字有"男人的帮手"之意，在小说中多次以苔丝的"保护者"的身份出现，在苔丝家出现经济困难时，他出手相救，在苔丝被人打的时候，也是他出手相救。但实际上，他是苔丝生命中的魔鬼，亚雷视苔丝为尤物，他看到苔丝的第一眼，就被苔丝美丽的外表所迷住，于是绞尽脑汁，不择手段地得到了苔丝。而苔丝在遇到亚雷时还不满16岁，涉世未深，对男女关系也不懂，在懵懂无知的情形下就被玷污了。即便被亚雷欺侮无力抗争，但是苔丝一直保持自尊，忠于自己，以自己的一言一行表现出对亚雷的反感和讨厌。去德伯家认亲，苔丝本不愿意，她是为了自己的家人才牺牲了自己的自尊。后来，为了维护自己的尊严，她离开了亚雷。亚雷表示愿意给她一点补偿，苔丝却说："我已经说过我不再要你的任何东西了，我真的不能再要了！我若那样做，不就成了你的玩物了吗？可我不愿意！"亚雷挑逗她、亲她，苔丝都明确拒绝。她对亚雷说，她知道如果她态度稍微好一点，就能够获得很多好处，但是她不会，因为这违背自己的初衷，自己也不是那样的人！即便后来她发现自己有了亚雷的孩子，也没有去找亚雷寻求补偿。在苔丝第二次遇到亚雷的时候，她的家人已处于生活的绝境，即便如此，她也没有选择以出卖自己的方式来获得帮助或好处，而是希望用自己的双手为自己和娘家人赚取面包。她的行为让亚雷非常不理解，照他看来，苔丝长得这么好，为什么要这么为难自己，让自己像个男人一样去干重活呢？苔丝最后屈身做了亚雷的情妇，也并非心甘情愿，而是因为亚雷清楚苔丝的为人，知道她不会屈从自己，转而采取侧面迂回的方式，让苔丝的母亲接受了自己的帮助，最终逼得苔丝就范。透过苔丝和亚雷之间的关系，我们可以看到苔丝是一位自尊、自强、自立的女性。即使生活欺骗了她，她也没有堕落，没有放弃对美好爱情和生活的向往和追求，她配得上"纯洁"二字。

再来看看苔丝和安玑·克莱尔之间的关系。苔丝和安玑可以说是心意相通、情意相投的一对恋人。两人三观相合，都注重精神世界，都有不畏世俗、反传统的一面，都追求以爱情为前提的婚姻。但在两人的关系中，苔丝总是以低姿态出现，她又想勇敢爱又怕受伤害。在与安玑的恋爱中苔丝之所以自卑和被动是因为她觉得自己不够完美。苔丝本可以什么都不说，隐瞒她的过去，但她还是选择了诚实面对安玑。在安玑抛下自己，一个人跑去巴西创业，苔丝选择了默默地承受一切，她以娘家姓在远离娘家和婆家的地方干苦力活儿，艰难地靠自己的劳动养活自己帮助娘家。她从不向人摇尾乞怜，在遇到父亲去世、娘家走投无路的情境，她已经无法靠一己之力解决家中的难题，只得去求助自己的婆家。但走到最后一步，已经到了婆家的门口，她还是转身离开了，因为她的自尊心不允许她这么做。

无论从苔丝与亚雷还是苔丝与安玑的关系中，我们都可以看到她的美好与纯洁。她长得漂亮，但并不以此作为换取金钱和物质的筹码，她希望通过自己的劳动来换取自己想要的生活。她勇敢、诚实，不隐瞒自己的真实的想法和过去，不愿意像自己的父辈一样只为活着而活着，她还有自己的精神追求。她自尊自爱，不愿意做让人侧目的事情。总之，我们可以看到苔丝身陷苦难仍不忘保持自己纯洁的本性而做的挣扎。

是什么让苔丝深陷苦难难以自拔？除了工业革命带给农村巨大的冲击这一大的社会环境因素外，亚雷和安玑是苔丝悲剧直接的制造者和助虐者，他们对苔丝进行了的肉体和精神双重摧残。

亚雷这个花花公子，是个摧花高手，他不择手段玷污了苔丝，摧残了苔丝的肉体。但在与亚雷的关系中，我们可以发现苔丝虽然被亚雷欺侮，但她并未向亚雷低头，她在言行中表现出对亚雷的不屑，她在两人的关系中保有一份高傲，在精神上占有上风。直到第二次落入亚雷之手，才看到她的心灰意冷。

但是安玑，苔丝的爱人，却是苔丝精神的摧毁者。苔丝与安玑，如前面所讲，两人有着许多的共同之处。首先，两人都可以说是家庭的叛逆者。安玑，出生于神职人员家庭，父亲是一个虔诚的牧师，潜心布道。安玑的父亲用他的行动影响着家人，他的大儿子和二儿子都继承了自己的衣钵，分别在牛津和剑桥学习神学，毕业后成了神职人员。他对自己的小儿子更是寄予厚望，为他取名安玑（angle，即天使之意），希望他能子承父业，有所建树。但是安玑对神学毫无兴趣，他不读圣经，而去看哲学书籍，把父亲都气坏了。安玑立志要走一条世俗的路，希望通过海外殖民拓荒的方式成为大庄园主。从职业的选择上看，他背弃父亲的希望，背叛了他的家族。苔丝也是这样，她一直都特别反感她的父亲把德伯维尔这一姓氏挂在嘴边，她声称自己所有的优点都是来自母亲——一个出身普通、勤劳朴实、任劳任怨的女人。其次，两人对宗教的看法也相似，他们都不是虔诚的教徒，对宗教的看法更加世俗化。比如苔丝，在自己与亚雷的私生子夭折后，她去请牧师来替儿子祷告，由于苔丝的儿子是私生子，牧师拒绝了苔丝的请求。这位勇敢的母亲就自己扮成牧师，让弟弟妹妹排成一排，自己拿出圣经，给儿子做了最后的祷告。对自己为儿子做的祷告，苔丝表示如果这一祷告得不到上帝认可的话，这个宗教就不值得她的信仰。而安玑在与父亲谈到宗教信仰时曾表示不认同"供奉上帝来赎罪"的宗教观，他认为信仰应该源于爱，如同爱父母一样。安玑和苔丝的宗教观都具有世俗的倾向。最后，两人都是干农活儿的好手。甚至，这两个在彼此眼中完美的恋人都有着相似的不堪回首的往事。正因为在苔丝心中，安玑是同路人，是爱人，所以安玑对苔丝的否定才是最致命的。在苔丝与安玑的关系中，苔丝一直表现得不自信，她态度卑微，在安玑面前小心翼翼，她被自己的失贞压得喘不过气来。

对"贞洁"问题的看法和讨论，在苔丝与安玑的新婚之夜得到了最充分的反映。首先是安玑对苔丝坦白自己年轻时的荒唐事，他说因为年轻，因为没有生活目标，所以干了荒唐事，他请求苔丝的原谅。苔丝当即表示原谅。随后苔丝说出自己那段不堪回忆的经历，不料却遭到安玑的嫌弃，他称苔丝再也不是他心目中的那个苔丝了，不是大自然的新生女儿，"是没落贵族的遗孕"，他的潜台词就是说苔丝不再是纯洁的女人了。这里明显地出现了双重标准：一个成年的男人，因为生活没有目标而做了"荒唐"的事，会因为他年少轻狂而得到社会的谅解；而一位女性，哪怕是未成年，哪怕是被迫，哪怕是受害者，她的贞操一旦失去，会一生被标注成"不纯洁"的女人。哈代通过这种对比，对维多利亚时代的虚伪道德进行了揭露和批判，他还进一步分析了安玑·克莱儿的道德观的局限性及形成的原因。他这样写道：

"这天夜里，他所贬低的那个女人正在想着，她的丈夫是多么高尚、多么的善良。但是，在他们两人的上面，笼罩着一个阴影，比克莱尔所看到的阴影还要黑得多，这个阴影不是别的，正是克莱尔自身的局限性。他这个青年，虽然企图以独立的见解来判断事物，虽然有着先进的思想、美好的目标，是最近二十五年以来的时代的典型人物，但是，由于受到早年教育的影响，一旦事出意外时，他又是一个习俗和成见的奴隶。其实，在本质上，他那年轻的妻子和其他疾恶如仇的女人一样，对于利慕伊勒王的那番赞美，是当之无愧的，因为判断她的道德价值，应该根据她的本性，而不是根据她所做过的某一件事。不过，这个道理、当时没有先知告诉他，他自己也不够先知先觉，所以认识不到这一点。还有一点，那就是近距离的人常常处于不利的地位，因为距离近，一切都清清楚楚、暴露无遗了，而身在远处的人，由于形体蒙眬而处于优势，连身上的污点也被距离变成了艺术上的美点。克莱尔由于只考虑苔丝所缺乏的一面，而忽略了她所具备的一面：甚至忘了，身心有缺陷的人能够胜过十全十美的。”

可见，哈代认为，安玑虽然有进步的思想，有对社会的反叛性，但他的思想仍具有局限性。安玑的局限性来自他所受的传统教育，来自他所生活的时代。他对道德、对贞洁的看法代表的正是当时人们最普遍的看法。究竟应该怎样来评判一个人是否道德？究竟应该怎样评价一个女人是否贞洁？哈代给出了正面的答复。他在小说第四十九章写道：“一个人人格的美与丑，不在于达到的结果，而在于他的目的和冲动；对一个人的真实评价，不是只看他的历史，而是要看他的将来。”如果以此作为评判标准的话，苔丝无疑可以称得上是“纯洁的女人”。

哈代通过苔丝这一人物形象，通过苔丝与亚雷、安玑的关系，表达了自己的道德观，贞洁观，他的观点无疑具有进步意义，对于女性的解放具有积极的作用。

五、《德伯家的苔丝》的艺术特色

《德伯家的苔丝》写的是苔丝悲惨的一生，整部小说具有浓厚的宿命论的色彩。苔丝的一生，仿佛被环境这一无法逃避的巨网囚禁，又仿佛被看不见的命运之手操控，让苔丝逃无可逃，只得束手就擒。哈代在小说中通过许多情节表现了宿命论的观点，苔丝一生中许多重要的时刻，都暗示着她不幸的命运，仿佛冥冥中悲剧早已注定。

故事开始的时候就出现了苔丝悲剧命运的征兆。苔丝家的老马——“王子”死时，出现了这样一幕：苔丝家的马车与对面的邮车相撞，对面邮车的车辕戳到苔丝家老马的肚子上，血喷涌而出，苔丝不知所措，出于本能，她用手去捂那匹老马流出的血，结果根本就捂不住，反而全身都沾满了血。苔丝衣服沾满血的这一意象是苔丝不幸命运的象征，喻示了苔丝杀人及自己的死亡。

苔丝在被亚雷玷污后，离开亚雷回家。苔丝在回家的路上，听到身后有脚步声，一个男人的脚步越走越近。那脚步声轻快，苔丝原以为那人离她还远，没想到那人紧跟在她身后，还向她问了早安。这个情节也是一种象征，因为这个人是一个粉刷匠，他告诉苔丝今天是安息日，他刚刚在篱阶的木板上写完“你犯罪的惩罚正眼睁睁地瞅着你”。苔丝回头，看到那块古老的墙上还涂着“不要犯”（全句应为“不要犯奸淫”，出自《旧约》）。苔丝当时心里就“咯噔”了一下，感到一丝不安和恐惧，因为她刚刚犯了奸淫就被训诫，仿佛自己的行为被上帝看到了似的，而她也将为此受到惩罚。

此外，在小说多次出现“德伯家大马车的传说”，它既是指德伯家过去的一桩谋杀案，也暗示了苔丝的命运，她（德伯）将杀人，也将因此被送上绞刑架。

苔丝的被捕的地点是在巨石阵，这是英国人心目中神圣又神秘的地方。有关它的传说很多，它的修建也被看作是个谜。一般人们都认为巨石阵可能和宗教信仰、祭祀等活动有关。苔丝在杀死亚雷，和安玑逃亡五天后来到这儿。到这儿以后，苔丝表示自己逃不动了，想歇一歇。安玑却劝她赶快走，因为这个地方太敞了，好些公里以外都看得见，躺在石头上看上去就像在祭坛上一样，不安全也不吉利。但苔丝却说她很愿意待在这儿，因为在这儿只有苍天在她头上，她感到庄严。最后，苔丝在巨石阵的石头上被抓，仿佛被当作祭品以死祭神。事实上，苔丝何尝不是传统伦理道德的牺牲品呢？

小说的结尾写道："明正"典刑了，埃斯库罗斯所说的众神的主宰，结束了对苔丝的戏弄。

苔丝的悲剧命运，令读者唏嘘。作家在表现苔丝的命运时，运用了象征、隐喻等手法，让读者感到命运难以捉摸、无法逃避。这样的写法，让小说具有更浓重的悲剧色彩和神秘主义的意味，更加触动读者，引发他们更多的思考和回味。哈代也因此被称为英国小说中最伟大的悲剧大师。

哈代通过《德伯家的苔丝》为我们讲述了一个时代、一个地区、一个家族、一位女性的故事。通过这个故事，作家肯定了苔丝在寻求自我实现中表现出的人的尊严和价值，肯定了她对美好生活的追求及与命运抗争的勇气，批判了维多利亚时期的虚伪道德，表现了对苔丝的同情。今天，我们读《德伯家的苔丝》，大家可以想一想这个问题：苔丝身为一位女性，遭受到她那个时代的不公正的待遇，今天的大众对女性生活特别是道德方面的评判是否也存在双标呢？

第十节　卡夫卡：卡住了的人生

一、卡住了吗？

卡夫卡是个异类。人们把他列入现代派，认为他开启了现代主义文学，其实卡夫卡从来没有把自己当做任何文学流派中的一员，甚至从来没有觉得自己在进行伟大的文学创作，他一辈子也没有想过去当什么著名的作家，成名成家，获得各种利益，对于卡夫卡来说，文学就是他的一种生活方式，一种生命存在的方式。

卡夫卡的中文译名非常有意思，你看“卡”，汉语里面的象形字，“上”的下面那一横是什么呢？地平线，地平线往上面走叫“上”，地平线往下面走是“下”。“卡”呢？上也上不去，下又下不来，卡住了。卡夫卡，卡呀卡，这个人在生活中就是被卡住了，左右为难，除了挣扎，还是挣扎，除了纠结，还是纠结。卡夫卡曾经解释过他的名字，他说：“我的名字叫 kafka。这是希伯来语，它的意思是穴鸟”，即洞穴里面的鸟。

卡夫卡一生下来，就处在多重的压力之下。首先他的父亲，属于那种没有多少学识，但是作为一家之长性格比较暴躁，同时又具有绝对的权威，家里面所有的人都要服从他的意志，包括儿子。他要为儿子做整个未来的幸福设计。卡夫卡想学文学，他老爸说文学最没用，所以别学了，学什么有用呢？法律啊！所以卡夫卡违心地选择了法律专业，他不喜欢法律，但是为了他的父亲，为了学位，一直从本科到硕士，读到博士，拿到法学的博士学位。之后在一家工伤保险公司，从事一份法律咨询的工作，或者叫法律顾问。但他一直不喜欢法律，对他来说，他内心真正离不开的，是心爱的文学。

卡夫卡当时所处的社会环境——奥匈帝国，是一个带有浓厚的封建传统的国家，所以社会也是非常压抑的，而卡夫卡又是一个犹太人，犹太人在那个时代一直是受到排挤的。犹太人的身份是最复杂的，他们曾经有自己的“流奶与蜜之地”，就是《圣经》里面写的迦南，现在的巴勒斯坦一带，所以后来的犹太复国主义，犹太人建立了以色列国，就是他们的祖先当初生活的“流奶与蜜之地”，幸福的乐园。但是大部分的犹太人都是流落到世界各地，他们没有了自己的家园，上帝耶和华就成为他们唯一的一种精神信仰，宗教成为维系他们的共同的精神纽带。

而在奥匈帝国，后来在纳粹德国，犹太人一直是被排挤的，也就决定了卡夫卡一直觉得自己生活在一种压抑之中。

在压抑之中，卡夫卡看起来一辈子过得非常平淡，他表面上每天按时去上班下班，而为了谋生干的活，又是他不喜欢的，晚上回来的时候，他就把自己关在小屋里，干什么呢？写作。因为对于卡夫卡来说，人生太痛苦了，太压抑了，也没有一个人可以倾诉。这时他最需要文字，用他的那支笔来表达他内心的一切。一个太幸福的人，他是不会想去写诗的，哪怕他幸福地写出了诗，那也是一首太甜腻的诗。

我们过去经常说诗穷而后工，诗人在穷困潦倒之下，诗反而容易写得好，或者说叫痛苦出诗人，愤怒出诗人，都是一个道理。卡夫卡每天晚上就沉浸在写作之中，他曾经在日记中说：“想把我那梦幻般的内心生活表现出来的意向，使其他一切都变成次要的事情”，在他看来，他要把自己梦幻般的内心生活表现出来，这是他生命中最重要的，他说“我将不顾一切地、无条件地进行写作，这是我为自身的生存所进行的战斗”，为了“活下去”，不自杀，写作就成为他唯一的一种存在的方式，所以“凡与文学无关的一切都使我痛恨”。卡夫卡曾经三次订婚，但一旦要走进婚姻殿堂的那一刻，他就选择了逃避。他曾经说：

> 我要过的是一种奇妙的、一切为我的工作设想的生活，我对我的这个要求毫不让步，而她呢，好像对我的一切无声的请求都听不见似的。她要的是平庸的生活标准，舒适的住房，兴趣在工厂，保证充分的饮食，晚上十一点上床睡觉，带暖气的房间……她对我的工作几乎毫不关心，也看不出有什么理解。

这是他与第二个女友，叫菲莉斯，第二次订婚，等快要结婚的时候又选择了逃避，他解释为什么这样。他说对方要的是“舒适的住房，兴趣在工厂，保证充分的饮食，晚上十一点上床睡觉，带暖气的房间”，其实这些要求过分吗？不过分，每个普通的女孩子都要求这样的普通的生活。但卡夫卡却觉得没办法接受。因为陶醉于写作之中，与平常人所要求的幸福生活，是格格不入的。

对卡夫卡来说，写作就成了他内心的一种独白，他对社会的理解与表达。他的所有小说都有他自己的影子，甚至连主人公的名字经常以卡夫卡名字的第一个字母 K 开头，他的小说成为自我的一种投影。卡夫卡曾经把自己称作是一个“弱的天才”，他说在“巴尔扎克的手杖上刻着：‘我能摧毁一切障碍’；在我的手杖上则刻着：‘一切障碍都能摧毁我’”，既然一切障碍都能摧毁他，他只好不断地逃离，逃到自己的内心中去，所以卡夫卡写的很多小说的主题，比如表现人的孤独，人的恐惧感，人的软弱，人的一种负罪感，都带有卡夫卡自己的生存体验。他的小说有一种非英雄化趋势——人变成了虫。有人说西方文学的主人公经历了一个从神到虫的转变：希腊神话里面，主人公都是神；到了英雄史诗的时代，神跟人结合生下一系列英雄；到了文艺复兴时代，主人公回归为人；到了 20 世纪，人变成了虫。

卡夫卡有一篇小说《地洞》，与陀思妥耶夫斯基的小说《地下室手记》，很有近似之处。《地洞》中的主人公，住在一个地穴般的空间里面，他老觉得外界的一切对他都是个威胁，所以他每天干的事情，就是如何把他的这个狭小的空间像一个城堡一样弄得更坚固点，他老是生怕外人闯入他生活的空间，所以他每天都要做修修补补的工作。人面对外面的世界的恐惧、不安全感，其实是现代人普遍的一种心理状态。

卡夫卡有一部长篇小说《审判》。主人公是个银行襄理，也算中产阶级了，生活无忧，但有一天他突然接到法院的一张传票，说他惹上一门官司，让他到什么时候什么地方去接受传讯。主人公不知道自己做了什么事惹上了这个官司，他就想到法院去把这个事搞清楚，但他在每天走访的过程中，他始终连自己因为什么事惹上官司，或者谁要和他打官司，他都搞不清楚。而他本来平静的生活从此被打乱，从此陷入焦虑之中。他每天都想把这事弄清楚，最后直到他要死了，莫名其妙地被判死刑，也不知道自己为什么而死的——这正可谓权威无处不在，这种权威时时刻刻成为你的威胁，但是这个敌人看不见、摸不着，这才是最可怕的，就像鲁迅先生《野草》中《这样的战士》面对的“无物之阵”，无物之阵更让人恐惧。《审判》讲的是与法律有关的故事，法律仿佛是凌驾于人头上的一把刀，它有着至高的权威，但这种权威很多时候不是保护你的，反而成为你的一种威胁，哪怕人死了也不知道自己为什么而死。

而另一部小说《城堡》，讲的是一个关于寻求的故事，主人公是一个土地测量员，他接受城堡的邀请来到这里，但老找不到进城的路。希望就在眼前，但永远可望而不可即。

卡夫卡似乎就是以自我作为母题的各种变奏。对于卡夫卡来说，他活着就是为了写作，要生存，就得工作，做不愿意做的工作又带给他很多的不幸，不幸又成了他创作的源泉，不断地刺激他的写作。因为写作，他又过早地耗尽了自己的生命。他每天喝大量的咖啡，凌晨才睡觉，才41岁就离开了这个世界。卡夫卡生前发表的小说很少，大部分都是写完之后就扔在抽屉里面。他觉得生命时日不多的时候，面临一个非常痛苦的问题——那些手稿怎么办？他写作不是为了出名，也不是为了当作家，就是因为内心的需要，所以他想把这些手稿通通烧毁，但是文学作品就像自己的孩子，当年十月怀胎好不容易生下来了，你忍心就把他亲手毁掉吗？不忍心，所以他交代他的朋友布罗德，在他死了之后把他的作品销毁。布罗德没有听从他的遗嘱，他的小说陆续发表出来，因为这些小说，才使人们知道这个世界上还有如此这么一个写作的天才，可以说，卡夫卡是以自己的生命，诠释了文学的重量。

二、《变形记》：人变成虫之后

《变形记》是卡夫卡的代表作之一。《变形记》看起来是一个荒诞的故事，一个人一觉醒来，突然发现自己变成了一只大甲虫，然后生活的一切都改变了。我这里有两幅图片，是中译本的《变形记》的封面，这两个封面很有意思，风格也不一样，其中一个封面呢，一只甲虫坐在一个灯塔上面，在那里眺望，这个画面至少还给人感觉一点温暖。再看另一幅，无边的黑暗，他的周边是各种铁蒺藜，一切对他来说都是异化了的，都对他形成威胁。主人公瞪着大大的眼睛，看着这个世界，给人感觉，就是毫无希望，卡夫卡事实上也是以这种方式，讲述了一个在现实生活中荒诞的，又有可能经常发生的故事。

小说的第一节就写：

> 一天早晨，格里高尔·萨姆沙从不安的睡梦中醒来，发现自己躺在床上变成了一只巨大的甲虫，那坚硬的像铁甲一般的背贴着床，他稍稍抬了抬头，便看见自己那穹顶似的棕色肚子分成了好多块弧形的硬片，被子几乎盖不住肚子尖，都快滑下来了。比起偌大的身躯来，他那许多只腿真是细得可怜，都在他眼前无可奈何地舞动着。

小说一开始就有着巨大的张力，一个人变成虫之后一切都改变了。首先外形改变了，他的腿变得很细，铁甲一般的背躺着床上的时候，他首先面临人生的第一个问题——起床就变得很困难。他醒来的时候，发现已经晚了。他平时都是 4 点钟就要起来，5 点要赶到他上班那里，因为他是一个旅行推销员，拿了东西之后再去赶 6 点的火车，而这个时候 6 点钟已经过了，他的第一个反应就是今天要迟到了，马上要起床，但是他突然发现起床变成非常困难的一个事情，因为他翻不过身来了，他只能慢慢地把自己往这个床边移，最后把自己重重地摔在地下。在他起床之前，他家里面的人就来敲过好几次门了，想问一问他怎么啦，然后他公司的那个秘书主任也来了。本来他觉得自己病了，偶尔迟到了一次，值得一个秘书主任来吗？

第二件事，他想要开门，突然发现开门也变成一件非常困难的事情，因为那个门锁他拧不开了，最后只好手脚嘴巴并用，甚至把嘴巴都给咬出血来啦，终于把锁打开来了。而当他出现，别人一看，却是一个怪物出现在他们的面前，马上就大呼小叫，甚至他的父亲也吓得哭了起来。这时他想跟秘书主任解释，他为什么没去上班，因为今天病了，不是我不想去，而是病了，然后请个假，当他想说话的时候，突然发现的声音变成了吱吱呀呀虫子的声音，别人根本就听不懂他的话了，他已经无法与他人沟通。

一个人一旦变成了虫，然后整个世界被颠覆，被从人的世界中抛离出来。这个时候，他首先面对的就是空间环境的陌生化，开始沦为一种物的存在。小说写的主人公格里高尔，变成虫之后，曾经三次试图进入到人的正常世界。第一次，他打开门，想要向家里面的人和秘书主任解释，他为什么没去上班，为什么病了，但是他们又听不懂他的话语，而他的父亲没办法理解这一切，要赶他回到房间里面去：

> 最后，他总算对准了门口，可是他的身体又偏巧宽得过不去。但是在目前精神状态下的父亲，当然不会想到去打开另外半扇门好让格里高尔得以通过。他父亲脑子里只有一件事，尽快把格里高尔赶回房间……他身子的一边拱了起来，倾斜地卡在门口，腰部挤伤了，在洁白的门上留下了可憎的斑点，不一会儿他就给夹住了，不管怎么挣扎，还是丝毫动弹不得，他一边的腿在空中颤抖地舞动，另一边的腿却在地上给压得十分疼痛。这时，他父亲从后面使劲地推了他一把，实际上这倒是支援，使他一直跌进了房间中央，汩汩地流着血。在他后面，门砰的一声用手杖关上了，屋子里终于恢复了寂静。

当他想回到自己的房间的时候，因为他的身躯太大，进不去，但是没人能够理解这一点，最后被他父亲推了一把，最后整个身子都被那个门夹出血来了，然后才回到他自己的世界。这时，他才真正意识到他病了，也不知道什么时候才能好。而在目前的处境之下，他就必须静静地躺着，来协助家庭渡过难关。他也怕别人看到他难受，所以主动地躲到沙发底下去，尽可能地少给家庭增添麻烦。这个时候照顾他的是他的妹妹，他的妹妹这段时间也对他挺好，因为变成虫之后，他的饮食习惯也改变了，平时他都是喜欢喝牛奶，但是那次他妹妹给他弄了一大碗牛奶和面包屑，弄进来之后，他只喝一口便不想喝了，他妹妹注意到了他哥哥什么都没吃，所以第二天他弄了一张旧报纸，在旧报纸上什么都放一点，有各种新鲜的食物，也有各种过期的食物，甚至有残羹剩菜，包括一些烂叶子。他变成虫之后他也只喜欢吃这些烂叶子，不再喜欢新鲜的食物，他妹妹不知道他喜欢吃什么，所以所有的东西都放到他旁边去，小说还写他的妹妹非常周到，生怕格里高尔不愿意当着他的面吃东西，所以马上就退了出去，甚至还锁上了门，让他明白他可以安全地随意地进食。他吃过饭，家里面没人的时候，他才会从沙发底下爬出来，走动走动，他每次都要走到一个窗前，看看外面的世界，因为对他来说，那扇窗户就是他沟通外面的世界的唯一的一个通道。

他妹妹也发现了他哥哥这样一个习惯，然后小说写“他那细心的妹妹只看见扶手椅两回都靠在窗前，就明白了；此后她每次打扫房间总把椅子推回到窗前，甚至还让里面那层窗子开着”，为了他哥哥到窗前来在椅子上看外面的世界方便。并且他妹妹很快发现了她的哥哥的一种新的娱乐，就是喜欢在这个房间里爬来爬去。他妹妹发现了他这一新的嗜好之后，产生了一个想法，就是把碍着他爬行的家具通通搬出去。

但是，他妹妹也是好心，然后找母亲一起来搬家具，小说写母亲：“她看到墙壁光秃秃，只觉得心里堵得慌，为什么格里高尔就没有同感呢”，“再说，我们搬走家具，岂不等于向他表示，我们放弃了他好转的希望，硬着心肠由他去了吗？我想还是让他房间保持原状的好，这样，等格里高尔回到我们中间，他就会发现一切如故，也就能更容易忘掉其间发生的事了”，他母亲是站在儿子的角度，设身处地为他着想。对格里高尔来说，他的窗户下的那张桌子，是他从上初中开始就在用，如果那张桌子都搬走了，他作为人的记忆也就彻底没了。而他的妹妹，还只有 17 岁，本来在之前无忧无虑，什么事情都不管，在他哥哥变成了虫之后，妹妹觉得一下子就突然长大了，成了家里照顾哥哥的权威，谁也不能干涉她，而她觉得，为了方便格里高尔爬行，还是把所有东西搬出去好。

这个时候，格里高尔要出来捍卫自己作为人的那种记忆，“接着，他看见了对面的那面墙，靠墙的东西已给搬得七零八落了，墙上那副穿皮大衣的女士的像吸引了他，格里高尔急忙爬上去，紧紧地贴在镜面玻璃上”，他要把墙上那副穿皮大衣的女士的画像护住，不让他们搬走。这个穿皮大衣的女士的画像，可能是他人生纯粹的情感安慰。要是连这个东西都没有了的话，那就意味着他的一切都彻底地失去了。

结果，正好他贴着那个画像的时候，他母亲进来了。他母亲第一次真正地看到了变成了虫的儿子的可怕形象，一下子就晕倒了。他妹妹赶紧去找药，格里高尔呢，很着急，在边上转来转去，想帮忙，又无能为力，这时他的父亲回来了，小说写他的父亲看到这场面产生的第一个反应，就是这个怪物又出来捣蛋了：

> 果然不出我的所料，他父亲说，“我不是告诉过你们吗，可是你们这些女人根本不听。”格里高尔清楚地感觉到他父亲把葛蕾特过于简单的解释想到最坏的方面去了，他大概以为格里高尔做了什么凶狠的事呢。格里高尔现在必须设法使父亲息怒，因为他既来不及也无法替自己解释。因此他赶忙爬到自己房间的门口，蹲在门前，好让父亲从客厅里一进来便可以看见自己的儿子乖得很，一心想立即回自己房间，根本不需要赶，要是门开着，他马上就会进去的。

格里高尔希望他父亲明白，他不是有意出来捣蛋，这是他第二次进到人的世界，他希望他父亲能够明白他的心意。但是他父亲在气急败坏之下，开始拿苹果来砸他：

> 正在这时，突然有一样扔得不太有力的东西飞了过来，他父亲决心要轰炸他了。他把碗橱上盘子里的水果装满了衣袋，也没有好好地瞄准，只是把苹果一个接一个地扔出来。这些小小的红苹果在地板上滚来滚去，仿佛有吸引力似的，都在互相碰撞。一个扔得不太用力的苹果轻轻擦过格里高尔的背，没有带给他什么损害就飞走了。可是紧跟着马上飞来了另一个，正好打中了他的背并且还陷了进去；格里高尔挣扎着往前爬，仿佛能把这种莫名其妙的痛苦留在身后似的；可是他觉得自己好像被钉住在原处，就六神无主地瘫倒在地上。在清醒的最后一刹那，他瞥见他的门猛然打开，母亲抢在尖叫着的妹妹前头跑了过来，身上只穿着内衣，她女儿为了让她呼吸舒畅好缓过气来，已经把她衣服都解开了，格里高尔看见母亲向父亲扑过去，解松了的裙子一条接着一条都掉在地板上，她绊着裙子径直向父亲奔去，抱住他，紧紧地搂住他，双手围在父亲的脖子上，求他别伤害儿子的生命——可是这时，格里高尔的眼光已经逐渐暗淡了。

这是格里高尔第二次试图回到人的世界的努力，结果，是更大的隔膜。

那个苹果一直在他背上直到腐烂，他的身体也越来越虚弱，他每天都吃得很少，偶尔经过食物边上的时候，才会去吃一口，但他妹妹也开始对他有点厌倦了，也根本没有注意他哥哥每天都吃得很少，同时给他打扫房间变得非常潦草。开始的时候，他妹妹确实非常关心她的哥哥，但是她的关心是与母亲的关心其实是不一样的。母亲对儿子的关心，是完全的，不掺杂任何杂念的。而他的妹妹更多的是从自己的角度来照顾哥哥，这成了她证明自己价值的一种方式，她拥有了决定她哥哥的一切事务的权力。其他人谁也不能插手，以此来证明自己在这个家庭中不可缺少的地位。卡夫卡的小说里经常写到人与人之间的隔膜、疏离、难以理解和沟通。就像他和他妹妹之间，两个人都有可能是出自良好的意愿，但每个人从自己的角度去想问题的时候，就会导致沟通的困难。

格里高尔第三次进入客厅，是他们家招了三个房客，有一次他的妹妹为房客们弹钢琴，这个时候格里高尔又不由自主地跑到了客厅里面来，因为他觉得只有他能理解妹妹的琴声，小说写道：

> 音乐对他有这么大的魔力，难道因为他是动物吗？他觉得自己一直渴望着某种营养，而现在他已经找到这种营养了。他决心再往前爬，一直来到妹妹的跟前，好拉拉她的裙子让她知道，她应该带了小提琴到他房间里去，因为这儿谁也不像他那样欣赏她的演奏……她将和他并排坐在沙发上，俯下头来听他吐露他早就下定的要送她进音乐学院的决心，要不是他遭到不幸，去年圣诞节——圣诞节准是早就过了吧？——他就要向所有人宣布了，而且他是完全不容许任何反对意见的。在听了这样的倾诉以后，妹妹一定会感动得热泪纵横，这时格里高尔就要爬上她的肩膀去吻她的脖子。

小说写格里高尔觉得只有他才能理解妹妹的音乐，他要把一切告诉他妹妹，正在他想象着他妹妹会如何感动的时候，现实却是，其他人看到这样一个怪物出现，那些房客马上吵着闹着要退租，他们住了半个多月了，连房租也不肯付。他妹妹也生气了：

> “亲爱的爸爸妈妈，”妹妹说话了，一面用手在桌子上拍了拍，算是引子，“事情不能再这样拖下去了。你们也许不明白，我可明白。对这个怪物，我没法开口叫他哥哥，所以我的意思是：我们一定得把他弄走。我们照顾过他，对他也算是仁至义尽了，我想谁也不能责怪我们有半分不是了。”

一直照顾他的妹妹的“变脸”，还有一直对他严厉的父亲的粗暴，包括一直本能地护着儿子的母亲的“沉默”，这一切让格里高尔彻底绝望了。当格里高尔又一次被赶到自己房间里面去，“他怀着温柔和爱意想着自己的一家人。他消灭自己的决心比妹妹还强烈呢”。因为他觉得自己在家里面成为一个负担，能够为家里面做的最后一件事情，就是绝食。

一天晚上，主人公看着窗外，在夜晚的微光中，闭上了自己的眼睛。他死后，家里人的反应，是这个怪物终于离开了他们，笼罩在他们家里几个月的阴霾，仿佛一下子消散了。

小说最后一段写：

> 于是他们三个一起离开公寓，已有好几个月没有这样的情形了，他们乘电车出城到郊外去。车厢里充满温暖的阳光，只有他们这几个乘客。他们舒服地靠在椅背上谈起了将来的前途，仔细一研究，前途也并不太坏，因为他们过去从未真正谈过彼此的工作，现在一看，工作都蛮不错，而且还很有发展前途。目前最能改变他们情况的当然是搬一个家，他们想找一所小一些、便宜一些、地址更适中也更易于收拾的公寓，要比格里高尔选的目前这所更加实用。正当他们这样聊着，萨姆沙先生和太太在逐渐注意到女儿的心情越来越快活以后，老两口几乎同时突然发现，虽然最近女儿经历了那么多的忧患，脸色苍白，但是她已经成长为一个身材丰满的美丽的少女了。他们变得沉默起来，而且不自然地交换了个互相会意的眼光，他们心里打定主意，该给她找个好女婿了。仿佛要证实他们新的梦想和美好的打算似的，在旅途终结时，他们的女儿第一个跳起来，舒展了几下她那充满青春活力的身体。

小说就这样结束了，这个结尾，看起来好像是他们家里面充满了一种新的希望，女儿跳起来，“舒展了几下她那充满青春活力的身体”，这仿佛是带有一些亮色的结尾，但是正是因为这个亮色，让人觉得特别的绝望。一个家庭死了儿子，本来应该笼罩在一种悲伤之中，而小说写的不是悲伤，而是仿佛这个家庭有了新的希望，大家都松了一口气，女儿充满青春活力的身体，预示着美好的生活仿佛即将到来，这一切恰恰又冷酷地揭示了现实的残忍。

三、另一种真实

卡夫卡的小说看起来写的是一个不可能的事件，一个荒诞的事情，一个人变成虫，在日常现实中，不可能。但是一个人一觉醒来发现自己病了，起不来床了，甚至可能从此只能永远躺在病床上了，这是极有可能的。

文学评论家费歇尔说，“他以表面的旁观的姿态，把非常的事情写得毫无特别之处，千百件中的一件，用这种方法不仅给非常事物造成不可比拟的惊骇，而且让人感觉到这是一件迄今尚未觉察，现在也已暴露的日常事情”。这样一个荒诞的事情，本来这个叙事应该用一种非常奇特的叙事手法，但是小说的叙事，整个从头到尾，是平铺直叙而波澜不惊，一直是一种日常叙事的语调，它写一个人变成虫之后他所面临的种种处境，跟家人的关系，家人态度的逐渐改变，从头到尾不动声色，小说家似乎并没有特别去抒情催泪，去控诉什么，始终是一种非常平静的语调，在讲述现实生活中有可能每天都在发生的事情。

这种日常的叙事才是它真正的可怕之处，如果他是写一个很奇特的、在生活中不太可能发生的事情的话，人们也就把它当作一个天方夜谭，听一听而已。而恰恰这种日常生活的叙事，它让人觉得这种故事，每天都有可能发生在亲人的身边。因为一个人变成虫，不可能，但正因为他写一个人变成虫之后，他面对人和面对一条虫的态度，是可以不一样的。从现实生活的角度来说，哪怕一个人躺到床上，病得再久，其他人的心里面再怎么想，想让他早点离开这个世界，早点减轻负担吧，你也不好意思过于明确地表达出来，甚至你还得装着要尽心尽力地照料着他，希望他长命百岁的样子。只有一个人面对一条虫的时候，并且也慢慢认可了这是虫而不是人了，你是不需要掩饰自己的。卡夫卡无非是以这种变形、怪诞的方式，揭示了隐藏在现实生活中背后的一种更真实的东西。表面上看起来温情脉脉的家庭关系，通过这么一种变形，这么一种荒诞，便被揭示出隐藏在背后的更真实更残酷的一面。

人们把卡夫卡的这种真实叫作一种“深度真实”。现实主义追求的是一种表层的真实，深度真实呢，它要追寻表层下面的，隐藏在人内心深处的东西，用鲁迅评价陀思妥耶夫斯基的话来说，陀思妥耶夫斯基要揭示人的灵魂的深，不仅要写出人灵魂深处的罪孽，还要写出罪孽之下的洁白。卡夫卡也是这样，他要追求深度的真实，必须通过“怪脸”，通过变形，才能让人看见真实的本质。

我们过去经常说现实主义在追求真实，而往往把现代主义跟颓废联系在一起，其实现代主义文学同样在追求真实，只是他们对真实的理解不一样。浪漫主义有浪漫主义的真实，它要追求理想化的真实，现实主义有现实主义的真实，而在现代主义看来，现实主义追求的那个真实其实只不过是表层的真实而已，要把表层真实的背后的真实揭示出来，必须通过变形，通过怪诞，或者通过写人的一种潜意识，写人的一种梦，一种呓语，才可能把这个世界背后的真相，包括人的内心的更真实的东西给揭示出来。

从这个意义上来说，现代主义文学代表了一种审美视角的嬗变。卡夫卡的这种荒诞的叙事，试图以另外一种眼光来揭示这个世界的真相，卡夫卡的意义也在这里。卡夫卡生前没有加入过任何文学的流派，对于他来说，文学就是他表达自我、表达对这个世界的感知的一种方式。但他的小说又引起后世不同流派的作家包括读者的强烈的共鸣。

卡夫卡的小说提供了一个无限丰富的世界。存在主义在卡夫卡的小说里看到的是追求自由存在的痛苦，荒诞派看到自己所需的反英雄，黑色幽默看到了灰色色调和讽刺意味，超现实主义看到了弗洛伊德式的心理分析和超肉体感觉，表现主义看到了梦幻和直觉。然后每一个现代主义文学流派，都把卡夫卡引为知己。卡夫卡曾经被划作表现主义流派，被看作表现主义的一员，其实卡夫卡生前没有参加任何文学的流派，但是他的小说又提供了一个看这个世界的独特的视角，各个流派的作家都从卡夫卡的小说里找到了自己所需要的东西。所谓伟大的作家，伟大的作品，就体现在这里。它为你提供了无限的阐释的可能。三流的作品，往往是单一的，主题、人物、情节往往都是非常单一的，扁形的。而真正伟大的作家，就像陀思妥耶夫斯基，就像卡夫卡，他永远给你提供了一个无限丰富的世界，供你去做无限的解读。

第十一节 《钢铁是怎样炼成的》与红色经典叙事

对于二十世纪下半叶“长在红旗下”的几代中国人来说，大都有过阅读《钢铁是怎样炼成的》并为之心潮澎湃、热血沸腾的经历。作者奥斯特洛夫斯基的传奇经历让人感动，保尔·柯察金以其残损的身躯昭示着一条理想、奋进的人生之路。人们把保尔的名言恭恭敬敬地抄在笔记本上，把它当作人生的神圣信条。作家刘心武在一篇《重读〈钢铁是怎样炼成的〉》的文章中说：“在我的少年时代，《钢铁是怎样炼成的》可以说是‘小说中的《圣经》’。”学者丁帆则认为书中的箴言“已然成为几代中国人的价值坐标，它深深地植根在我们的‘集体无意识’中，成为一种20世纪的民族历史积淀，是轻易不能抹去的近乎宗教的情绪。”（《怎样确定历史的和美学的坐标——重读〈钢铁是怎样炼成的〉札记》，《文艺争鸣》2000年第5期）。如今，“钢铁热”早已过去，对一代中国青少年来说，钢铁也终于没能炼成，但重读《钢铁是怎样炼成的》，重新审视一下那段历史，看看我们跟着保尔，走过了怎样的一段精神历程，却是必要的。

一、“红色”如何成为“经典”

文学的“意义”往往是被赋予的，就像一个作品成为“经典”，当然有作品本身的价值的因素，但同时也可能是文化权力或意识形态化的结果，“红色经典”的命名与流行，就是一个典型的例子。为此，与其讨论什么作品可以成为经典，经典与非经典的关系，经典的标准是什么等，不如去看看经典是如何成为经典的，这背后有着什么样的机制。就像福柯说真理，不一定要追究真理的对与错、是与非，更重要的是看看真理是如何成为真理的，某种东西一旦成为“真理”，它又是如何把人置于它的控制之下的。

就“红色经典”而言，这一提法始于二十世纪九十年代的中国。1997年人民文学出版社推出“红色经典丛书”，重印五六十年代的一批小说如《林海雪原》《红岩》等。世纪之交，这些“红色经典”又纷纷被改编成电视剧，火了一把，实现了意识形态与商业的成功“联姻”。在这一“红色经典热”中，也包括中国和乌克兰合拍的电视连续剧《钢铁是怎样炼成的》2000年在中央电视台播出，由此引发的世纪之交的“钢铁热”。

人们形象地把中国的“红色经典”作品称为“三红一创、青山保林”(《红岩》《红日》《红旗谱》《创业史》《青春之歌》《山乡巨变》《保卫延安》《林海雪原》)，它们都是以中国新民主主义革命和社会主义改造为题材，表现革命的巨大力量，革命对社会的改造，人与时代同步成长。这些作品都深受苏联文学特别是那些主流经典作品的影响。因此，当人们讨论“红色经典”话题时，苏联文学自然也就成了被重点关注的对象。

在苏联文学中，哪些作品可算“红色经典”？应该说，主要是指二十世纪20至40年代出现的反映革命、战争那批作品，如《铁流》《恰巴耶夫》《毁灭》《钢铁是怎样炼成的》《青年近卫军》等。他们的共同特点就是“红色”：对革命战争的歌颂，人在战争中的洗礼。“歌颂”是其主旋律。而像《静静的顿河》那类比较复杂的作品，历经坎坷，后来也终于被纳入到“红色经典”中，但其“成色”颇为可疑。至于同是表现革命与战争的《日瓦戈医生》之类，则更是与“红色经典”背道而驰了。

“红色”与“经典”，看起来是个很奇怪的搭配，就像“社会主义现实主义”一样。“红色”指向的是阶级、信仰、意识形态、权力，“经典”则更关注其文学性、作品超越时代与阶级的普适的价值。有学者认为，“思”“诗”“史”也即思想的力量，诗性的内涵，文学史的价值，乃是文学成为经典的条件。有的认为文学经典具有“超越时空性”“内涵普适性”“民族文化史诗性”的特点。以此来看“红色经典”，就可以发现，在“红色”与“经典”之间，既有相通之处，又颇多冲突。

以奥斯特洛夫斯基的《钢铁是怎样炼成的》（以下简称为《钢铁》）为例，它在苏联和中国都产生过巨大影响。而当世纪末《钢铁》在俄罗斯日益退出历史舞台，它在中国却“回光反照”，掀起了一阵不大不小的热潮，围绕《钢铁》的价值的争论也截然对立。其实，判断一个作品的“好坏”，每个读者都可能有自己的标准，用不着评论家们代为“咀嚼”，然后再告诉他们这“食物”的味道。你认为不好的，他如果喜欢，你也管不着。如此，与其陷入这种价值评判的无止境的争论中，不如去看看它成为“红色经典”的过程，其叙事模式及其与意识形态的关系。

《钢铁》一问世，便以其主人公“身残志坚”的故事感染了读者。而保尔·柯察金为“解放全人类”的伟大事业献出自己的一切的壮举也迎合了新生政权的需要。读者对保尔的人生的认同，也是对新生政权的正义性、合法性的认同。小说被主流意识形态指认为“经典”也就不足为奇了。《钢铁》被引入中国后，正好迎合了新的时代的需要，保尔成了一个时代的青春偶像，《钢铁》也成了影响了几代中国人成长的革命的“圣经”。但50—60年代中国读者在接受革命烈火的洗礼的过程中，《钢铁》也成了他们最早的爱情启蒙教材。正像刘小枫在那篇《记恋冬妮娅》（《读书》1996年第4期）的文章中谈到的，冬妮娅往往成了中国读者的一个最温情的梦。而当两个阶级残酷的厮杀都成了往事，保尔人生所昭示的那种顽强、毅力、奋进，面对挫折的勇气，对理想的执着，又往往可以超越阶级、时代，具有普遍性的意义。当今很多中国读者从《钢铁》中所获得的启示，也正体现了这一点。也就是说，《钢铁》在一定程度上又具有了“经典”的潜质。我曾在一篇文章《当神圣已成往事——世纪之交“钢铁热”之反思》中详细讨论了《钢铁》在中国的接受过程。

二、“红色经典”叙事

而从叙事的角度看，《钢铁》可以说很典型地体现了“红色经典”的叙事模式。撇开对《钢铁》文学价值的判断，单就叙事而言，它在那个时代的苏联文学作品中，便很有代表性。将《钢铁》谈清楚了，过去一些社会主义现实主义的“经典”作品的许多问题，也就迎刃而解了。从这个角度说，《钢铁》自有它的文学史的意义。

首先，《钢铁》写的是一个关于“成长—启悟”的故事，一个人从凡人、有缺陷的人，经过时代的洗礼，成为“钢铁”般的英雄。

二十世纪二三十年代的苏联，是个需要英雄同时也产生了英雄的时代。时代造就了奥斯特洛夫斯基，也造就了保尔·柯察金。这不是个人主义的英雄，而是能体现群体精神的英雄。少年时的保夫鲁沙，也曾经为了冬妮娅，为了那双充满好奇与期待的“姑娘的眼睛”，而不惜冒生命危险，从高高的悬崖上跳到水里去。参加了革命的保尔，也曾经从步兵队伍里跑出来，投奔到布琼尼的骑兵中去。甚至在新经济政策时期，意气用事，站在党的对立面，向党发起进攻。这一切都带有“个人主义”和“无政府主义”的味道，与党的“铁的纪律”不相容。“钢铁”便是在献身革命、献身社会、不断将“小我”融入“大我”之中炼成的。当保尔在骑兵军中浴血奋战，他深深体会的便是：

> 保尔已经完全忘记了他个人。每天都在狂热的激战里。保尔·柯察金已经熔化在群众里面了；他像每个战士一样，已经把“我”给忘记了，只知道“我们”——他们说：我们团，我们骑兵连，我们旅。①

把一切的一切——生命、家庭、个人的幸福——都献给伟大的党，这就是保尔所昭示的人生之路。

---

① ［苏］奥斯特洛夫斯基．钢铁是怎样炼成的［M］．曹缦西，王志棣，译．南京：译林出版社，1995：17.

在《钢铁》中，个人的成长与时代的成长同步，从“我”到“我们”，个人融入集体、时代的洪流中，体现其人生的价值。像《铁流》之类的作品，也正体现了这样一种叙事模式。这正是“红色”的基本特征，它迎合的是新生政权的需要。新生政权是真理的化身，只有融入其中，你的生命才是有意义的。所以保尔最害怕的就是“掉队”。小说结尾，保尔的小说发表了，“现在他已经拿起新的武器，又重新回到战斗的行列，开始了新的生活”。

而像《静静的顿河》，主人公格里高力，始终摇摆于“红”与“白”之间，结果一生中只剩得一个儿子，还有就是头顶的“黑黑的天空和亮得耀眼的黑黑的太阳。”而作家肖洛霍夫在昭示“动摇者”的下场时，又对其命运寄予了太多的同情。正是这同情的眼泪使《静静的顿河》的“红色”的成色大打折扣，勉强跻身于“社会主义现实主义经典”之列，也使人疑心有“偷渡”“充数”之嫌。至于《日瓦戈医生》，也写的是革命与战争，也是革命中的一个人的故事，但这个人却是基督式的“使徒”，有着自己独立的一套价值评判尺度，始终像个“多余人”，与时代格格不入，而其个人的价值，也就体现在这一“独立”之中。这自然与《钢铁》之类的作品大异其趣了。

其次，在《钢铁》的叙事中，革命与爱欲，作为两个基本的要素，又始终处在相互冲突中。主人公经历一系列诱惑与考验，最终成为带有宗教色彩的“圣徒”。

不少读者注意到，《钢铁》有着禁欲主义的色彩。“红色”代表革命、理想、崇高，肉欲则时时把人拖入到凡俗之中。保尔曾经几次与爱情失之交臂。与冬妮娅，他俩曾经有过少男少女的纯洁的情感。保尔离开家乡、投身革命的那一晚，他俩相拥着过了一晚，“多么柔顺的身体！……然而，青春的友谊超过一切。”而手稿被删节的部分有更详细的描写：

> 是的，熟悉的，火一样的热吻封住了他的嘴。她那如弹簧般柔软的身体是那样顺从……但是青春的友谊高于一切，比火更明亮。要抵

挡这种诱惑是困难的，难于上青天。但只要性格坚强，友谊忠贞，那也可以做到。

这是典型的诱惑与考验。保尔与冬妮娅的分手，是因为冬妮娅的“个人主义”，保尔为了理想而放弃了爱情。而保尔与丽达作为志同道合的战友，在面对激情时，保尔还是逃跑了。“爱情给人带来许多的困扰和痛苦，难道现在是谈情说爱的时候吗?”在保尔看来，只要全世界的资产阶级没有肃清，他就不找女孩谈情说爱，他要把世界革命的大火烧到美洲去。这种殉道精神、道德纯洁感、对待革命的朝圣般的情感，向世界传播革命“福音”的弥赛亚意识，使保尔既成了无产阶级的英雄，又是斯拉夫民族精神的产儿。

在讨论一个作品的叙事时，我们既要看它写出了什么，同时也要关注它省略了什么，或者已经写出来的为什么在定稿时又被删掉了。从中我们就可以发现，《静静的顿河》大力渲染的往往是人的“情欲”，“情欲”成了人的生命力的象征，干那个事行不行，甚至成了人的价值评判的一个尺度。而顿河草原里的各种生物的那种生生不息的活力，也成了小说最动人之处。在《静静的顿河》中，“情欲”具有一种人性的、审美的意义。而《钢铁》中，“情欲”作为人的一种基本的欲望，即使有存在的合理性，也是严格地被控制的。就像小说有一段写到丽达与谢廖扎在一个林子里，“说着，她突然搂住谢廖扎长着浅色头发的头，不由分说地吻住了他的嘴唇”。作者手稿中还有一大段的描写：

“谢尔盖，”她轻轻地把他那晕乎乎的脑袋推开，对他说，“我现在就把自己交给你，这只是因为你充满了青春的活力，你的感情像你眼睛一样的纯洁，也因为未来的日子有可能夺去我们的生命。所以，趁现在我们还有几个钟点能够自由支配，我们可以相爱。在我的生活里你是我第二个……”

在《静静的顿河》中可能要被大肆铺排的东西，在《钢铁》中却都被删掉了，也许作者觉得，这样有损于革命者丽达的形象吧。在爱欲之上，还有一个至高无上的“革命”，这就是“红色经典”小说的叙事逻辑。

当然，在保尔对丽达的逃避中，固然有着牛虻似的革命的苦行、殉道精神的影响，但同时也可能与保尔骨子里的“拯救”意识有关。在丽达面前，保尔仅仅是一个在政治与文化水平上都需要启蒙的学生。也就是说，保尔完全是被动的。保尔似乎更愿意充当一个启蒙、教化者的角色。当保尔被疾病缠身，有可能被“集体”遗忘，他向组织提出的要求就是：“派些年轻人来吧，就是那些还不成熟的小青年。”这些小青年都是属于需要教育的对象。

而保尔与达雅的婚姻，在很大程度上也是源于需要把达雅从那种凡俗卑微的生活中拯救出来。“我注意观察她，看到一个新人正在不断成长，我尽自己的力量帮助她。”有意味的是，小说结尾，当保尔以其圣徒般的“救世”意识，终于将达雅从小资产者的包围中拯救出来，启发了她的革命觉悟，他们婚后，失明了的保尔从事写作，“觉悟”了的达雅将自我的个体人格也融入了她的群体之中，“经常晚上很迟才从工厂里回来”，一回来，就躺下睡觉了。保尔一方面把这看作是意料之中、理所当然的事：“以前，达雅把她的每个晚上都给了他，对他有更多的照顾，更多的温存。但是，那时他仅仅是他的朋友和妻子，而现在她则是他的学生和党内的同志。”另一方面，他在与写作助手加莉亚的相处中，反而产生了“人之常情”：

> 工作越接近尾声，他越难控制自己，那些平时被他用坚强的一直禁锢起来的各种感情都蠢蠢欲动，力图摆脱控制。忧伤，以及各种感情，但是他必须加以控制。他要是屈服于其中任何一种感情，那么事情就会以悲剧而告终。

这又是新一轮的诱惑与考验。而这诱惑常常并非来自身外，而来自人的内心，来自作为普通人的凡俗的情感。这才是最令人防不胜防的。

第三，《钢铁》塑造的是一个平民英雄的形象，有着一种反精英意识，同时，以其对暴力与战争的诗化、审美化、狂欢化，最鲜明地昭示了“红色”的魅力。

打开《日瓦戈医生》，扑面而来的是贵族般的精致，艺术般优雅的气息，是对人生的形而上意义的追寻，是瓦雷金诺的秋天的诗意，是男女主人公凡俗之爱中的圣洁与永恒。而随着革命的摧枯拉朽般的力量，这一切都面临着巨大的考验。如果说《日瓦戈医生》有着一种精英意识，在《钢铁》中，则塑造的是一群平民英雄的形象，小说中，无论是神父、机务段段长，还是铁路工程师（就像冬妮娅的丈夫），都是被否定的对象。保尔在神父的面包里掺烟丝，就此开始了他的反抗之路。而保尔与冬妮娅的感情，也带有了一种阶级征服的意义。保尔第一次引起冬妮娅的注意，是跟机务段段长的儿子、中学生舒拉打架。面对比他大两岁的舒拉的挑衅，保尔一拳就击中舒拉的下巴，把他打到水里去了。这引起冬妮娅的欢呼："太棒了，太棒了。打得真漂亮！”在阶级对立中，不驯服的被称为“小流氓”的保尔，反而有了独具的魅力。

后来，随着保尔觉悟的提高，他的个人英雄主义的打架也随之升华，上升到阶级的、信仰的高度，暴力也就有了崇高的注脚，有了伦理正义与审美的双重意义。当20世纪西方文学作品，不断地对战争的残酷性进行反思的时候，苏联和中国的“红色经典”作品，一度更多的是通过战争建构神圣与崇高。在对战争的英雄化、诗化、审美化中，战争显得如此之美丽，战争成了人生价值实现的最高形式，战斗英雄成了一代人的青春偶像。这一切都是以神圣的正义的名义，而人性的暴力性冲动，也就有了合理性、合法性。

而在《静静的顿河》中，我们却更多地看到了对革命、战争背后隐含的人性的反思。阅读《静静的顿河》，时时使人感到，敌我双方，一方面都在为自己的信仰而奋斗，另一方面，人类共有的兽性本能，攻击性、破坏性冲动，又使战争成了人的狂暴激情的一种发泄。无论是顿河苏维埃主席波得捷尔柯夫枪杀被俘的白军军官，还是暴动的哥萨克对“红鬼”的疯狂报复，砍杀，都成了人的攻击欲望的一种发泄。这也恰恰昭示了美好人性背后的种种可怕的东西。

如果说，《日瓦戈医生》是一部以白色为基调的作品（这里的“白色”是纯净意义上的，而非意识形态的），《静静的顿河》则更像一部“杂色”作品，红、白、蓝、绿、紫混杂在一起，而它们之成为“经典”，恰恰在于它们既有时代、阶级的色彩，同时又超越了它们，而具有人性的、人类的普遍意义。而他们的“复杂性”“多义性”“巨大的可阐析空间”，恰恰是经典之成为经典的特征。而“红色经典”，相对来说意义比较单一、明确，具有较强的意识形态色彩，过于单调的“红色”也在一定程度上与“经典”形成冲突，如何在这种矛盾的张力场中去突出文学的永恒的意义，也就成了“红色经典”所面临的最大问题。

三、永远的冬妮娅

奇怪的是，当一代中国青年都以革命“圣徒”保尔作为自己人生楷模的时候，他们又都悄悄地喜欢着“资产阶级”小姐冬妮娅。刘小枫曾在《读书》上发表过一篇《记恋冬妮娅》的文章，谈自己小时候读《钢铁》的经历：

> 其实，我一开始就喜欢冬妮娅，她性格爽朗，性情温和，爱念小说，有天香之质：乌黑粗大的辫子，苗条娇小的身材，穿上一身水兵式衣裙，非常漂亮，是我心目中第一个具体的轻盈、透明的美人儿形象。但保尔说过，他不是“自己人”，要警惕对她产生感情……我关心冬妮娅在革命中的位置，其实是因为，如果她不属于革命中的一员，我就不能（不敢）喜欢她。

那时，正是“文化大革命”如火如荼之时：

> 我家门前的小巷，三四个与冬妮娅一般大的女高中生戒守在那里，时值七月，天气闷热，绷紧的武装带使她们青春的胸脯更显丰实，让人联想起保尔无意间的碰触。草绿色的钢盔下有一张张白皙、娇嫩的脸，眼睛大而亮丽……

这些青春的生命，有的却在“武装斗争”中成了革命的祭品。如果说保尔与冬妮娅的矛盾，在于一个要献身革命，一个却只肯献身爱情，中国的那些女中学生们，似乎都超越了冬妮娅，要在革命的熔炉中百炼成钢。但是，革命与爱欲又常常纠缠在一起。在知青点上，十九岁的团支部书记和身为当地贫农的儿子的团支部委员谈恋爱：“在月光下，这对令我钦慕的革命情侣常常离开大家，在灌满露水的黑魆魆的丛林中谈革命工作，交流玫瑰红的革命体会。他们从树林中回来，总会带给我们充满遐想的革命指示。在他们的革命热情（爱欲?）支配下，知青点的政治活动搞得有声有色。”

这种革命与爱欲的混融，大约也是那个时代阅读《钢铁》的中国人都体验过的。尽管《钢铁》昭示的是在献身革命、献身社会中不断将“小我”融入“大我”的过程，情欲代表的是一种诱惑与考验，在有限的个体与无限性的革命中，抛弃个体性的“爱欲”，走向“解放全人类”的终极之境，保尔也正是在这种历练中成了革命的“圣徒”。但不少读者又宁愿沉溺在迷离的爱欲之中，贪一晌之欢。于是，《钢铁》在某种意义上又成了处在爱的荒漠中的中国读者的一部情爱的启蒙教材。

有读者这样谈到阅读《钢铁》的感受（米子《相会在有水的地方》）：

说句实话，这部书在中国之所以一向能得到广大年轻读者的青睐，确实是由于充盈在前半部里的关于成长的苦难和青涩又真实的爱情。在文学中没有爱情的时代，“冬妮娅”这三个字以它所特有的充满异国情调而又神秘温婉的意象搭配，温暖过多少渴望爱情的心灵，可以说，那时的“冬妮娅”就是“爱情”的代名词，“爱情”在读者心中随着少女冬妮娅的出现而滋长并辉煌一时，像冬日里一颗火烫而又幽闭倨傲的孤星；又随着成年以后与保尔恩断情绝的冬妮娅，以别样的批评宣传模式在当年的读者心中泛起一样无望的涟漪——正是那样的时代暗合了美学意义上悲越凄绝的爱情，给了那一特定时代的年轻人一种“欲爱不能”的精神洗礼，从而体味了爱的崇高与难觅。尽管这样的结局是凝重的，但第一代阅读《钢铁》的青年读者还是无比幸运地找到了可以现学现用的浪漫蓝本。

一部带有“禁欲主义”色彩的革命小说，却成了中国读者的“爱情启蒙教材”，也就成了文学接受过程中的一个有趣的现象。这一方面是因为在那个时代的中国文学中，在那种将爱情视为洪水猛兽的岁月里，一切的小说故事都被高大全的形象所代替，每个故事的主人公都是那么不食人间烟火，就像样板戏里，男主角都是鳏夫，女主角都是寡妇，仿佛那时的人们除了会搞阶级斗争外，连七情六欲都斗没了，由此，反衬得《钢铁》倒成了一部充满“柔情”的小说。另一方面，爱欲本来就是人性中不可或缺的一部分，哪怕是具有钢铁一般的意志的保尔，最终还是摆脱不了情感的纠缠。既然如此，充满“小资情调”和贵族气的“酸臭”味的冬妮娅，又成了中国读者的一个最温情的梦，也就不足为奇了。

四、钢铁是怎样“没”炼成的

小时候，我们都是把保尔的名言工工整整地抄在笔记本上：

> 人最宝贵的是生命。生命属于人只有一次。人的一生应当这样度过：当回忆往事的时候，他不会因为虚度年华而悔恨，也不会因为碌碌无为而羞愧；在临死的时候，他能够说：“我的整个生命和全部精力，都已经献给了世界上最壮丽的事业——为人类的解放而斗争。”

中学语文课本上就选了保尔病中悟道的片段，老师也时时以保尔的格言来激励学生，保尔所昭示的人生之路也几乎成了一个时代的教育的经典模式，我们姑且称之为英雄主义模式。

在保尔身上，充满了一种殉道、牺牲精神、道德纯洁感、对待革命的朝圣般的情感，向世界传播革命“福音”的弥赛亚意识，使保尔成了一个革命的圣徒。而从小我们从课本上接触得最多的就是各种保尔式的英雄：战争时代的刘胡兰、黄继光、董存瑞、邱少云、潘冬子，还有新时代的雷锋及各式各样的铁人、铁姑娘。他们的人生之路、人生价值取向，也就成为一个时代的共同的标尺。他们都是英勇不屈、生死置之度外、大公无私、毫不利己、舍己为人、集体至上、革命事业就是一切。

问题是，能够成为这样的钢铁似的英雄的，毕竟是少数。大部分人还是凡人、俗人。而当教育以“圣人”的标准来要求所有的“俗人”，并且需要每个人在不同的场合表态，在作文和各种报告、演讲里慷慨激昂，事实上又做不到，于是只好言不由衷。就像我们一方面崇拜保尔，一方面又偷偷喜欢着冬妮娅一样。

保尔的“人设”，在二十世纪苏联“解冻”的潮流中，也逐渐崩塌。

苏联作家索尔仁尼琴，在二十世纪六十年代，写了部《癌病房》，叙述一群身患癌症的人的所思所感所为。小说似处处都在跟《钢铁是怎样炼成的》对话。《癌病房》第一个提到保尔·柯察金的是新潮少女阿霞。这是一个中学生，时装、跳舞、享乐、性交是她生活的全部乐趣。她谈起老师出的作文题《人为什么活着》，她说老师提示他们要谈谈“你对保尔·柯察金的功勋怎么看，对马特洛索夫的功勋抱什么态度”。阿霞对此颇为不屑。她向病友说起她和她的同学的态度：“什么态度？那就是问：你自己会不会这样做。我们都写上：我们也会这样做，都快毕业考试了，何必把关系搞坏？”叙述者暗示读者：保尔·柯察金的崇高形象在阿霞们的心中，只是一种来自上面的强制。而对于那些患了绝症处在死亡线上的人来说，“活着，还是不活，这是一个问题。”那么，究竟如何活法？小说中的一个病人曾说：“学校里是这样教的，‘人最宝贵的就是生命，生命对于我们只有一次’，对不对？那就是说，该不惜任何代价抓住生命不放，是吗？”理想主义的壮志豪情，就这样稍稍一引申，便被消解了。

面对《癌病房》，突然发现，我们已经处在了一个全新的时代。这是一个没有中心、没有权威、没有绝对真理与崇高信仰的时代。《钢铁是怎样炼成的》所昭示的一切，曾经激励过一代代的有志青年，去为之献身、奋斗。如今，人们面对的是价值的多元，选择的困惑。正像人面对最宝贵的生命，你既可以全身心投入“为人类的解放而斗争”的事业甚至献出生命，也可以“不惜任何代价抓住生命不放”甚至苟且偷生，你可以为了不碌碌无为而抓紧每一分钟的时光，也可以及时行乐跟着感觉走潇洒走一回，因为生命只有一次嘛！

英雄化与非英雄化，构成了两个时代的不同特征。这里倒不是一定要赞成什么，反对什么，而是想说，当一个社会能够为人们提供多种选择，这本身就是时代进步的一种表现。

法国存在主义哲学家萨特说：人生就是自由选择，每一种选择都没有绝对的是非评判标准。就像在二战时期，一个法国青年是选择去英国参加法军的抵抗运动，还是留在家里照顾年迈多病的母亲，两种选择都有它的合理性，很难说谁是谁非。而我们的老师，却常常只给我们提供了唯一的一个"正确"的答案。于是，从小我们的作文里，面对英雄与懦夫的选择，我们都会虚构种种的情景，经过激烈的思想斗争，然后大家都完成了英雄的壮举。

可惜，几十年的英雄主义教育，并没有培养出多少英雄来。50年代大炼钢铁的时候，家家户户把废铜烂铁甚至锅碗瓢盆拿出来，在土高炉里经过一番冶炼，出来的却是一堆废渣。20世纪中国教育的最大失败，也正是在英雄主义的教育模式下，不仅英雄没有培养出来，连起码的人性教育、公民教育都被忽视了。当不断地有人教育我们，对人民要充满春天般的爱，对敌人则应像严冬似的无情，当革命英雄斗地主、手刃顽敌，不断地给我们带来巨大的难以言说的快感，当铁姑娘们奋不顾身的自残般的劳动热情使我们也热血沸腾，当在大学里，老师告诉我们，冉阿让的善举、托尔斯泰的宽容，都是资产阶级的人性论，莫泊桑《项链》中充满着对小人物被命运所捉弄的悲悯则成了批判小资产阶级的虚荣心……如此种种，结果，钢铁没有炼成，我们的社会却日益失去了人与人之间的信任、关爱、温情，失去了对不同阶层、不同信仰的人的起码的包容，失去了人性的深度与厚度，或者当一个人在被告知如何去做英雄时，连如何做好普通的公民，具备一个公民的责任感、义务感、荣誉感等，都忘记了，这正是英雄主义教育的最大失败。

第十二节 《静静的顿河》：纠结的人生

在世界文学史上，肖洛霍夫是唯一的获得价值标准大相径庭的两个文学奖——诺贝尔文学奖和斯大林文学奖的作家。他的作品同时为两种意识形态所接受，这本身便说明了肖洛霍夫的作品的“两重性”，不同政治立场的读者都从他作品中找到了符合其阅读期待的内容。肖洛霍夫一生在中心和边缘之间游走，《静静的顿河》也具有多重话语，从而构成了肖洛霍夫其人其作的无比的丰富性。

伟大的作家和作品，永远在给你提供一个巨大的可阐释的空间，信然。

一、肖洛霍夫：在中心和边缘之间

在苏联文学中，有一批作家被称为主流作家，他们的作品被中国的一些评论家称为“红色”经典作品，如绥拉菲莫维奇的《铁流》《恰巴耶夫》，法捷耶夫的《毁灭》《青年近卫军》，奥斯特洛夫斯基的《钢铁是怎样炼成的》等。还有一类是处于边缘的作家，有的被称作持不同政见者。他们有的流亡国外，有的在国内受到批判。他们的作品体现了与主流意识形态作品之间的巨大差异，如扎米亚金《我们》，普拉东诺夫《地槽》《切文古尔》，帕斯捷尔纳克《日瓦戈医生》，索尔仁尼琴《癌病房》《古拉格群岛》等。而肖洛霍夫，则既迎合主流意识形态，又保持一定的独立立场，在作品中说自己想说的话，从而体现了一个作家在特殊的时代的生存的智慧。

肖洛霍夫（1905. 5. 24—1984. 2. 21），一生都似乎游走于中心与边缘之间。他长期生活在顿河哥萨克中，其实又是“外来者”。1905 年，肖洛霍夫诞生在顿河沿岸维约申斯克镇附近的一个小村庄。他的父亲原是梁赞省人，后来移居顿河，做过商店职员和磨坊经理，母亲出身于农民家庭。肖洛霍夫从童年起就喜欢顿河的美丽景色，熟悉顿河人民的生活方式和风俗习惯。他一生大部分的时间都在顿河度过。顿河，构成了他创作的源泉。但作为哥萨克中的“外来者”，又使他既置身其中，又出乎其外，得以以旁观者的视角透视哥萨克的历史与现实。

苏联国内战争期间，肖洛霍夫还是一个少年，就参加了征粮队，曾经在草原上与匪帮作战。这为他积累了许多创作素材。他又曾在文学小组学习，提高了文学素养和写作技巧，为其后的创作打下了基础。

1924 年，肖洛霍夫发表了第一篇短篇小说《胎记》。其后陆续发表了一系列小说。1926 年，他将发表过的短篇小说结成两个集子出版：《顿河故事》和《浅蓝色的原野》。这些小说多表现国内战争时期顿河地区敌我之间的残酷斗争。但作者在表现贫农和富农、红军和白军之间的斗争时，并没有如《铁流》《毁灭》等作品把笔墨集中在阶级和集团间的斗争中，而是把巨大的阶级斗争的场面浓缩在人与人的关系上，特别是通过家庭中的对立与冲突来折射阶级的冲突与时代的变革，从而在阶级斗争中蕴含丰富的人性的内涵。如《胎记》（1924 年）描写 18 岁的红军骑兵连长尼古拉与袭击村庄的匪帮间的战斗。尼古拉还是在五六岁时就被父亲抱上了战马，他从父亲那里承袭了对战马的酷爱和勇敢无畏的气质，包括跟父亲一样的左脚踝骨上的那块鸡蛋大的胎记。正是成了匪首的父亲把尼古拉砍死了。当父亲发现死者是自己的儿子时，痛心疾首，朝自己的嘴扣动了扳机。《粮食委员》（1925 年）中的波加庚凭着革命的坚定性，不去营救因私藏粮食而被判死刑的父亲，却在草原上，不顾敌人的追击，救了一个冻僵的孤儿，最后被追上来的敌人杀死。《希巴洛克的种》（1925 年）中的希巴洛克救了一位倒卧路边的女人，后来却发现那女人是匪帮派来的奸细。希巴洛克处死了她，但她却为希巴洛克留下了这个世界上他唯一的“希巴洛克的种”。生命、死亡、爱情、仇恨，纠结在一起，丰富了小说的内涵。也正是这种人道主义精神，对人性的深刻挖掘，决定了肖洛霍夫早期创作的独特性。

继《顿河故事》之后，肖洛霍夫想写一部描写哥萨克在革命中的命运的长篇小说。起初定名为《顿河乡土》，后改为《静静的顿河》。《静静的顿河》共4部8卷，历时14载始告完成。1926年开始写作，1928年出版第1部（第1、2、3卷）和第2部（4、5卷），1932年出版第3部（第6卷），1937年至1940年完成最后一部（第7、8卷）。这部小说一出版即引起强烈反响。它以其史诗性的笔法，描写了20世纪前20年在俄国社会的巨变中顿河地区的哥萨克的历史命运和在国内战争中走过的悲剧性的曲折道路，成为肖洛霍夫的代表作。

1930年，肖洛霍夫在创作《静静的顿河》的同时，又开始了另一部长篇小说《被开垦的处女地》的创作。小说第一部于1932年发表。1930年，顿河地区的广大农村开始了消灭富农阶级的农业集体化运动。肖洛霍夫正是按照“生活的鲜明足迹”写了《被开垦的处女地》。小说的故事发生在顿河草原的一个小村庄，情节以一明一暗两条线索展开：一条明线以从列宁格勒来帮助哥萨克建立集体农庄的工人达维多夫为中心，另一暗线则是白卫军官波罗夫采夫、富农奥斯特洛夫等，千方百计破坏集体化运动。小说通过这两条线索的逐渐展开，揭示出贫农、中农同富农、白卫军分子之间的不可调和的矛盾。小说也揭示了人民内部之间的多种矛盾冲突。在多种矛盾中展示了哥萨克农村的所有制的变化，新人的诞生，新型的社会主义关系的建立。小说的第二部是在20世纪50年代末才完成，1960年发表。时代的变化亦给小说打下了深深的烙印。小说写的虽然仍是集体化时期的那个村子，但不再侧重通过富有阶级斗争内涵的事件去揭示人物性格，而是着力表现主人公们的精神世界。通过主人公们的日常生活，他们的爱情，他们同群众的交往，来揭示人物性格。达维多夫被塑造成一个具有民主作风和尊重人、同情人、爱护人的高尚品质的人物，突出表现了20世纪50年代日益被强调的人道主义精神。

1941年，苏联卫国战争爆发，肖洛霍夫作为战地记者走上前线，发表了一系列随笔和特写。战争结束后，肖洛霍夫跟其他苏联作家一样，仍一次次回顾、反思着那场伟大而残酷的战争。1956年和1957年之交，肖洛霍夫发表了他反思战争的重要小说《人的命运》。小说以战争中的一个人的命运作为切入点，讲述了一个普通战士安德烈·索科洛夫的故事。索科洛夫在战前有个非常美好的家庭，在战争中被俘，经受了集中营地狱般的生活的种种考验，终于又逃离魔窟，回到自己人的怀抱。但等待他的是故乡的一片废墟，唯一幸存的儿子也在攻克柏林的那一天牺牲了。战后他收养了一个孤儿，“两粒被一场空前剧烈的战争风暴抛到异乡的沙子”相依为命，去共同寻找属于他们的生活……小说虽是短篇，却具有感人至深的悲剧性力量，开了苏联文学战争抒情小说浪潮的先河。

肖洛霍夫是个共产党员，曾任多届苏共中央委员，当过苏联作家协会书记，作为无产阶级作家，一度被当作是社会主义现实主义的杰出代表。但他又是一个坚定的人道主义者，同时自认是个哥萨克。1924年回到顿河后，便长期生活在顿河哥萨克中，除了偶尔去莫斯科开会，有意与城市、与政治中心保持一定的距离。与那些身居城市，却又不断书写动人的乡愁的作家相比，他是一个真正的“乡土作家”。他在一些公开场合说的话，总显得非常正统。他也基本不写自传，他说：“我的自传就在我的书里”，写作乃是“翻转、裸露和展示自己赤裸裸的心”。在心灵的指示与现实的需要之间，他总在追求某种平衡，从而体现了一个“苏联”作家的智慧。

1941年，《静静的顿河》获斯大林文学奖奖金。1965年，瑞典皇家学院以其“在描写俄罗斯人民生活中一个历史阶段的顿河史诗中所表现的艺术力量和正直”，授予肖洛霍夫诺贝尔文学奖奖金。

二、《静静的顿河》的多重话语

《静静的顿河》是肖洛霍夫最重要的作品，也是苏联文学乃至世界文学中的一部杰作。但从它问世以来，关于这部作品的争论也从来没有间断过。有的人把它当作是社会主义现实主义的经典作品，有的人把它当作“同路人文学”，有的人甚至把肖洛霍夫称作苏维埃农民思想情绪的体现者。对主人公格里高力的评价，也是众说纷纭，莫衷一是。争论的众多，恰恰说明《静静的顿河》本身就是一部内容极为丰富的作品。评论家们从各自不同的角度切入作品，都有其片面的真实性。其实，《静静的顿河》本身便具有多重话语，从而也就决定了作品的多重价值取向。

肖洛霍夫既是一个坚定的布尔什维克主义者，又是一位人道主义者。他一生的大部分时间都是伴着顿河的哥萨克度过的，这使他成了一位“地域性”作家。这决定了《静静的顿河》拥有三套话语：关于主流真理的话语，关于人性的话语，关于乡土的话语。这三套话语在作品中共存，此消彼长，既相互冲突，又相互依存，决定了作品的复杂内涵。

（一）关于主流真理的话语

从主观上说，肖洛霍夫创作《静静的顿河》的首要目的就是要展现顿河的哥萨克在革命中的命运，他们在战争、流血和痛苦中走向社会主义的艰难历程。作品把拥护苏维埃、迈向社会主义称为“伟大的人类真理”。对此，肖洛霍夫曾明确提出：“写作《静静的顿河》的主要任务，是表现顿河边疆区的人们的生活。许多人问我，像格里高力·麦列霍夫这一类人的前途如何？苏维埃政权已经把这种类型的人从他们所处的死胡同里解脱出来。他们中间的某些人选择了同苏维埃彻底决裂的道路，但多数人则靠近了苏维埃政权。”（孙美玲编：《肖洛霍夫研究》）为此，肖洛霍夫塑造了许多体现历史前进方向的革命者、布尔什维克、红军指挥员、哥萨克中的先进分子的形象，如施托克曼、贾兰沙、彭楚克、彼得捷尔珂夫、珂晒沃依，描写了他们在伟大革命斗争中的英勇献身精神，讴歌了他们为之斗争的苏维埃政权的彻底胜利。小说也揭示了在新旧政权、红军和白军的斗争中，旧政权、白卫军官和参加暴动的哥萨克必然失败的命运，反映了像格里高力·麦列霍夫这样的劳动哥萨克在走向新生活过程中的“历史的迷误”。小说为了突出革命胜利的历史必然性，引入了大量史实性事件、历史性人物乃至历史档案材料，为虚构人物的活动及命运提供一个背景，也为关于真理的话语提供注脚。为此，《静静的顿河》与其他主流文学，如《钢铁是怎样炼成的》《铁流》等，被当作社会主义现实主义经典作品是有一定道理的。

（二）关于人性的话语

在谈及《静静的顿河》时，肖洛霍夫又说过另一段话：“对于作家来说，他本身首先需要的是把人的心灵的运动表达出来。我在格里高力·麦列霍夫的身上就想表现出这种人的魅力”（孙美玲编：《肖洛霍夫研究》）。小说着力体现“人的魅力”，又构成了小说的另一套话语。从体现“人的魅力”的角度来说，小说中最动人的形象并不是那些革命者，而是格里高力、阿克西妮亚这些并不革命或在革命中动摇、迷途的普通劳动哥萨克。小说以大量的篇幅描写了哥萨克的日常生活，他们作为个体在战争中的命运，他们的生活追求，他们的肉欲与爱情。小说中所展示的“人的魅力”主要体现在人对生活的执着，人的生命激情，乃至人的野性、原始生命力等方面。正如有评论家指出的，充斥于小说的是“肉感的、臀部丰满的女人，草垛里的淫欲，谷仓内的奸情，篱边的分娩……”这一切又无不散发出动人的气息。在格里高力与阿克西妮亚的爱情中，首先表现的就是一种基于原始的生命激情，不顾一切要厮守在一起的强烈渴望。格里高力之所以在婚后抛开妻子，再次投入阿克西妮亚的怀抱，就是因为娜塔莉亚“像在冰山上养出来的”，而阿克西妮亚“疯狂的、像道旁迷人的野花”的爱情夺走了格里高力的心。肖洛霍夫在展示男女主人公善良正直的人性美的同时，又着力谱写了他们的充满原始生命力的爱情。作家甚至将人的情欲也诗化了。“情欲”在某种程度上成了像“孩子一般天真的灵魂”，向人的生命本体的回归。但同时，肖洛霍夫在展示人的生活的野性之美时，又正视了人性中的这种“野性”的阴暗丑陋的一面。作者在表现新旧两个世界的斗争时，一方面从社会学的角度表现了两个世界的对立，同时又切入人的非理性层次，正视了人性中的攻击性和破坏性冲动，正视了人在战争中的非理性的狂暴激情的发泄。正如美国评论家爱德华·布朗所说："通过对别人的人身进行残酷的攻击来发泄狂暴的激情，这是《静静的顿河》用以写成材料……每隔一定的间歇，故事情节中便会插进一个人对另一个人的身体施加不可恢复的伤害的情景。"无论是格里高力在战场上的疯狂发泄，还是在红军和白军之间的厮杀，乃至对待俘虏的暴力行为，使人感到，敌对双方一方面在为各自的信仰而奋斗，另一方面，人类共有的兽性本能，攻击性和破坏性冲动，又使战争成了狂暴激情的一种发泄。

肖洛霍夫在《静静的顿河》中致力于人性的探索。当关于主流真理的话语与关于人性的话语发生冲突时，后者往往成了评判人物的标准。当格里高力从叛军投奔红军，又离开红军回乡，他的妹夫、已担任了鞑靼村革命军事委员会主席的珂晒沃依逼他第二天马上去区里登记。小说的同情并不在"大义灭亲"的珂晒沃依一方，而在格里高力一方。在战争中，对敌我双方人物的评价，也主要是看谁更符合人性，从而使《静静的顿河》在一定程度上偏离了主流真理话语。它被苏联一些评论家当作"同路人文学"，也就不足为奇了。

（三）关于乡土的话语

肖洛霍夫作为一个自小生活在顿河流域、与顿河有着血肉般联系的作家，他对哥萨克那粗野而不乏淳朴、蛮悍而不乏真情的生活，对顿河两岸优美的自然风光，有着一种本能的亲切感。高尔基曾把《静静的顿河》看作是"地方文学"，说肖洛霍夫"像一个热爱顿河、哥萨克人生活和大自然的哥萨克那样写作"。这构成了作品的一种抹不去的乡土情结。肖洛霍夫在把目光转向顿河的那片广袤的土地的时候，他的笔触便常常充满了深情，作家也由小说叙述者变成了抒情诗人。

在低垂的顿河天空下面的亲爱的草原、山沟、干涸的溪流和红色的黏土，遗留着已经被草遮没的马蹄痕迹的大草原，神秘地沉默着的、保留着哥萨克光荣的古代堡垒……用哥萨克的鲜血灌溉过的顿河的草原，我要恭恭敬敬地向你致敬，亲亲那没有开垦过的土地！

这片充满了生命活力的土地，构成了与那个动荡的世界相抗衡的另一个世界，也成了主人公漫漫漂泊征途中的心理依托与归宿。在主人公的人生选择中，对顿河乡土的依恋常常成为其中一个重要的砝码。格里高力不愿意离开顿河草原而拒绝了阿克西妮亚私奔的提议。他觉得，在草原里连喘气都痛快。他一方面在连年的征战中疯狂地冒险，一方面又总想避开这个“沸腾着仇恨的、敌对的和难以理解的世界”。格里高力始终“战战兢兢地紧抓住土地”，不断地怀想着童年时那阳光灿烂、万里无云的晴天，那广阔的草原，夏天的大道、牛车，那扶着犁柄、使劲地吸着潮湿的泥土气息时的美妙情景。小说结尾，他终于回到故土，“站在自家的大门口，手里抱着儿子”，多少个不眠之夜幻想着的希望实现了。从这个意义上说，格里高力毕竟找到了他的归宿，他的“根”。因为他寻求的恰恰是农民式的朴素的真理：和平地生活，自由地劳作，合乎人性和道德的社会秩序。国内有学者也因此把肖洛霍夫称作苏维埃农民情绪的表达者。

三、格里高力：纠结的人生

《静静的顿河》体现了多重价值，而主人公格里高力的一生，都在两个女人、两种势力中游走。在“红”与“白”之间，“站在两方面斗争的边缘，两方面他都反对”，这使它“漂来漂去，就像冰窟窿里的牛粪”，最终也没能找到自己的归宿。

小说开始，展现的是哥萨克粗野而不乏纯朴、蛮悍而不乏真情的广阔的生活画面，这是自然态的生活。起初，格里高力在两个女人之间的纠结。他与有夫之妇阿克西妮亚打得火热，阿克西妮亚那“放荡、贪婪、丰满”的嘴唇，“如癫似狂”的情感，让他如醉如痴。父亲看势头不对，赶紧让他去相亲。就这样，美丽的娜塔莉亚走进了格里高力的生活。婚后，美丽、善良、沉静的娜塔莉亚并没有征服格里高力的心。有一次，格里高力对娜塔莉亚说：

> 你真像个陌生人……就像这月亮一样，既不冷，又不热。我不爱你，娜塔什卡，你不要生气。我本来不愿意跟你说这些，可是不成，很明白这样是过不下去的……我很可怜你，这些天咱们好像也亲近了一些，可是心里什么也没有……空空的。就像现在的田野一样。

然后，格里高力又怀念起阿克西妮亚那“丰满”的嘴唇、“放荡”的身体来。也许，人本来就是矛盾的，永远游移在“红玫瑰”与“白玫瑰”之间。就像“十字路口上的赫拉克勒斯”，需要在两个女人之间做出选择。性感的卡吉娅，“肌体丰盈而柔软”，代表“邪恶、淫荡”，感官的适意与享受。而阿蕾特，“身上装饰沉静，眼神谦和，仪态端庄，身穿白袍”，代表美德、美好，但需要付出辛劳与沉重，“她带给你的生活虽然轻逸，但只有享乐，我带给你的生活虽然沉重，却很美好。”陀思妥耶夫斯基小说的主人公，常常选择的是沉重的美好。而在《静静的顿河》中，主人公却更多的是跟着感觉走，更容易沉溺于感官的肉欲中。

阿尔登斯在《肖洛霍夫和他的长篇小说》中说：“性格坚强、极富感性的阿克西尼娅跟着自己的感觉走，在情感中找到了自己存在的唯一意义。”柯列斯尼科娃则称：“阿克西尼娅的罗曼史就是本能的胜利，是作者对人的激情的赞歌。”同时，“葛利沙和阿克西尼娅的爱情是对现存生活制度的反抗，是对旧的、行将就木的婚姻习俗的挑战，是对用一箱子物品、两头牛即可买一个妻子的陋习的挑战”。

在《静静的顿河》中，其性爱书写，常常呈现一种非道德化的倾向。作家很少去对人物的选择做道德的评判，而是写出人的复杂性、矛盾性。在小说中，“情欲”往往成为人的“魅力”所在，有时，它甚至可以超越阶级。小说中有一个情节，格里高力作为叛军师长，有一次驻扎在一个村庄。房东的女婿当红军去了，房东为了讨好格里高力，那天晚上让女儿去陪格里高力，夜晚当他们一起躺在棚子里的大车上：

> 她的嘴唇又干又硬，有一股大葱气和说不出的清爽味儿。格里高

力躺在她的黑黑的细细的胳膊上，一直睡到黎明时。她一整夜都把他紧紧地搂在怀里，如饥似渴地跟他亲热，带笑带玩儿地咬得他的嘴唇出血，他的脖子上、胸膛和肩膀上留下不少她亲他时咬出的红点子和她那又尖又细的牙齿的小小印子。鸡叫三遍以后，格里高力本来想回到上房去睡，可是她不叫他走。

她恋恋不舍地贴在格里高力的胳膊上，哆嗦着说：

"我男人可不像你这样……"

"他又怎样呢？"格里高力用两只清醒的眼睛望着灰白色的苍穹，问道。

"他一点也不中用……没有劲儿……"她很信赖地朝格里高力身上贴了贴，声音中露出了哭腔。"我跟他过得一点都不甜……干床上的事儿他不行……"

一颗陌生的、像孩子那样单纯的心在格里高力面前赤裸裸地打了开来，就像一朵花儿吸饱了露水，一下子绽开了。这使他陶醉，唤起轻微的怜惜心。格里高力一面跟她亲热，温柔地抚摸着临时伴侣的乱蓬蓬的头发，合上了疲倦的眼睛。

已经暗淡的月光从芦苇棚顶的缝隙中透了进来。一颗流星离开天空，飞速地朝地平线滑去，在灰白色的天上留下一道银光闪闪、一动不动的白印子。池塘里有一只母鸭子呱呱叫了起来，一只公鸭子也用沙哑的喉咙亲亲热热地回答着。

这是典型的"人的魅力"的话语对"革命真理"话语的置换。《静静的顿河》常常把人的情欲、人的生命激情提高到生命本体的高度。别林斯基认为："诗人也可以描写情欲，因为它是现实的对象；可是，诗人在描写情欲的时候，不应该沉醉在情欲中；情欲应是他创作中进行激情观察的对象，却不应该是他本人所向往的东西。"而在《静静的顿河》中，"情欲"在某种程度上恰恰成了作家所向往的东西，成了向"孩子一般天真的灵魂"、向原始生命的回归。肖洛霍夫并没有以道德感来规范或者美化他们的爱情，而是在展示男女主人公善良正直的人性美的同时，着力谱写了他们的疯狂情欲，它与充满原始生命活力的大自然一起，恰恰构成了小说的最动人所在。

如果说格里高力一辈子都在两个女人之间纠结，他的人生也始终在两个阵营之间摇摆。第一次世界大战时，格里高力应征入伍，第一次杀人，用马刀把一个奥地利人的脑袋劈成两半，“格里高力看了看他那蒙上一层灰土的白帽徽，就踉踉跄跄地朝马跟前走去。他的步子又乱又重，好像肩上扛着他扛不动的东西；他又厌恶，又困惑，心里十分烦闷。他用手抓住马镫，老半天没有抬起变得十分沉重的腿。”后来，他逐渐习惯了杀人，并为此获得十字勋章。格里高力因伤住院，伤愈后，革命爆发，他参加了红军，担任队长。但因对波得捷尔柯夫残杀白军俘虏不满，借再度受伤回乡离开红军。哥萨克暴动时，彼得罗被红军所杀，为保卫哥萨克土地，格里高力参加白军，并升为师长。后来，红军控制了顿河流域，他与阿克西妮亚逃亡，被截，参加了布琼尼骑兵军，因作战英勇，被提升为副团长。复员回家，因村苏维埃主席——妹夫柯晒沃的过左政策，又被迫逃亡，加入福明匪帮。后来，他离开福明匪帮，与阿克西妮亚逃亡。阿克西妮亚被流弹打中，格里高力一个人回到村庄，亲人都不在了，他站在自家的大门口，手里抱着儿子，头上是“黑黑的天空和亮得耀眼的黑黑的太阳”，小说就这样结束了。

这是格里高力的悲剧，也是时代的悲剧。格里高力自然意义上的人，始终按照自然本性做自己的选择。但在爱情婚姻中，他始终摇摆于两个女人之间，但最终两个女人都因他而死。而在历史大潮中，个人动机常常让位于时代需要，“人都变得无足轻重了”。如果说小李斯特尼次基和柯晒沃依，走的都是直路。像柯晒沃依，他可以为了自己崇高的目的，毫不犹豫、义无反顾地去杀人。而格里高力，反而因为他的强烈、深厚的人性，使他“从 1917 年起就走的是弯来弯去的路，就像醉汉一样摇来摆去……”

有人把格里高力的悲剧称作试图走出历史的悲剧，面对“历史真理”与“人的魅力”的矛盾，格里高力最终也没能找到自己的出路。

四、悲剧精神与自然主义

肖洛霍夫被称作一位杰出的悲剧史诗作家。他的作品在表现手法上虽然经常具有一种喜剧情调，但骨子里又蕴含着深刻的悲剧性。在他早期的以内战为题材的小说中，生命与死亡、血缘亲情与阶级仇恨往往纠结在一起，由此导致一系列的悲剧。而在《静静的顿河》中，肖洛霍夫一方面从历史的角度真实地表现了叛乱的哥萨克必然失败的命运，另一方面又含着热泪为哥萨克唱了一曲悲壮的挽歌。格里高力，也正是他的悲剧命运，深深地打动了读者的心。在《人的命运》中，肖洛霍夫更把战争中的个人的命运当作了关注的焦点，主人公不断地追问："生活啊生活，你到底为什么要这样折磨我？为什么要这样惩罚我？不论是黑夜，还是白天，我都无法得到解答……"肖洛霍夫作品中所蕴含的悲剧精神，却并不把人引向悲观主义。肖洛霍夫在诺贝尔文学奖受奖演说中谈道："我希望我的作品能帮助人变得更好，心灵更纯洁，能唤起对人的爱，唤起积极为人道主义和人类进步的理想而奋斗的愿望。"他小说中的人物也都充满了对生活的执着，对人生中美好的一切的追求，因而他们的"好人转入厄运"的悲剧命运，更多的是一种悲剧的美感，给读者一种为追求理想永不屈服的力量。

另一方面，肖洛霍夫的创作，在艺术表现上往往摒弃了传统的典型化、理想化原则，而表现出非诗化的倾向。肖洛霍夫曾在给短篇小说集《浅蓝色的原野》写的序中讽刺过把草原上讨厌而有毒的羽茅草描写成"飘香的银白色羽茅草"的作家。

> 可是实际上，羽茅草——这是一种令人讨厌的灰白色的草……没有任何香味。羊群不能从那上面经过，因为它锋利，扎到羊身上，羊就要死去。长满了车前子和滨藜的战壕……这些不久以前战斗的缄默的见证人，本来可以说明，在这些战壕里，人们曾经是多么狼狈、多么平平常常地死去。但是这些战壕由于风雨的侵蚀，天长日久都倾塌了……

这段话被一些评论家当做肖洛霍夫创作中“自然主义倾向”的见证。这种“自然主义”恰恰是作家敢于面对生活的严酷、沉重的真实，不对生活做任何的回避、粉饰和掩藏，从而表现出一种“残酷的现实主义”。如前所述，肖洛霍夫在性爱描写中，往往强调了人的自然属性，而直接切入人的肉体的、本能的冲动中，并回避做出道德评价。在表现战争时，作家也并不回避战争的残酷与人性的阴暗。炸开的肠子，被马刀砍得血肉模糊的脸，挂在树枝上的鲜血淋淋的躯体，在化脓的死尸伤口中爬行的蛆虫、绿苍蝇……这种刺激感官、引人嫌恶的细节充斥于小说中，引起读者心灵的战栗。也正是这种非道德化、非诗化倾向，使肖洛霍夫异于传统的俄罗斯苏联作家，而与 20 世纪崛起的新的美学意识取得了沟通。

第十三节 《日瓦戈医生》：边缘者的寻求

一、帕斯捷尔纳克：所信的道我已经守住了

二月。用墨水哭泣！
在悲声中为二月
寻找词语，当轰响的泥浆
点燃黑色的春天。
花六十卢布雇辆马车
穿过车轮声和教堂钟声
到比墨水和哭声更喧闹的
倾盆大雨中去。
那里无数白嘴鸦像焦梨
被风从枝头卷起，
落进水洼，骤然间
枯愁沉入眼底。
下面，融雪处露出黑色，
风北尖叫声犁过，
越是偶然就越是真实，
痛哭形成诗章。

这是苏联作家、诺贝尔文学奖获得者帕斯捷尔纳克写的一首诗《二月……》，译者北岛。苏联文学曾经以其社会主义现实主义的主旋律而辉耀一时。但在主流文学之外，又始终有另外一种文学作为潜流而存在着。一些作家因与主流文学的不合拍，其作品或受到批判，或者索性连发表作品的权利也被剥夺了。鲍里斯·列昂尼多维奇·帕斯捷尔纳克（1890—1960）便是其中之一。他的独具一格的诗歌不断地引起争议，他的小说《日瓦戈医生》更是引起轩然大波。《日瓦戈医生》既给他带来了诺贝尔文学奖的荣耀，又引发了他的悲剧命运。帕氏作为一个始终坚守自己的思想自由、个性独立的知识分子，他的悲剧性的生活和创作经历，成了20世纪俄罗斯知识分子命运的写照，因而显得分外地意味深长。

帕斯捷尔纳克1890年出生于莫斯科。父亲是犹太人，莫斯科美术雕塑建筑学院教授，母亲是颇有才华的钢琴家。少年的鲍里斯曾专修音乐，1909年入莫斯科大学法律系，后转入历史哲学系。1912年赴德国马堡大学攻读哲学。家庭环境和青少年时代的教育，培养了他的艺术素养和哲学思辨能力，对他日后的文学创作具有重要影响。

在大学时代，帕斯捷尔纳克就曾参加象征派、未来派诗歌小组的活动。1914年，出版了第一本诗集《云中的双子星座》，1917年又出版了《在街垒之上》。革命后又有诗集《生活，我的姐妹》（1922年）和《主题与变奏》（1923年）问世。这些诗集使鲍里斯赢得了诗人的声誉，但这又常常被认为脱离了时代，脱离了社会现实。因为诗人并不惯于充当革命的喉舌，他更多地把诗歌当作生命的体验和存在。他习惯于从爱情、善良、正义等“永恒”的概念的角度去理解世界，因而并不能说诗人脱离了时代。他不过是透过诗人独特的视角及其内心感悟反映了时代的变迁。

诗歌创作之余，帕斯捷尔纳克同时从事散文创作。1924年，他发表短篇《空中路》，影射无产阶级专政和共产主义运动虽光彩夺目却脱离现实。1931年，他完成自传体散文作品《安全证书》，它和写于1956—1957年的《人与事》一起，构成了作家前半生的生活历程、思想和艺术观念的完整记录。作家在这两部自传性作品中，既回顾了自己的成长历程，又叙述了与一些诗人和艺术家，如里尔克、托尔斯泰、斯克里亚宾、马雅可夫斯基、叶赛宁、茨维塔耶娃等的交往。在对这些艺术家的回忆里，又展示了他自己的哲学和艺术观念。帕斯捷尔纳克称自己性格的“基本特征和精神生活的全部积蓄”都要归功于里尔克，他称里尔克的诗“广阔、无穷、深邃”，这也构成了帕氏自己的艺术追求。另一个对他影响巨大的作家便是托尔斯泰。托尔斯泰对俄罗斯人民的苦难的深刻理解，对俄罗斯乃至整个人类所怀有的博大爱心，对人的救赎之路，对来自天国的真理的不倦探求，这苦难、圣爱、拯救所构成的托尔斯泰艺术世界的悲剧感与超越精神，对人类终极价值的关怀，正为我们提供了开启帕斯捷尔纳克艺术奥秘的一把钥匙。

最能体现帕斯捷尔纳克这种艺术追求的作品便是长篇小说《日瓦戈医生》。这部作品1948年开始动笔，1955年完成。帕斯捷尔纳克宣称这是他的第一部“真正的作品”，他要在这部作品中“自由表达真实思想”，“勾画出俄罗斯近45年的历史面貌”，表现其“对艺术、对圣经、对历史中的人的生命以及对其他事件的观点”。①

小说的主人公是个医生，他小时候从基督福音书里领悟的是“爱人如己”“个性自由”和“视生命为牺牲”，这也成了他日后的信念之“道”。当革命到来的时候，他曾经为之欢呼：一次非常出色的手术，一下子把发臭多年的溃疡切掉了。但随之而来的流血、混乱，又使日瓦戈感到迷惘。他执着于对人、对生命的爱，寻寻觅觅，身不由己，仿佛成了革命时代的一个“多余人”，最后因为心脏病突发，猝死街头。

这是一个人与一个时代的故事。“时代的一粒灰，落在个人头上，就是一座山”。灾难之下的一些普通人如此，日瓦戈医生也是这样。

西方很多作家、学者认为《日瓦戈医生》充满了对俄罗斯人民与土地的爱，苏联政府和一些读者又曾把它当作是一部反苏的小说。书稿先被送

---

① ［苏］帕斯捷尔纳克．人与事［M］．乌兰汗，译．北京：生活·读书·新知三联书店，1991：288.

到《新世界》编辑部，结果被退了回来。1957年小说在意大利以意大利文出版，两年内被译成24种语言，轰动一时。1958年，瑞典科学院以帕斯捷尔纳克“在当代诗歌和伟大的俄罗斯小说传统上取得了重大成就”为由，决定授予他诺贝尔文学奖。帕斯捷尔纳克当即回电，表示“无限感激，深感激动、自豪、惊异、惭愧”。但苏联国内马上把这看作是西方资本主义阵容的一次政治预谋，苏联作家协会因为帕氏的“卖国行为”开除其会籍。苏联政府也暗示，如果他去领奖，将对他离开苏联不会设置任何障碍。

帕斯捷尔纳克在痛苦与绝望中，曾写过一首题为《诺贝尔奖金》的诗：

我像围猎中的野兽，末日临头。
存在着人群、光明和自由，
而我身后却是追捕的狂吼，
我面前已经无路可走。
漆黑的森林，池边的陡岸。
被伐倒的云杉原木。
一切生路都被切断，
随它去吧，任凭命运摆布。
我做了什么坏事？
我是凶手还是歹徒？
我曾使全世界哭泣
为我这美丽的故土。
……

对帕斯捷尔纳克来说，来自官方的威胁、恐吓，可能在他的意料之中。对他打击最大的，是苏联报刊上登载的某些“读者来信”，这些根本就没有读过（也不可能读到）他的小说的“读者”呼吁：

应该把子弹射入叛徒的后脑勺。我是个妇女，见过种种痛苦，我并不是一个狠心的女人，但对付这种背叛行为，我的手是不会发抖的。

这位名叫尼古拉耶娃的“读者”是作家的同行，她建议帕斯捷尔纳克应当到全国各地走一走，认识一下他所“诽谤”的人民，参观一下集体农庄、“伟大的共产主义工程”。

帕斯捷尔纳克给这位“读者”、比他年轻21岁的作家同行回信：

我想请你对待自己的抗议的正义性和真诚性抱冷静一点的态度。您比我年轻，将来您会用另一种眼光看待现在所发生的一切，您会活到那一天的。

在诺贝尔文学奖与祖国面前，帕斯捷尔纳克选择了亲爱的俄罗斯故土，在作家看来，这是他的生命与创作之“根”，离开它，他将活不下去。他随即在《真理报》上发表声明，宣布“自愿”放弃诺贝尔文学奖。1960年，帕斯捷尔纳克在四面楚歌、心力交瘁中离开了这个世界。

1987年，《日瓦戈医生》中译本出版。1988年，小说回到它的故土，首次用俄文发表。小说对历史、革命的反思，所充满的人性的光辉，感动了一代一代的俄罗斯以及中国的读者。

当年，为了俄罗斯“美丽的故土”，曾感动全世界、使“全世界哭泣”的帕斯捷尔纳克，这位真正伟大的爱国者，因为批评与反思，却被当作了“叛徒”“卖国贼”，这是历史的悲剧。帕斯捷尔纳克当年曾经哀叹：

围剿越逼越紧，
也是由于我的原因，
我的知己，我的得力助手
已不再伴我左右。
绞索已套住咽喉，
啊，我多么渴望
心中的挚友

能为我把泪水拭去。
那美好的仗我已经打过了；
当跑的路我已经跑尽了；
所信的道我已经守住了。

帕斯捷尔纳克如同《日瓦戈医生》的主人公一样，以他一生的行迹宣示：他守住了“所信的道”，体现了一个作家的良知、勇气与担当。

有一棵菩提树发了疯
在这服丧的五月里鲜花怒放。
他化为生长麦穗的庄稼
也许变成了他讴歌过的细雨
世上所有的花儿全都绽放了。
——《诗人之死》

这是女诗人阿赫玛托娃为帕斯捷尔纳克之死写下的诗句。作家以他的文字给这个世界带来一些温暖，就像一朵火焰，一缕阳光，“世上所有的花儿全都绽放了”。

二、《日瓦戈医生》：孤独者的寻求

《日瓦戈医生》作为凝聚了帕斯捷尔纳克一生的思考与人生体验的作品，以革命中知识分子的命运为主线，对历史、自然、人生、社会、生命、死亡、自由、真理等种种命题都做了独特的思考。作品以其博大而深邃的思想，对人的命运进行了深切关注，对人生的终极价值的寻求，仿佛成了20世纪的一部启示录。

暴力革命与道德人性，这个问题从19世纪以来就困扰了许多作家。雨果、狄更斯、托尔斯泰……面对暴力革命与道德人性的矛盾，作家常常陷入难以挣脱的困境之中。在20世纪的苏联与中国文学中，这个问题倒常被意外地简单化和明朗化了，似乎不再成为一个问题。无论是苏联的《苦难的历程》《钢铁是怎样炼成的》《恰巴耶夫》《铁流》《毁灭》等，还是中国的许多同类作品，它们都表现了暴力革命的伟大历史意义，歌颂了革命改造人的巨大力量。但毋庸讳言，这些作品在以历史主流、社会公理作为其价值体系，在对革命的社会历史意义的礼赞过程中，又常常忽略了革命在人性、道义上的某些失误，个人在急风暴雨中的某些悲剧。正因为如此，帕斯捷尔纳克反其道而行之，在《日瓦戈医生》中，将个人放在一个独立主体的位置上，以其先验的价值体系评判革命及伴随着革命而来的一切。它造就了小说的独特与深刻。

《日瓦戈医生》对十月革命的思考，依据的是一种宗教人本主义的伦理观和价值观。主人公日瓦戈是个医生，在他的成长过程中，舅舅尼古拉·韦杰尼亚平曾给过他很大影响。韦杰尼亚平担任过神职，体验过托尔斯泰主义，在革命过程中又在不断地进行着新的探索。在他看来，人的觉醒，乃是历史开始的标志。在人类编年史的最初几页，人屈服于凶暴的大自然；在罗马时代，到处充满了野蛮，人在斗兽场上“被践踏、忍受痛苦”，这都不是人的历史。只有当基督出现之后，突出了人性，才开始了人的时代。日瓦戈正是依据这种信念，依据“福音书中的伦理箴言和准则”、一种道德感、先验的善和仁爱，审视着历史和现实。日瓦戈发现，无论是封建时代还是资本主义时代，都存在着种种对人的不合理和不公正。置身于十月革命的激流中，当他感到周围的一切都是为了“人的权利”时，日瓦戈非常兴奋地迎接了它，把它看作是一次非常出色的手术，一下子把发臭多年的溃疡切掉了，对“习惯于让人们顶礼膜拜的几万年的非正义做了判决”。可以说，日瓦戈仅仅是站在道德和人性的角度来欢呼十月革命的，他没有也不可能理解其中更深远的历史意义。因而，同样是出于那种道德审视，当革命并不如主人公所想象的那样温情脉脉，而是伴随着战争、流血、恐怖、暴力和死亡时，日瓦戈失望了，他开始逃避，超然于一切事态之外，只是用他那双充满了理性自觉的眼睛默默地注视着周围所发生的一切。他的悲剧命运也就由此开始了。他孑然独立，颠沛流离，仿佛始终是个多余人，找不到生命的归宿，最后猝死街头。日瓦戈的悲剧，可说是暴力革命中保持着人的个性自觉的人的毁灭的悲剧。

《日瓦戈医生》还通过拉莉莎与安季波夫的家庭毁灭，揭示了革命对一切道义基础的消解。“所有和生活习俗、人们的家族与秩序有关的一切，以及由此派生的，为此安排的一切，都因整个社会的变动和改造而化为灰烬”。家族的道义基础瓦解了，某种虚假的、荒谬的东西渗入到日常生活之中，使充满温馨的家族分崩离析。安季波夫参加革命后，“仿佛某种抽象的东西注入了他的面孔中，使它失去光泽。一张活生生的脸变成思想的体现和原则的化身”。在帕斯捷尔纳克看来，革命预示了家庭的毁灭、人的个性的毁灭。

这是一个“末日启示”的时代，一切都混乱了，一切仿佛都将走向毁灭。“世界到了末日，耶稣第二次降临”，老姑娘西穆尔卡在疯癫状态下道出的话语仿佛成了某种“神谕”。人类的“方舟”何在？世界如何走出末日，迎接一个“新天新地”的到来？在《日瓦戈医生》对革命的不无苛刻偏激的审视中，《圣经·启示录》事实上与作品有了某种内在的契合。

复活，《圣经》中既有耶稣基督被钉十字架后的复活，也包含世人承受审判后得到拯救的复活。在《日瓦戈医生》对世界复活、人性复归之路的探索中，实际上已包含了对人类整个生命与死亡之谜的求解。

以善引导向善，人从疯狂的兽性中摆脱出来，趋于完美，这就是生命的真谛，是人的复归之路。日瓦戈医生对于生命、死亡和复活都做了独特的理解。如果说，对于内心充满了凶恶和暴力的人来说，生命就是一种死亡，那么对于领悟了生命真谛的人，死又是生的开始。《日瓦戈医生》多次写到死亡及其祭献仪式。死亡，作为作品中的一个重要意象，又恰恰构成了对生命之谜的探索与求解。死亡，常常作为一种生命的再生仪式，已经包含了永恒和不朽。

这是一曲生命之歌。日瓦戈与拉拉的爱情，也被净化和升华了，具有了生命的永恒的意义。当一个圣诞之夜，日瓦戈在街上看到从拉拉房中透出的烛光，那一刻便注定了拉拉将成为日瓦戈的生命之光，精神之母。当日瓦戈在急风暴雨中漂泊，与拉拉的相遇，使他顿时感到那个发生着巨大动乱和变迁的世界慢慢远去了，他全身充溢了生命的活力，他周围的大地、树木、花草，也变得欣欣向荣。他们相爱，并非“被情欲所灼伤”，而是共同依恋、共同创造、共同描绘人性的永恒的美。在日瓦戈对拉拉的依恋中，包含了寻求生的价值、寻求人生的归宿的渴望。拉拉不仅成了日瓦戈的精神之母，同时成了一尊生命之神，成了受尽苦难的俄罗斯圣母的象征。

日瓦戈死了，拉拉也死了，但是他们又将复活，因为他们毕竟走在了归乡之途。在旧的俄罗斯已经死亡、新的秩序尚未建立之时，日瓦戈与拉拉，像世纪初的亚当和夏娃，“一丝不挂，无家可归”，最后终于在上帝之道中找到了永恒的真理。尽管日瓦戈是孤独的，但在世纪初，人子耶稣为传福音，到处奔波，不被人理解，遭人唾弃，受苦受难，最终走上十字架，以死亡来唤起人类沉睡的良知，这与日瓦戈始终坚守自己的“道”，茕茕孑立的旷世孤独，似乎构成了一种对应。

> 从通向房门的走廊便能看见屋子的一角，那儿斜放着一张桌子。桌子上放着一具棺材。它低狭的尾端像一只凿得很粗糙的独木舟，正对着房门。……枕头垫得很高。尸体躺在棺材里就像放在小山坡上。
>
> 棺材周围放了许多鲜花，在这个季节罕见的一簇簇丁香，插在瓦罐或花瓶里的仙客来和瓜叶菊。……鲜花不仅怒放，散发芳香，仿佛所有的花一齐把香气放尽，以此加速自己的枯萎，把芳香的力量馈赠给所有的人，完成某种壮举。
>
> 很容易把植物王国想象成死亡王国的近邻。这里，在这绿色的大地中，在墓地的树木之间，在从花畦中破土而出的花卉幼苗当中，也许凝聚着我们竭力探索的巨变的秘密和生命之谜。马利亚起初没认出从棺材中走出的耶稣，误把他当成了墓地的园丁。①

日瓦戈的死，又变成了一次庄严的生命再生的仪式。日瓦戈如那植物

① ［苏］帕斯捷尔纳克．日瓦戈医生［M］．蓝英年，张秉衡，译．北京：外国文学出版社，1987：670.

王国的花草树木，完成了“某种壮举”，他的精神又复活了。这是自然生命的复活，也是人性力量的复活。日瓦戈的一生，是悲剧性的一生，但是，又以其对永恒之道的追求，爆发出了辉煌的生命之光。

“真正伟大的作品是约翰启示录”，帕斯捷尔纳克通过日瓦戈医生之口阐述了他的艺术见解。帕斯捷尔纳克作为一个正直的知识分子，执着的爱国主义者和人道主义者，他写《日瓦戈医生》并非要反对十月革命，而是反对伴随着革命而来的流血和恐怖以及对人性的践踏。追求人的个性完美和自由，由此走向对人生终极价值的关怀，构成了《日瓦戈医生》的真正底蕴。诚然，历史注定了主人公的一切追求都只能以悲剧告终。但是，他的悲剧，正如某些研究者所说，也许又正是“后一个‘合理的’‘存在’——可能它倒是符合人类更高发展的真理而不仅是必然性的——不曾到来之前的悲剧，一个体现在人物性格之上的命运悲剧”。[①] 正是在这个意义上，《日瓦戈医生》作为一部表现对人类的爱与拯救的作品，自有它独具的意义。

三、圣母崇拜

《日瓦戈医生》中塑造了一个动人的女性形象：拉拉。

还是在小时候，一天晚上，小日瓦戈跟着当医生的父亲出诊，回来的时候，在一条大街上看到拉拉窗前的一支蜡烛：

> 她怎能想到，躺在桌子上的死者驱车从街上经过时看见过这个窗孔，注意到窗台上的蜡烛？从他从外面看到这烛光的时候起——“桌上点着蜡烛，点着蜡烛”——便决定了他一生的命运？

两个素昧平生的人，冥冥中，仿佛就有了某种缘分。第一次世界大战爆发，当医生的日瓦戈和作为护士的拉拉，在一家战地医院相识了。之后，十月革命爆发，紧接而来的是内战。两个人就像时代的浮萍，漂在不

① 何满子，耿庸. 关于《日瓦戈医生》的对话［J］. 外国文学评论，1988（2）.

同的生活轨道上，却在一个小城重逢，仿佛是命运让他们走到了一起。

这是一个婚外恋的故事。日瓦戈其实有自己的家庭，妻子冬尼娅也是个温顺、善良的女性，一个贤妻良母。但拉莉莎，这个沉静、柔弱，又富于女性气息的人的出现，唤醒了日瓦戈身上沉睡的另外一种感情。他感到了以前从未有过的巨大骚动，一种由激情驱使的痛苦中夹杂着甜蜜的灭顶般的欢乐。当然，当一阵情欲宣泄过后，良心又使他不安，使他自谴自责。他感到，“他爱冬尼娅爱到崇拜的地步。她心灵的平静对他比世界上任何东西都重要”。他要向冬尼娅坦露一切，忏悔自身的罪孽。但他又千方百计延缓这一时刻的到来，当他感到还能再一次见到拉拉时，他“快活得不知如何是好，心急剧地跳动。他再次品尝到相见的快乐”。

自然，帕斯捷尔纳克是不会满足于向读者兜售这样一个老而又老、俗而又俗的感情故事的，帕斯捷尔纳克赋予了男女主人公的世俗之恋以更深层的含义。日瓦戈对拉拉的依恋，一方面是在动乱不堪的世界中飘零，在孤苦无依中寻求灵魂归宿、感情补偿。在日瓦戈对拉拉的情爱中，掺杂着对母爱的渴求。“在小鸟和花楸树之间有一种精神上的亲近，仿佛在花楸树什么都看见了，抗拒了半天，终于可怜起小鸟来，向它们让步，就像母亲解开了胸衣，把乳房伸给婴儿一样。‘唉，拿你们有什么办法？好吧，吃我吧，吃我吧，我养活你们’”日瓦戈在游击队营地，把那落满白雪伸向前方的花楸树枝当作了拉拉“滚圆的胳膊”，依偎在树枝的怀里，轻轻呼唤着他的拉拉，他的“如花如画的美人”，亲爱的“花楸树公爵夫人”。在小鸟与日瓦戈、花楸树与拉拉之间，不已存在一种不言自明的对位吗？在日瓦戈与拉拉重逢时，日瓦戈走上通向拉拉住宅的楼，他感到“真像一座迷宫。我差点找不着路”，拉拉牵着他的手：“别松开我的手，不然你要迷路的，就这样握着，向右拐，现在穿过密林了。”这个细节意味深长，仿佛拉拉就这样母亲般地一直在牵着日瓦戈的手，引导他穿过生活的“密林”，去寻找另外一个更为明净的世界。拉拉对于日瓦戈来说，扮演了双重角色：作为女人，她满足了日瓦戈的情爱需要，作为圣母，它又满足了日瓦戈的精神需求。

于是，这场凡俗的情感，也被注入了一丝神圣的永恒的气息。“当一丝柔情从心中升起，宛如永恒的气息，飘进他们注定灭亡的尘世时，这些短暂的时刻便成为揭示和认识有关自己和生活更多新东西的时刻”，在那个急风暴雨的年代，两个同样孤独、同样需要抚慰的灵魂，在冥冥中向对方发出了永恒的渴求，渴求改变他们自身的命运，渴求在心灵的契合中，共同去认识那陌生的世界，共同度过危难。他们的爱情升华了，具有了永恒的启示录式的意义。

拉拉，这个尘世的同样充满了生命激情的女人，也被升华了。正像先前的魔法师所发现的，“有的女人身上有五谷或者蜜或者皮货。武士们便打开她们的肩膀，像打开箱子一样，用剑从一个女人肩胛里挑出一斗麦子，另一个身上有一只松鼠，还有一个身上有一个蜂房”。日瓦戈从巫婆的这一念咒中，看到了人类的某一部编年史。在这部编年史中，女性、作为新生命的孕育者，是她塑造了人类；作为一切生灵的保护神，使孤独的人类感受着在巨大的卵翼保护下的温暖。她们不仅仅是男人满足情欲的对象，也是一尊神圣的生命图腾。拉拉梦见自己被埋在土里，“左肋、左肩和右脚露出，左乳长出一丛青草”。日瓦戈也梦见：“拉拉的左肩被扎开了一点。就像把钥匙插进保险箱的铁锁里一样，利剑转动了一下，劈开她的肩胛骨，从敞开的灵魂深处露出藏在那里的秘密。她所到过的陌生的城市、陌生的街道、陌生的住宅、陌生的辽阔地方，像卷成一团的带子一下子抖开了”。这是一个生命之神，日瓦戈吮吸着生命的乳汁，感受着一个孩子被母亲抚爱时的那种柔情，从而找到了灵魂与生命的归宿。此时的拉拉，她身上的世俗的女性的特征慢慢消隐了，母亲般的圣洁、慈祥逐渐凸现，使人感到，这仿佛就是一位圣母。小说把《圣经》中玛利亚的贞洁的母性同犹太民族过红海相类比。摩西劈开红海让以色列人通过是一个奇迹，而少女作为平常的人“悄悄地、隐秘地给婴儿以生命，在世界上产生生命”，这同样是一个奇迹，微不足道的个人的私生活，在上苍看来竟有了与整个民族的迁移同等的意义。同样，日瓦戈与拉拉的爱情，也具有了不同凡俗的、神圣的、永恒的意义。

《日瓦戈医生》向我们展示了一个圣母原型，一种对圣母的崇拜。这可以说是俄罗斯文学中对圣母般的女性的崇拜的自然延续。十九世纪的俄罗斯文学，在一片昏暗的男性背景上，矗立着一组光彩照人、圣洁无比的女性群像。从普希金的达吉雅娜（《叶甫盖尼·奥涅金》），到屠格涅夫的丽莎（《贵族之家》）、叶琳娜（《前夜》）、达尼雅（《烟》），陀思妥耶夫斯基的索尼雅（《罪与罚》），托尔斯泰的吉提《安娜·卡列尼娜》，她们都以纯洁、善良、富于自我牺牲精神、充满母性温柔著称。作家们往往都淡化了她们作为女人的生命激情、内在冲突，而更多地赋予了她们以灵的气息、圣洁的光彩。这是一种圣母式的形象，与那种被情欲所左右的荡妇型或妓女型形象决然对立。这些圣母般的女性，往往成了男性生活的引导者、理想的归宿。

美国文学批评家、文化名人埃德蒙·威尔逊把拉拉看作是“俄罗斯文化之母”的象征，日瓦戈对拉拉的恋情，正体现了对古老的俄罗斯文化的追寻。

从文化、道德的角度来说，女性形象中所体现的纯洁、善良、母性温柔、自我牺牲精神，与古老的俄罗斯文化中的那种纯朴的道德风尚、精神纯洁感，有着一种对应关系。十九世纪的俄罗斯，面对资本主义的日甚一日的侵袭、渗透、不少作家从中感到的不是历史的进步而是随着资本主义而来的个人主义、金钱主义、自私、竞争、堕落的泛滥，是古老的俄罗斯文化的日趋没落，是人心不古、世风日下，他们呼唤着古老的文化精神、道德风尚的回归。

而男性们，那些多余人、不无缺陷的新人，酗酒犯罪者，小市民、忏悔的贵族，似乎并没有给作家们带来太大的期望。作为男性作家，他们从心理上似乎也更趋向于在女性身上寄托一种道德理想。他们把温柔敦厚、纯洁善良、无私忘我、奉献与牺牲精神等象征道德纯朴、完美的特征，加在了一群女性身上，以此作为对一种古老文化精神的呼唤。这是他们对这种日渐没落的文化的临去秋波，我们从中感到了作家的一种文化失落感，对行将衰竭的一切的脉脉温情。《日瓦戈医生》，在那充满战争、流血、恐怖的年代，古老的道义基础瓦解、家园沦丧、斯文扫地、人的兽性发作，或者丧失自我……这一切，在帕斯捷尔纳克看来，仿佛就是一种古老文化的终结。而日瓦戈对拉拉的追求，正是对人与人的精神和谐、道德完美的追求。他们的爱情，仿佛成了一种行将消隐的充满道德纯洁感、精神和谐的文化的回声，在她们的情人、妻子角色之外，又被附加了一个圣母身份。这圣母既像尘世间的母亲，又是俄罗斯文化之母，可以说，作家们的圣母崇拜，正体现的是一种“文化恋母情结”。

在对日瓦戈与拉拉爱情的描写中，作品着力突现的是他们的文化使命、精神探索与追求：“他们彼此相爱并非出于必然，也不像虚假地描写的那样，‘被情欲所灼伤’。他们彼此相爱是因为周围的一切都渴望他们相爱：脚下的大地，头上的青天、云彩和树木……这就是使他们亲近并结合在一起的主要原因。即使在他们最壮丽、最忘我的幸福时刻、最崇高又最扣人心弦的一切也从未背弃他们：享受共同塑造的世界，他们自身属于整幅图画的感觉，属于全部景象的美、属于整个宇宙的感觉。”一种世俗的感情，被提到了一个永恒的人生、宇宙的高度。在这种提升中，“肉”自然也就被“灵”所取代了。

人们通常把日瓦戈看作是帕斯捷尔纳克的自传性形象，而拉拉的原型即是《新世界》杂志的编辑伊文斯卡娅。他们仿佛浮士德和玛甘泪，在精神与肉体的契合中，感受着疯狂的幸福与极度的痛苦，而在小说创作过程中，一种心理防御机制使帕斯捷尔纳克不由自主地对这一层感情做了矫饰与升华。淡化了肉欲的成分，突出了精神的探索与心灵的契合。当然，从这种矫饰中，我们又可以感到俄罗斯文化传统的积淀。

第十四节　博尔赫斯：时间猎人

豪尔赫·路易斯·博尔赫斯（Jorge Luis Borges）1899 年出生于阿根廷，诗人、小说家、散文家，学富五车的猫奴、单身主义者、可能是世界上文采最高的图书馆馆长。卒于 1986 年，20 世纪西方文学史上绕不过去的小说家。

从大家很熟悉，但却未必知道语出何人的一句话开始吧：天堂应该是图书馆的模样。这是博尔赫斯有次在答记者问的时候说的。他晚年的时候，双目失明，但他觉得，只要一靠近书，就感到幸福。而且，他认为文学给他的生命带来的是“幸运和幸福”。读书、写作，无疑是这位作家一生热爱。一个人如果能找到自己一生热爱的事，其实是非常幸福的，当然也是非常幸运的。因为，大多数的我们，可能没那么幸运能找到自己内心的真爱；也可能没那么幸福，因为无法按照自己喜欢的方式度过一生。

听起来很悲观是吧？不过我发现，我跟博尔赫斯有一个相同点，就是喜欢猫，不仅喜欢奶萌的小猫，而且喜欢凶猛的大猫。看动物纪录片，我就喜欢看大型猫科动物，尤其喜欢看它们捕猎的画面。老虎、狮子、豹子，它们潜伏在草丛中，屏息静气等待猎物靠近，然后一跃而起扑向猎物的一刹那；还有猎豹在追逐猎物时奔跑的形态，优美的体形，流畅的步伐，都让我赞叹不已。当然，我这实属叶公好龙，真要遇见野生大猫，肯定跑得比谁都快。

博尔赫斯有一部诗集叫《老虎的金黄》，让全世界都知道了他喜欢老虎。博尔赫斯的家族成员多为骁勇善战的武士，但他本人却是一个非常内向且腼腆的人，他一生都喜欢老虎，也许是老虎的身上汇聚着他体内流淌的武士血液对勇猛、激情、冒险、暴力的冲动。他晚年的时候，还在相关人士的协助下，触摸到了一只真的大老虎。而博尔赫斯本人可谓是一个猫奴，在他的诸多照片中，爱猫频频出镜，且无比懒散自然。他为什么养猫呢？因为老虎不能摸啊，或者说不能总去摸啊，有一句话是这么说的："上帝造猫是为了满足我们抚摸老虎的欲望。"很有趣，对不对？于是，我反思了一下，为什么我不能成为作家呢？大概是因为我没有猫吧。我与伟大的作家之间，可能只差一只猫。

一、影响欧美文学的第一位拉丁美洲作家

（一）别人家的孩子

1899 年，博尔赫斯出生于阿根廷布宜诺斯艾利斯。他的家庭条件可谓很优越：父亲是律师，兼任现代语言师范学校心理学教师，精通英语；母亲出身望族，即使在婚后是全职妈妈，也不影响她是一个富有学识和教养的文学爱好者。博尔赫斯的祖母是英国人，家学渊源深厚，经常给小博尔赫斯讲很多故事。可以说，他从小就生活在一个文学氛围浓厚的环境中，并且具有天然的语言优势。

尽管博尔赫斯的祖父、外祖父还有几位近亲都是阿根廷武士，但博尔赫斯从他父亲那些继承了他祖母的文学天赋。天资聪颖，酷爱读书，六七岁时，就开始写作，据说写的第一篇故事（也说是短剧）叫《致命的护眼罩》。他的第一篇译文是王尔德的《快乐王子》，署名豪尔赫 · 博尔赫斯，发表在布宜诺斯艾利斯《国家报》上，可能是译笔成熟，读者们还认为是他父亲的手笔。博尔赫斯一直到 9 岁才去学校上学，原因不明，但博尔赫斯本人说一个最大的原因就是公立学校的教育实在是太简朴了，学校的图

书馆还赶不上家里的藏书多，何况，家里有祖母、母亲和一位英国女士共同承担了他的基础教育。[①]

1913 年，博尔赫斯的父亲视力不断恶化，不得不提前退休，1914 年，他带着全家人离开阿根廷，沿途游历英国、法国，最后到了瑞士日内瓦。博尔赫斯一家原本只打算在欧洲游历一年，结果人算不如天算，第一次世界大战爆发了，他们被迫留在日内瓦，成了遥无归期的流亡者。[②] 博尔赫斯在日内瓦正式上中学，学习了法语、德语、拉丁语等语言，也接触了大量的欧洲文学与思想著作，为他日后的写作奠定了良好的基础。

（二）世界上文采最好的图书馆馆长

1918 年冬天至 1920 年，博尔赫斯一家旅居西班牙。当时，20 岁的博尔赫斯与极端主义及先锋派作家交往甚密。尽管这些流派来势汹涌，去势却也很快，没有从根本上影响博尔赫斯，但以不同的方式和向度成就了他。[③] 1921 年，他们终于回到布宜诺斯艾利斯，博尔赫斯在一家市立公共图书馆供职，同时进行文学创作，办杂志，讲学等活动。

1920 年代的布宜诺斯艾利斯，文学浪潮汹涌澎湃，青年文学家纷纷出现。1923 年，博尔赫斯正式出版第一本诗集《布宜诺斯艾利斯激情》，以诗人身份在文坛崭露头角。而大约在 1930 年代中期的时候，博尔赫斯放弃了写诗，转而写小说。图书馆的工作为他提供了得天独厚的阅读条件，他在工作的空闲里，就是读书、写作。

1946 年，博尔赫斯在报纸上公开抨击新上任的总统庇隆是法西斯分子，并签署了几份声明，结果，时隔不久，他就失去了图书馆的工作，并且奇怪地被任命为街道市场鸡兔稽查员。有人指出，鸡和兔在西班牙语里是懦弱的意思，因此这一工作任命无疑是来自政府的羞辱。他当然不能接

---

① 陈众议. 博尔赫斯［M］. 北京：华夏出版社，2001：17—18.

② 陈众议. 博尔赫斯［M］. 北京：华夏出版社，2001：47.

③ 陈众议. 博尔赫斯［M］. 北京：华夏出版社，2001：60.

受。然而失去了工作，家里无以为继，幸而得朋友帮助，他得以到阿根廷高等师范学校教授美国文学。[①] 祸福相倚，教书的工作也让他走出了狭窄的文学圈子，受到了很多青年师生的爱戴。1950 年，他当选为阿根廷作家协会主席，1955 年，任阿根廷国家图书馆馆长。从他离开欧洲返回阿根廷到当选阿根廷作家协会主席这 30 年间，博尔赫斯从一个热爱文学、热爱写作的青年，成了一个成熟的作家。他的代表性作品如《小径分岔的花园》《沙之书》《环形废墟》等，都是在此期间创作的。

（三）享誉世界的诺奖无缘人

智利伟大诗人、1971 年诺贝尔文学奖获得者巴勃罗·聂鲁达称博尔赫斯是“影响欧美文学的第一位拉丁美洲作家”。特别巧的是，聂鲁达和博尔赫斯一样，也是个猫奴。他写过一首诗《猫颂》，其中说：

有些动物
并不完美
长尾巴，愁眉
苦脸，
一点一点
凑合起来，
造出自己的风貌，
找到斑纹、仪态和羽翼。
而猫，
只有猫
长得完美
而且尊贵：
生来完整无缺，

① 陈众议. 博尔赫斯［M］. 北京：华夏出版社，2001：135－136.

独来独往，知道自己要什么。

人希望自己是鱼和鸟，
爬虫想得到翅膀，
狗是投错主的狮子，
工程师要做诗人，
苍蝇跟燕子学习，
诗人努力模仿苍蝇，
可是，猫
只想做猫，
猫是彻头彻尾的猫，
从胡子到尾巴，
从预感到活耗子，
从黑夜到它金黄的眼。

什么都比不上
它一体的和谐，
月亮没有
花也没有
它那种结构：
独一无二的东西，
像太阳或者玉，
它的轮廓是弹性的线条，
结实而柔和
如船的前舷。
它的黄眼睛
只有一线
缝

漏出夜的金币。

……①

大家想想看，“颂”这个字眼、这种文体，意味着多么大的赞美，包含了多少崇拜的感情在里面。《诗经》有颂，雪莱有《西风颂》，而聂鲁达有《猫颂》。我悄悄怀疑，他对博尔赫斯如此高的评价，是不是源自两个人同是铲屎官的惺惺相惜。

玩笑归玩笑，博尔赫斯的影响力是举世公认的。很多人认为他是后现代主义文学的开创人。甚至有学者认为，小说研究分为博尔赫斯之前和博尔赫斯之后。在中国，他有个响亮的名号：“作家的作家”，足以见业界对他评价之高。他一生与诺奖没有缘分，但他获过的重量级奖项很多，如阿根廷国家文学奖、法国文化艺术骑士勋章、塞万提斯文学奖、墨西哥奥林·约利兹文学奖，等等。尽管如此，也架不住他有失落的时候，他曾说：“因为我家族的多数成员是战士（就连我唯一的伯伯也是海军军官）而我却命中注定不能成为军人，所以我从小为自己只能与书为伍感到羞愧……”② 幸而我们知道这是实话实说，不然，就会觉得一股浓浓的凡尔赛文学气息扑面而来。

二、不会写小说的散文家不是一个好诗人

（一）小说家、散文家和诗人

可能在每个文艺青年年轻的热血沸腾的时候，都有一个诗人的梦想，纳博科夫如是，昆德拉如是，博尔赫斯也不例外。不过，比起前两位，博尔赫斯的诗歌成就可高得多。1923 年，他出版了第一本诗集《布宜诺斯艾利斯激情》，关于这本诗集，著名学者陈众议作出了如下评价：

这部诗集的重要性在于它引出了博尔赫斯后来的几乎所有创作素材：

① ［智］聂鲁达．聂鲁达诗选［M］．陈实，译．长沙：湖南文艺出版社，1992：211－212.

② 陈众议．博尔赫斯［M］．北京：华夏出版社，2001：13.

古老的街道及其交叉、迷茫的历史和梦境、邈远的联想和神奇，甚至还有花园和小径、祖先和镜子、时光和死亡、神话和秘宗以及诗和谜、书和剑等。用博尔赫斯的话说，“后来的创作无非是这些诗篇的拓展，我觉得我一生都在重写这一本书。”①

我选取了两首诗，大家体会一下青年诗人博尔赫斯的风采。第一首诗的题目是《适用于任何人的墓志铭》：

不知趣的碑石啊，
不必喋喋不休地，
用名字、品行、经历和出生地
去挑战忘却的万能。
再多的赞颂都是枉然，
大理石也就不必历数人们有意回避的事情。
逝去的生命的精髓
——战战兢兢的期望、
不可弥合的伤痛和物欲的惊喜——
将会绵延永恒。
有人狂妄地盲目祈求长生不死，
殊不知他的生命已经确定融进了别人的生命之中，
其实你就是
没有赶上你的时代的人们的镜子和副本，
别人将是（而且正是）你在人世的永生。②

这首诗里，生命、时间、死亡、镜子等熟悉的博尔赫斯风格的意象已经出现了。而在接下来的第二首诗中，一个更为熟悉的意象出现了，诗的标题就是这个字：《梦》

① 陈众议．博尔赫斯［M］．北京：华夏出版社，2001：64.

② ［阿根廷］豪·路·博尔赫斯．博尔赫斯全集（诗歌卷·上）［M］．林之木，王永年，译．杭州：浙江文艺出版社，2006：30.

如果梦像人们所说那样是间歇，
是心灵的纯粹的休息，
那么你被猛然弄醒时，
为什么会感到怅然若失？

为什么起得太早会情绪低落？
时辰夺走了我们珍贵的礼物，
它对我们如此亲切，
只有清醒染成梦的昏睡可以解释。

而那些梦很有可能
是黑暗所珍藏的残缺反映，
在一个不知名的永恒世界
被白天的镜子加以扭曲。

今夜在模糊的梦中，
在你墙的另一侧，你将是谁？①

梦和镜子，是博尔赫斯诗作中绕不过去的事物。《适用于任何人的墓志铭》是他的第一部诗歌集《布宜诺斯艾利斯激情》（1923）中的作品，而《梦》则是诗集《另一个，同一个》（1964）中的作品。时隔40年，依旧能看出他对现实与幻想、真实与梦境、过去与未来（亦即时间）的执着的、深刻的思考。

他也有一些抒情到极致的诗，《另一个，同一个》是他偏爱的诗集，其中有《英文诗两首》，里面的第二首，我们可能比较熟悉：

我用什么才能留住你？
我给你贫穷的街道，绝望的日落，破败郊区的月亮。

① ［阿根廷］豪·路·博尔赫斯．博尔赫斯全集（诗歌卷·上）［M］．林之木，王永年，译．杭州：浙江文艺出版社，2006：319．

我给你一个久久地望着孤月的人的悲哀。

我给你我已死去的先辈，人们用大理石纪念他们的幽灵：在布宜诺斯艾利斯边境阵亡的我父亲的父亲，两颗子弹射穿了他的胸膛，蓄着胡子的他死去了，士兵们用牛皮裹起他的尸体；我母亲的祖父——时年二十四岁——在秘鲁率领三百名士兵冲锋，如今都成了消失的马背上的幽灵。

我给你我写的书中所能包含的一切悟力、我生活中所能有的男子气概或幽默。

我给你一个从未有过信仰的人的忠诚。

我给你我设法保全的我自己的核心——不营字造句，不和梦想交易，不被时间、欢乐和逆境触动的核心。

我给你，早在你出生前多年的一个傍晚看到的一朵黄玫瑰的记忆。

我给你你对自己的解释，关于你自己的理论，你自己的真实而惊人的消息。

我给你我的寂寞、我的黑暗、我心的饥渴；我试图用困惑、危险、失败来打动你。①

《另一个，同一个》的诗集是1964年出版的，而这首诗却是30年前所做的，诗里固然有祖先、亡灵、时间等在其他诗作中一再出现的意象，但却有“一朵黄玫瑰”这样少见的意象，诗作的感情也是少见的充沛。博尔赫斯的其他诗，读来多是天马行空，神秘感满满，像这种“我给你一个久久地望着孤月的人的悲哀”“我给你我的寂寞、我的黑暗、我心的饥渴；我试图用困惑、危险、失败来打动你”一类的抒情语句，着实不多见。

虽然，纳博科夫说，文学应该掰成一小瓣一小瓣，咀嚼它的味道，但

① ［阿根廷］豪·路·博尔赫斯. 博尔赫斯全集（诗歌卷·上）［M］. 林之木，王永年，译. 杭州：浙江文艺出版社，2006：219.

我经常读文学作品，尤其是读诗的时候囫囵吞枣（这里做一个自我批评）。但很多时候，我的确不赞成把诗分割得特别细，我认为不一定非要把诗分析出一个伟大的、高尚的、深刻的、严肃的意义（你们可以认为这是一个不太懂诗的人的狡辩）。读诗，应该是捕捉无限时间中的瞬间永恒。博尔赫斯认为，过去是过去，未来是未来，但“现在”这个点很吊诡。有一个“现在”的点吗？这一秒时间，原本是未来，等到这一秒发生时，它已经成了过去。我在讲完这句话的时候，这句话已经成了过去。所以，究竟什么是“现在”？“现在”这个概念，也许更多的是我们的感觉。我认为读诗也是这样。诗中的月亮、玫瑰，在它们出现在你眼睛中的刹那，你的心里涌起了什么样的情绪，这种情绪对你来说，是一种真实，而那一个刹那，就是“现在”的概念。

博尔赫斯写了不少诗，都挺不错，一般我们觉得他的小说成就很高，其实他更多的是在写散文。不过，他这人有个特点，他在诗歌、散文、小说之间游走，让三种体裁变得界限模糊。有人说，“他的散文读起来像小说；他的小说是诗；他的诗歌又往往使人觉得像散文，沟通三者的桥梁是他的思想。”陈众议先生称他的做法是“消解体裁”。他还有另外一个明显的特点：从不创作长篇小说。他认为“长篇小说不可能像短篇小说那样有可能臻于完美，而后者却能容纳前者的全部内容。”① 又说，“写作大部头的长篇是一种怪癖，既辛苦又受穷，而且是把一个几分钟就能说清楚的意思，膨胀到五百多页的胡闹。”② 顺便说一句，我特别想看看他和纳博科夫互怼，想想就很激烈。

（二）“法力无边的炼金术师”

西班牙著名小说家、1989 年诺贝尔文学奖以及 1995 年塞万提斯文学

---

① ［阿根廷］豪·路·博尔赫斯. 博尔赫斯全集（小说卷）［M］. 王永年，陈泉，译. 杭州：浙江文艺出版社，2006：9.

② 陈众议. 博尔赫斯［M］. 北京：华夏出版社，2001：199.

奖得主卡米洛·何塞·塞拉曾说，“博尔赫斯是一位法力无边的炼金术师，他为世界创造了各种人物和城市。”这一“炼金术师”的内涵，跟纳博科夫的“大魔法师”颇有异曲同工之妙，指的是他惊人的想象力以及驾驭虚构写作的能力。如果说，纳博科夫是小说叙事的天才派，博尔赫斯则是另一个天才派。如果说纳博科夫像一个怪人，用令人目不暇接的词句、稀奇古怪的意象、冷僻艰涩的语言来塑造自己的天才风格，博尔赫斯则是另一种做法，他的作品清澈透明，表面上并没有阅读障碍但实则难度不小，就像是《天龙八部》里的那个“扫地僧”，不显山不露水，一出手却天下无敌。大作家卡尔维诺对他赞不绝口：

> 我们时代最近在新的文学题材方面的伟大发明，是由一位擅写短篇的大师完成的，他就是豪尔赫·路易斯·博尔赫斯。他把自己发明为叙述者——这无异于“哥伦布的鸡蛋”——从而克服了使他将近四十岁仍无法从写随笔过渡到写小说的心理障碍。博尔赫斯想出一个妙计，假装他想写的那本书已由别人写了，那是一位假想中的无人知晓的作者——来自另一种语言、另一种文化的作者；他还假装他的任务是描述和评论这本发明的书。博尔赫斯的传奇，有一部分是这样一则逸闻，说他用这一方法写的第一篇非凡的故事《接近阿尔莫塔辛》于一九四〇年在《南方》杂志发表时，读者竟真的相信这是一篇关于某位印度作者的书评。同样地，博尔赫斯的批评家们都觉得有必要指出，他的每一个文本都通过援引另一些属于某个真实或想象的图书馆的书籍，而加倍或多倍地扩大其空间。这些被援引的书籍，要么是古典的，要么是不为人知的，要么根本就是杜撰的。
>
> 我最想强调的是，博尔赫斯怎样以最透明、清晰和轻逸的风格来接近无限，而又丝毫不让人感到拥挤。同样地，他那假设性的、拐弯抹角的叙述方式，催生一种处处具体和精确的语言，其创新性见诸节奏的多样化、句法的运动和总要令人吃惊和意想不到的形容词。博尔赫斯创造了一种升至新境界的文学，同时也是这样一种文学，它像是

自身的开平方。[1]

卡尔维诺在这里用了一个很有趣的说法，说博尔赫斯创造的“一种升至新境界的文学”，“像是自身的开平方。”开平方，即平方根的运算。为什么这么讲呢？大概有两层意思。一来，他可能是指博尔赫斯“逆向而行”的做法。一般来说，文学作品的创作和阅读过程就像建房子，读者看着作者一砖一瓦，最后建起一栋完整的房子，但博尔赫斯的做法可能是相反的，他带着读者拆房子，告诉你这是大梁、那是檩子，还有瓦片与砖块的区别。二来，他可能是在说博尔赫斯试图把小说的形式或小说的虚构性分解到最小的单位。曾有一次，博尔赫斯讨论时间和空间，他认为时间和空间都能够被分割成无限小的单位，是无穷的。而他对小说叙事艺术的追求，也是无穷尽的。

举个例子，小说《环形废墟》，讲述一个魔法师，他来到一个环形废墟（其实是一座被火焚毁的火神庙宇），魔法师在废墟里不断做梦，他要用梦造一个人出来。他先梦到了心脏，后来又零零碎碎地梦到了骨骼、眼睛等。几经努力，终于在一千零一个夜晚之后，魔法师用梦造成了一个完整的少年。他把少年当作儿子，这个儿子具有人的肉体的全部细节。魔法师将少年带进了现实，所有人都认为那个少年是有血有肉的人。魔法师就让少年远行了。有一天，魔法师听周围的人说，北方有个庙宇里，有个人会魔法，踩在火上不会烧伤，他就很担心儿子。他的儿子不会被火烧伤，这是揭示少年是幻影的证据：如果少年发现自己不会被火烧伤，就会知道自己只是一个幻影，并非真实存在，而是另一个人梦的投影。正在魔法师为少年担心时，他身处其中的废墟却再次遭受火灾，魔法师没有逃走，他想让这大火结束他的生命，于是他向火走去，却赫然发现他自己并没有被大火吞噬，火焰只是温柔地包围了他。原来，和他自己用梦造成的少年一样，他也只是一个幻影，另一个人梦中的幻影。

---

① ［意］卡尔维诺．新千年文学备忘录［M］．黄灿然，译．南京：译林出版社，2015：51－52.

小说就在这里戛然而止。不知道同学们是否经常做梦？是否有梦到过你在做梦？鲁迅曾在一篇文章中就写道，梦中我在做梦。诺兰的《盗梦空间》奇幻地表现了梦的不同层次，而我也有这样的体验，似乎梦境是多重的，以为自己醒来了，结果其实还在梦中。《环形废墟》这部小说，其实写的就是梦的无限性，当然也是时间、世界的无限性。同时，它还写的是对真实与虚幻的思考。梦是真实呢？还是虚幻的？正如前面我们欣赏的诗作《梦》，如果梦是虚幻的，“那么你被猛然弄醒时，为什么会感到怅然若失？”也许梦里是另一个世界呢。

不知道大家有没有想起一部电影，《第六感》，电影中，男主人公是一位心理医生，他认识一个小男孩，这个小男孩总是说自己能看到鬼，而且，鬼在他的眼里是真实的、有血有肉的形象，就像父母、同学站在他面前一样。他为此恐惧不已。心理医生就不断地跟小男孩交流，告诉他应该怎么做，应该怎么对待鬼，就不会感觉到恐惧。小男孩在心理医生不断地鼓励下，逐渐克服了对鬼的恐惧。与此同时，心理医生自己也有烦恼，他的婚姻出了问题，不知道为什么，妻子总是不理他，他说话，她像没听到，他在餐桌对面坐下，她却像什么都没看见。于是，他跟小男孩说了妻子视他为空气的事情，小男孩说了几个建议，让他尝试去解决问题。就在他按照小男孩告诉他的方法，去找妻子谈话时，才发现了事实。原来，几个月前，一位自己曾经治疗的病人，精神失常，开枪杀死了他。他自己原来是个鬼！

可以说，博尔赫斯的小说，看起来是很正常的。何谓正常呢？他并没有像先锋派、实验派作家那样，花大力气捣鼓小说的形式。他小说的语言也是简洁明了，没有花哨的句式，没有像《尤利西斯》《喧哗与骚动》那样的长得无边无际的句子本身就造成一种阅读阻力。所谓正常就是他用一种最合乎规范的方式在写小说，小说乍看起来平平无奇，跟别的小说没什么不同。但他的高明之处就在这里，用最简洁的、易懂的词和语句，所表述的却是深奥的、让人叹为观止的内容。这也许就是他被称为“炼金术师”的原因。炼金术师所用的原料，都是我们常见的，可能是铁、可能是铜、可能是一些石头，等等。但他用这些普通的原料，却可以得到奇妙的物品。想想看，纳博科夫认为小说家应该是个魔法师，这跟博尔赫斯的“炼金术师”是一个道理，意思都是从平淡中创造神奇。

三、时间的迷宫：《小径分岔的花园》

本讲的大标题，我拟为“时间猎人”，我想，已经读了小说、对博尔赫斯有初步了解的同学，都已经知道原因了。时间，是博尔赫斯作品中一个永恒的主题。他致力于在作品中思考时间、空间、永恒、无限等概念。所以我觉得他就像一个猎人，孜孜不倦地追寻着时间这个猎物。在他广为人知的作品《小径分岔的花园》的中，“时间”则变成了“谜底”，那么，“谜面”是什么呢？是“小径分岔的花园”吗？这不免让人太好奇了。

（一）一个组装起来的故事

《小径分岔的花园》这篇小说很奇特，我们不妨以小学生做阅读理解的方式，先来对文本要素做个简单分析。

性质：悬疑小说。小说一开始，就交代了一起历史事件：13 个英国师对塞尔—蒙托邦防线的进攻原定于 1916 年 7 月 24 日，后来推迟到 29 日。史书作者解释说延期的原因是滂沱大雨，但如今出现的一份狱中供词却又对该事件做出了新的解释。小说的内容归根结底可以说是一份证词。

时间：第一次世界大战（1916 年 7 月）。

第一人称叙述者：“我”，余准，中国人，博士，青岛大学前英语教师。“我”的曾祖父，曾任云南总督。

情节：“我”和同伴维克多·鲁纳伯格两个人都是德国间谍，鲁纳伯格已经被英国军官马登找到并杀死，马登在鲁纳伯格的住所打电话给我，意味着“我”也暴露了。而此时，“我”已经获得了“准备轰击昂克莱的英国炮队所在地的名字”，但“我”却无法将情报传递出去。“我”想到了一个办法，找到了一个叫斯蒂芬·艾伯特的汉学家的住宅，却发现他非常了解“我”的曾祖父的书稿《小径分岔的花园》，“我”和艾伯特就书稿讨论了很久，这时马登也找到了艾伯特的家。“我”一枪杀死了艾伯特，又被马登逮捕，入狱并被判绞刑。“我”杀死艾伯特的事情上了报纸新闻，在柏林的“我”的上司破译了这条新闻，知道“我”是想告诉他们攻击的目标是艾伯特市，德国军队轰炸了艾伯特市。

（二）在真实与虚幻之间游走

从以上分析可以看出，小说的故事并不复杂，故事本身也许就是一个二流悬疑推理小说家的水准，并且到处都有错误。但是，博尔赫斯的目的不是讲一个悬疑故事，他是在探讨一个概念、一种形而上的思想。也因此，如果读者以读典型侦探、悬疑小说的心理预期去仔细分析细节、暗线、伏笔等因素时，不免会觉得这篇小说太过虚幻，根本不是一部推理细致的小说。《小径分岔的花园》的特点就是真实又虚幻，貌似极为真实的外衣，包裹着极为虚幻的内容。

为什么我们起先会以为小说中的事件是真实的呢？因为博尔赫斯非常狡黠地在小说开头“挖了一个坑”：

> 利德尔·哈特写的《欧洲战争史》第二百四十二页有段记载，说是十三个英国师（有一千四百门大炮支援）对塞尔—蒙托邦防线的进攻原定于1916年7月24日发动，后来推迟到29日上午。利德尔·哈特上尉解释说延期的原因是滂沱大雨，当然并无出奇之处。青岛大学前英语教师余准博士的证言，经过记录、复述、由本人签名核实，却对这一事件提供了始料不及的说明。证言记录缺了前两页。[①]

我特意去查了一下资料，1916年，英国和德国确实在打仗，而且，1916年7月1日英法联军发起了索姆河战役，尽管英军的炮火准备得空前充足，但却被德军击溃，当天的总伤亡人数达到6万人，使1916年7月1

---

① ［阿根廷］豪·路·博尔赫斯. 博尔赫斯全集（小说卷）［M］. 王永年，陈泉，译. 杭州：浙江文艺出版社，2006：124.

日成了第一次世界大战最血腥的一天。因此，小说开头这一段，看似是从极其严谨的史料档案中摘取出来的，毕竟我们即将看到的是一份“证言”，并且“经过记录、复述、由本人签名核实”，看起来真实得不能再真实了，但“缺失了前两页”，这一个细节，又似乎意味着我们无法了解事情的全部。

然而，真实只是表象，等我们看到接下来的“证言”的时候，前两段尚且没多少异样，但越往后看越觉得不对劲，比如“证言”第三段：

> 月台上有一盏灯光照明，但是小孩们的脸在阴影中。有一个小孩问我：您是不是要去斯蒂芬·艾伯特博士家？另一个小孩也不等我回答，说道：他家离这儿很远，不过您走左边那条路，每逢交叉路口就往左拐，不会找不到的。我给了他们一枚钱币（我身上最后的一枚），下了几级石阶，走上那条僻静的路。路缓缓下坡。是一条泥土路，两旁都是树，枝丫在上空相接，低而圆的月亮仿佛在陪伴我走。①

余准下了火车，还没开口问路，小孩就知道他要去找谁，又告诉他“每逢交叉路口就往左拐”，这已经让人一头雾水了。接下来，余准想到了“总是向左拐”是找到某些迷宫的中心院子的惯常做法。小说也并没有描述他究竟怎样找到了艾伯特的家，他只是想起了曾祖父，然后似乎莫名其妙地就站在艾伯特的家门口了，而对方则不等他开口就直接问，“您也是想参观花园吧？”真是让人一脸蒙。

这些，有没有让你们感觉到很虚幻？如果没有，后面还有更虚幻的。艾伯特恰巧就特别了解曾祖父，并且破解了曾祖父的迷宫和他的小说之谜，他还有曾祖父本人亲笔书信的一点残余。余准知道，马登很快就会找到他，而就在这样紧要的时刻，他却坐在艾伯特家中，开始长篇大论地讨论起曾祖父的书稿。

---

① ［阿根廷］豪·路·博尔赫斯．博尔赫斯全集（小说卷）［M］．王永年，陈泉，译．杭州：浙江文艺出版社，2006：127．

但如果你们觉得小说完全虚幻，那又不尽然，包括开头在内，小说处处都在营造一种真实感。我举几个例子。

第一个，大家可能会有一个问题，小说在结尾的时候，余准分明说自己非常悔恨杀死了艾伯特，那么，他在艾伯特家中的时候，马登找上门来，他为什么不杀死马登呢？当然，大家会回答，余准杀艾伯特是想把情报传送出去。但如果这样，他可以把艾伯特和马登都杀掉啊。为什么不把两个人杀了从而保全自己呢？细心的同学可能已经发现了其中的微妙。余准在出发去艾伯特家中时，他带了一把手枪，那把枪里只有一颗子弹，这意味着他只能杀死一个人，而他在艾伯特和马登之间，选择了杀死艾伯特。

第二个，大家可能会接着问，余准身为一个间谍，怎么会允许自己带着一把只有一发子弹的枪呢？这也未免太不专业了，是吧？也许，余准不知出于什么现实的原因，确实只剩下了一发子弹。但更贴合小说的解读或许是，这只有一发子弹的枪，是为了突出小说的虚构性，以及彰显命运的偶然性和随意性。余准随便在号码簿上找了个叫艾伯特的人，但这个艾伯特恰巧是个汉学家，又恰巧特别了解他的曾祖父。这种概率有多大？太小了，简直小到无。但事情就是发生了，余准就是遇到了，这就是命运的偶然性。小说看起来虚幻，但偶然性却是真实存在的，谁这一生还没偶然遇到很不可思议的事情呢。

第三个，按理说，余准杀死艾伯特，成功地向柏林传递了消息，可以说他出色地完成了自己的任务，但他为什么悔恨呢？小说中有个细节，余准说，自己不是为了德国而做这件事的，他觉得，柏林的上司根本看不起自己这个种族的人，他要用这样一种方式，向上司证明，一个黄种人可以拯救日耳曼民族的军队。而他始料未及的是，艾伯特是一个谦逊的英国人，他与艾伯特谈话的几十分钟时间里，艾伯特对他来说，就像歌德。为什么不像莎士比亚、不像巴尔扎克，而单单是说像“歌德”呢？我认为，博尔赫斯在这里说余准觉得艾伯特像歌德，不是随便列了一个著名作家的名字，而是有深意的。歌德是个大文豪，毋庸置疑，而且知识非常丰富，余准觉得知识渊博的艾伯特就像歌德，这是一种深意。另一方面，歌德对中国古典文学有着浓厚的兴趣，这不是随便一个欧洲大作家都有的，他读了很多中国文学作品，还写了《中德四季晨昏吟咏》的抒情诗。对余准来说，艾伯特就像歌德，对中国怀抱着兴趣和憧憬，而他本人对曾祖父的了解，还不如艾伯特多，但他却硬是杀死了艾伯特，这是他为什么悔恨的原因。

由此，我们可以看出博尔赫斯小说叙事的高明之处。《小径分岔的花园》一开始就说这是一份证言，你当然知道它是虚构的，不是历史档案。可是，它无处不在的真实感、主要是各种细节的真实感，让你觉得这搞不好真是历史上发生的一桩事件，而正当你觉得它是真实事件时，小说中的分析又会把你从这种真实感觉中拉出来。就这样，博尔赫斯用文字带着读者在真实与虚幻之间游走。

（三）迷宫到底是什么？

《小径分岔的花园》中，最重要的一个意象就是迷宫。小说中，有好几次重点提到“迷宫”，例如，“我”去找艾伯特时“每逢交叉路口就往左拐”，像是在找一个迷宫的中心院子；“我”的曾祖父曾说自己要“盖一座迷宫”，但无人知晓这座迷宫在哪里，等等。但无论是曾祖父的小说手稿，还是艾伯特如迷宫一般的花园，都是较为具体的“迷宫”，而从更大的图景或更高的层次来看，“迷宫”有两层意义。

1. 人生和世界的迷宫本质

小说中，余准和艾伯特进行了探讨，究竟曾祖父的“迷宫”是什么？他曾想着，曾祖父在某个秘密的山上建了一座迷宫，或是建成的迷宫被水淹没了，而直到见到艾伯特，他才知道，曾祖父的“迷宫”，就是他写的小说。

“一座象征的迷宫，”他纠正我说。“一座时间的无形迷宫。我这个英国‘蛮子’有幸悟出了明显的奥秘。经过一百多年之后，细节已无从查考，但不难猜测当时的情景。曾祖父有一次说：我引退后要写一部小说。另一次说：我引退后要盖一座迷宫。人们都以为是两件事；谁都没有想到书和迷宫是一件东西。明虚斋固然建在一个可以说是相当错综的花园的中央；这一事实使人们联想起一座实实在在的迷宫。曾祖父死了；在他广阔的地产中间，谁都没有找到迷宫。……”

…………

“在发现这封信之前，我曾自问：在什么情况下一部书才能成为无限。我认为只有一种情况，那就是循环不已、周而复始。书的最后一页要和第一页雷同，才有可能没完没了地连续下去。我还想起一千零一夜正中间的那一夜，山鲁佐德王后（由于抄写员神秘的疏忽）开始一字不差地叙说一千零一夜的故事，这一来有可能又回到她讲述的那一夜，从而变得无休无止。我又想到口头文学作品，父子口授，代代相传，每一个新的说书人加上新的章回或者虔敬地修改先辈的章节。我潜心琢磨这些假设；但是同曾祖父自相矛盾的章回怎么也对不上号。正在我困惑的时候，牛津给我寄来您见到的手稿。很自然，我注意到这句话：我将小径分岔的花园留诸若干后世（并非所有后世）。我几乎当场就恍然大悟；小径分岔的花园就是那部杂乱无章的小说；若干后世（并非所有后世）这句话向我揭示的形象是时间而非空间的分岔。我把那部作品再浏览一遍，证实了这一理论。在所有的虚构小说中，每逢一个人面临几个不同的选择时，总是选择一种可能，排除其他；在曾祖父的错综复杂的小说中，主人公却选择了所有的可能性。这一来，就产生了许多不同的后世，许多不同的时间，衍生不已，枝叶纷披。小说的矛盾就由此而起。……”①

人生意味着选择，在每一个分岔路口，不同的选择指向不同的结果，蔓延出无数的分岔。人想追求世界的本质，追求人生的意义，追求到最后，很可能会落入一种虚无的状态。博尔赫斯在《镜子与面具》中，讲一个国王三次要求一位诗人写诗，第一次，诗人写出了光辉绚烂的巨著；第

① ［阿根廷］豪·路·博尔赫斯．博尔赫斯全集（小说卷）［M］．王永年，陈泉，译．杭州：浙江文艺出版社，2006：129－130.

二次，诗人的作品短小且杂乱无章；第三次，诗人只写了一句，这句诗只有几个字，却把世间所有神奇的事物都包含在里面了，但是，诗人说出这句诗后，只能自杀了，而国王成了乞丐。而那句诗究竟是什么？究竟是怎样几个字可以包含所有神奇？小说中并没有说。这或许意味着，人们都试图去追求一个终极的东西，试图去逼近世界的终极意义，但要么是没有发现这个终极意义，要么，发现这个终极意义之时，也是自己死亡之时，因为这个意义是不能言说的，不能被破解的。曾祖父的小说中，主人公选择了所有可能性，意味着他想穷尽人生和世界的道理，但遗憾的是，这种操作的结局只能是没有结局。

2. 迷宫般的形象结构

小说中的“迷宫”，不只是对人生和世界的形而上学的探索，在小说的结构层面，也具有重要意义。小说就像是一个“由迷宫组成的迷宫”，包括（但可能不限于）以下几个层面：

其一，曾祖父的迷宫。也就是他的《小径分岔的花园》手稿，一部无法穷尽、永远也完不成的小说。

其二，艾伯特的迷宫。艾伯特解开了曾祖父迷宫的秘密，他对曾祖父的研究、对小说手稿进行的解释，其实是他建造的迷宫。

其三，余准的迷宫。他身为曾祖父的曾孙，找到艾伯特的过程本身就如同破解迷宫；而他身为间谍处在战乱世界中，杀死艾伯特让上司破译情报，其实也是在制造迷宫。

其四，艾伯特与曾祖父、艾伯特与余准、余准与曾祖父的关系，构成了一座迷宫。这是小说中比较复杂的地方。三个人的关系因为曾祖父的《小径分岔的花园》手稿而交叉，而三个人最终都面临着死亡的命运。曾祖父最清楚自己所做之事，他被刺杀，迷宫究竟是什么，他的后人都不知道。艾伯特破解了或者说重新建造了曾祖父的迷宫，他将这个发现告诉了余准，却被余准枪杀。余准自己被判绞刑，也即将死亡。这种命运的循环，也是迷宫。

其五，所有这些迷宫，打造了博尔赫斯的《小径分岔的花园》这座迷宫。小说本身，就是一个迷宫，这个迷宫的主题就是时间。时间既是曾祖父的小说的主题，又是博尔赫斯的小说的主题（回想一下卡尔维诺的评论，他说博尔赫斯常常会假想一个作者和一部书）。而两部小说都名为《小径分岔的花园》，这种雷同就像艾伯特说一千零一夜的中间一夜，山鲁佐德王后开始一字不差地叙说一千零一夜的故事，会让故事变得无休无止。在这个意义上，博尔赫斯巧妙地让小说达到了“无限”。

我们再来看一下“时间”的主题。讲纳博科夫的时候，我提到过，纳博科夫对时间主题抱有浓厚兴趣，《爱达或爱欲》中的主人公凡，就写了一部《时间的肌理》，小说长篇大论地在讨论时间的本质。《爱达或爱欲》中有两个星球，一个地界，一个反地界，他们像是彼此的镜像存在，但又有所不同。纳博科夫特别迷恋“螺旋”这个概念，因为螺旋无限延伸。对纳博科夫而言，时间就像螺旋，他还说时间像是球体，这是一种空间化了的时间。

举纳博科夫的例子，是为了说明，现代人对世界的认知方式起了变化。从古代至近代，人们一直认为时间是线性的，是单向的，一去不复返。而在量子力学理论出现后，这种观念受到了挑战。时间可能是弯曲的，可能存在多重宇宙，而人类只生活在我们目前的这个宇宙中。

时间、空间，都是无限的。博尔赫斯执着地在探讨着这种无限。比如他痴迷的一个意象：镜子，许多面镜子，可以反射出无限的空间。在《小径分岔的花园》中，小径的交叉指的是时间而非空间的分岔，在时间之网中，包含所有的可能性：

> “一点不错，”艾伯特说。"小径分岔的花园是一个庞大的谜语，或者是寓言故事，谜底是时间；这一隐秘的原因不允许手稿中出现‘时间’这个词。自始至终删掉一个词，采用笨拙的隐喻、明显的迂回，也许是挑明谜语的最好办法。在他孜孜不倦创作的小说里，每有转折就用迂回的手法。我核对了几百页手稿，勘正了抄写员的疏漏错误，猜出杂乱的用意，恢复，或者我认为恢复了原来的顺序，翻译了

整个作品；但从未发现有什么地方用过‘时间’这个词。显而易见，小径分岔的花园是他心目中宇宙的不完整、然而绝非虚假的形象。您的祖先和牛顿、叔本华不同的地方是他认为时间没有同一性和绝对性。他认为时间有无数系列，背离的、汇合的和平行的时间织成一张不断增长、错综复杂的网。由互相靠拢、分歧、交错，或者永远互不干扰的时间织成的网络包含了所有的可能性。在大部分时间里，我们并不存在；在某些时间，有你而没有我；在另一些时间，有我而没有你；再有一些时间，你我都存在。目前这个时刻，偶然的机会使您光临舍间；在另一个时刻，您穿过花园，发现我已死去；再在另一个时刻，我说着目前所说的话，不过我是个错误，是个幽灵。"①

小说否定了时间的直线发展逻辑，选择和结局同时发生，未来和过去同时存在。既然如此，余准在这个世界里杀死了艾伯特，在另一个世界里或许他们仍旧在一起讨论手稿，或者不曾相遇。既然如此，小说开头貌似确凿无疑的历史也有可能根本还不是历史，或许事件还未发生，还在未来。而整篇小说，也成功地让读者陷入了一个阅读的迷宫：我是谁？我在哪儿？我究竟在读什么？

四、无限：《沙之书》

（一）仿佛水消失在水中

“仿佛水消失在水中”，这句话出自博尔赫斯的一篇小说《另一次死亡》。我引用这句话的目的，是想表明博尔赫斯是如何以一种巧妙的方式抹去了真实与虚幻的界限。中国话通常讲“水乳交融”，指关系非常融洽或结合得很紧密，但“水”与“乳”交融得再好，仍能看出不同，而博尔赫斯的做法，让真实与虚幻就像水与水交融，不留痕迹。

① ［阿根廷］豪·路·博尔赫斯. 博尔赫斯全集（小说卷）［M］. 王永年，陈泉，译. 杭州：浙江文艺出版社，2006：132.

我们要读的是博尔赫斯的另一篇著名作品《沙之书》。小说开头，第一人称叙述者“我”义正词严地声明：“如今人们讲虚构的故事时总是声明它千真万确；不过我的故事一点不假。”你们看，是不是像极了《小径分岔的花园》的做法？用毋庸置疑的语气让读者接受这是个“真实”的故事。但《小径分岔的花园》中，余准乘火车找路的情景已经明显很虚幻了，而《沙之书》中，一切似乎平静地、真实地发生着：我单身住在贝尔格拉诺街一幢房子的五楼，有一天傍晚，有人敲门，我打开门，一个《圣经》推销员来推销书籍，我于是见到了一本奇怪的书：

> 我信手翻开。里面的文字是我不认识的。书页磨损得很旧，印刷粗糙，像《圣经》一样，每页两栏。版面分段，排得很挤。每页上角有阿拉伯数字。页码的排列引起了我注意，比如说，逢双的一页印的是40，514，接下去却是999。我翻过那一页，背面的页码有八位数。像字典一样，还有插画：一个钢笔绘制的铁锚，笔法笨拙，仿佛小孩画的。
>
> 那时候，陌生人对我说：
>
> “仔细瞧瞧。以后再也看不到了。”
>
> 声调很平和，但话说得很绝。
>
> 我记住地方，合上书。随即又打开。尽管一页页地翻阅，铁锚图案却再也找不到了。……①

和《小径分岔的花园》一样，《沙之书》的故事也用极为真实的外衣，包裹着极为虚幻的内核。故事本身是以最为直率的方式、最合乎规范的原则讲出的，就像小学生写作文，有确定的时间、地点、人物、事件、发展及结局。贝尔格拉诺街、傍晚的敲门声、衣着整洁寒酸的推销员、关于买书和卖书的交谈、在墨西哥街的“我”曾任职的国立图书馆……这一切都在增加故事的真实性。然而，小说分明又是虚幻的，关于一本读不完的，

① ［阿根廷］豪·路·博尔赫斯．博尔赫斯全集（小说卷）［M］．王永年，陈泉，译．杭州：浙江文艺出版社，2006：464－465．

或者无法读完的书。

（二）无限

一本读不完的书是怎样的？一本书如何才能是无限的？小说给我们呈现了一个精彩的画面：

> 他让我找找第一页。
>
> 我把左手按在封面上，大拇指几乎贴着食指去揭书页。白费劲：封面和手之间总是有好几页。仿佛是从书里冒出来的。
>
> “现在再找找最后一页。”
>
> 我照样失败；我目瞪口呆，说话的声音都变得不像是自己的：
>
> “这不可能。”
>
> 那个《圣经》推销员还是低声说：
>
> “不可能，但事实如此。这本书的页码是无穷尽的。没有首页，也没有末页。我不明白为什么要用这种荒诞的编码办法。也许是想说明一个无穷大的系列允许任何数项的出现。”
>
> 随后，他像是自言自语地说：
>
> “如果空间是无限的，我们就处在空间的任何一点。如果时间是无限的，我们就处在时间的任何一点。”①

可能是因为生命有限，人类很喜欢追求无限，比如长生不老（无限的生命），比如家财万贯（无限的财富），比如千秋大业（无限的权力），比如学富五车（无限的知识），等等。对一个爱书的人来说，得到了一本“无限”的书，就像我得到了花不完的钱一样，做梦都能笑醒吧？事实真是如此吗？我们来看看小说中把这本“无限”之书当作宝贝的“我”会怎么样。

---

① ［阿根廷］豪·路·博尔赫斯．博尔赫斯全集（小说卷）［M］．王永年，陈泉，译．杭州：浙江文艺出版社，2006：465.

我上了床，但是没有入睡。凌晨三四点，我开了灯，找出那本怪书翻看。其中一页印有一个面具。角上有个数字，现在记不清是多少，反正大到九次幂。

我从不向任何人出示这件宝贝。随着占有它的幸福感而来的是怕它被偷掉，然后又担心它并不真正无限。我本来生性孤僻，这两层忧虑更使我反常。我有少数几个朋友；现在不往来了。我成了那本书的俘虏，几乎不再上街。我用一面放大镜检查磨损的书脊和封面，排除了伪造的可能性。我发现每隔两千页有一帧小插画。我用一本有字母索引的记事簿把它们临摹下来。簿子不久就用完了。插画没有一张重复。晚上，我多半失眠，偶尔入睡就梦见那本书。

夏季已近尾声，我领悟到那本书是个可怕的怪物。我把自己也设想成一个怪物：睁着铜铃大眼盯着它，伸出带爪的十指拨弄它，但是无济于事。我觉得它是一切烦恼的根源，是一件诋毁和败坏现实的下流东西。

我想把它付之一炬，但怕一本无限的书烧起来也无休无止，使整个地球乌烟瘴气。

我想起有人写过这么一句话：隐藏一片树叶的最好的地点是树林。我退休之前在藏书有九十万册的国立图书馆任职；我知道门厅右边有一道弧形的梯级通向地下室，地下室里存放报纸和地图。我趁工作人员不注意的时候，把那本沙之书偷偷地放在一个阴暗的搁架上。我竭力不去记住搁架的哪一层，离门口有多远。

我觉得心里稍稍踏实一点，以后我连图书馆所在的墨西哥街都不想去了。①

《沙之书》和《小径分岔的花园》一样，也是在探讨时间和空间的无限。这一主题我们不再重复分析了。小说中有个细节特别值得玩味。推销

① ［阿根廷］豪·路·博尔赫斯. 博尔赫斯全集（小说卷）［M］. 王永年，陈泉，译. 杭州：浙江文艺出版社，2006：466－467.

员卖这本《沙之书》时，开了个高价，“我”付不起他要的价格，于是给了他一些钱，并加上自己收藏的一本威克利夫版《圣经》作交换。推销员走后，“我”本想把《沙之书》放在威克利夫版《圣经》的空盒子里，但最后还是放在了一套不全的《一千零一夜》后面。

为什么“我”把《沙之书》特意放到了《一千零一夜》后面呢？我们回想一下，《小径分岔的花园》中，是不是也提到了《一千零一夜》？事实上，博尔赫斯对《一千零一夜》的故事特别推崇，《一千零一夜》的字眼经常在他的作品中出现。他认为，《一千零一夜》是“世界上最美的书名之一”：

> 我认为，美就美在“一千”对我们来说几乎是“无穷无尽”的同义词，说一千夜就是无穷无尽的夜晚，很多很多的夜晚，无数个夜晚。说“一千零一夜”则是给无穷无尽再一次添加。我们想一想英语里奇怪的表达法。常常不说 forever（永远），而说 forever and a day（永远零一天）。在“永远”的后面加上一天。这一点使人想起海涅给一个女人的信中说：“我将爱你至永远及其之后。”
>
> 无穷尽的想法是“一千零一夜”所固有的。①
>
> 在《一千零一夜》的书名中有一点很重要，它让人感到是一本无穷尽的书。也确实是这样。阿拉伯人说，谁也读不到《一千零一夜》的最后。并不是因为厌烦，而是感到这本书没有穷尽。
>
> 我家里就有柏顿翻译的十七卷本。我知道我永远也不会读完全部，但是我知道有哪些夜晚在等待着我。我的生活会有不幸，但是十七卷书却在那里，东方《一千零一夜》的那种永恒就在那里。②

如此，就不难理解，为什么小说中“我”特意把书放在不全的《一千

① ［阿根廷］豪·路·博尔赫斯. 博尔赫斯全集（散文卷·下）［M］. 黄志良，陈泉，译. 杭州：浙江文艺出版社，2006：94.

② ［阿根廷］豪·路·博尔赫斯. 博尔赫斯全集（散文卷·下）［M］. 黄志良，陈泉，译. 杭州：浙江文艺出版社，2006：98.

零一夜》的后面了吧？因为，两个都是无限的，都有一种永恒。博尔赫斯的名篇之一《阿莱夫》也写无限的主题，一个直径两三厘米小球，却包罗了宇宙空间，而且宇宙空间并没有按比例缩小，其中每一件事物都是无穷的事物。综合这几部小说，我们可以看出博尔赫斯作品中几个最重要的概念：时间、空间、无限、永恒。

人类很喜欢追求无限。在《小径分岔的花园》中，曾祖父历经 13 年也未写完小说，最终死去；艾伯特和余准想破解迷宫的秘密，最终等待他们的仍是死亡；《沙之书》中的“我”开始觉得这本书是宝贝，后面觉得它是“一切烦恼的根源”。也许，博学如博尔赫斯，深刻如博尔赫斯，他也觉得，人类对无限和永恒的追求是徒然的。而抛开主题，博尔赫斯在小说方面的成就在于他“构筑了文学创作的新格局，他打破了传统的小说模式，即依靠因果、性格刻画、平铺直叙地记事以营造小说的手段，开辟了叙事艺术的新方向。”①

五、围棋、长城：博尔赫斯的中国想象

博尔赫斯读的书特别多（图书馆馆长的头衔可不是浪得虚名），在他眼里，东方是神秘而富有魅力的。他不断地提《一千零一夜》就是个证据。他对中国也非常感兴趣，虽然一生都没有踏足中国，但他通过阅读书籍了解中国。当然，纸上得来终觉浅，他对中国的认识，更多的是基于自己的想象。但是，他的想象，也反过来让我们重新审视自己的文学与文化，得到新的见解。

（一）神异化的想象

有学者指出，博尔赫斯的中国想象的深层本质是“把中国神异化”。“神异”首先是神秘。博尔在作品《诗艺》中，反复提及“庄周梦蝶”的

① 林一安. 走近本真的博尔赫斯. 博尔赫斯全集（小说卷）［M］. 王永年，陈泉，译. 杭州：浙江文艺出版社，2006：10.

故事。一来，他一贯执着于梦的意象，梦是神秘的，是与现实相交的地界，是真实与虚幻的界线。二来，蝴蝶这个意象，是尤其美丽的意象。因为蝴蝶带给人一种轻盈的感觉，一种飞过无痕的感觉，正如卡尔维诺说他以“最透明、清晰和轻逸的风格来接近无限”。如果梦到自己变成一只老虎，一台打字机，那就完全丧失了美感。可以说，他完全理解到了中国文化的神秘、轻逸的美感。

“神异”，也是异化，学者吴晓东在文章中如此说道：

> 博尔赫斯曾给《聊斋志异》写过一篇序：“这是梦幻的王国，或者更确切地说，是梦魇的画廊和迷宫。死者复活；拜访我们的陌生人顷刻间变成一只老虎；颇为可爱的姑娘竟是一张青面魔鬼的画皮。一架梯子在天空消失，另一架在井中沉没，因为那里是刽子手、可恶的法官以及师爷们的居室。”博尔赫斯显然是从幻想文学的角度看《聊斋》的，他认为，一个国家的特征在其想象中表现得最为充分。而《聊斋》则“使人依稀看到一个世界上最古老的文化，同时也看到一种与荒诞的虚构的异乎寻常的接近”。①

尽管吴晓东认为，博尔赫斯完全把《聊斋志异》视为幻想文学，而忽视了《聊斋》中的神异、幻想、鬼怪故事其实是作者影射现实、反映现实的手段，但换一个角度来看，《聊斋》中的故事恰好吻合了博尔赫斯在作品中混淆真实与虚幻的做法。在中国古代文学史上，志怪小说占有重要的地位，在很多志怪小说中，鬼与人生活在一起，这鬼可能是小孩子的奶娘、一个人的妻子，等等，总之是生活在身边的人。在不知道他是鬼之前，他与人没有什么区别。博尔赫斯本来就力图在创作中抹去真实与虚幻的界限，因此，在他看来，《聊斋》这种人鬼不分的作品，恰恰是“真实与虚幻的异乎寻常的接近”。

---

① 吴晓东．博尔赫斯的中国想象［J］．批评家茶座（第一辑）．2003：76.

（二）哲学性的思考

博尔赫斯对中国的想象，不仅仅是对未知事物的神秘化，他也对中国文化、中国思维方式进行了哲学性的思考。比如，他谈秦始皇修建长城和焚书坑儒的历史，这段历史我们耳熟能详，但我们或许从未将“修建长城”和“焚书”两件事抽象至空间、时间的概念，也未站在心理学、符号学的角度去理解。但博尔赫斯的解读就不太一样了：

> 始皇帝曾逐出淫乱的生母；正统的人认为他这种严厉的处置是不敬；始皇帝之所以要废止整个过去，也许是为了抹掉一个回忆：他母亲的丑行。（一个犹太国王也有类似情况，为了要杀一个小孩子，他杀尽了所有的孩子。）这一推测值得重视，但我们还没有关于神话的另一侧面，长城的线索。据历史学家的记载，始皇帝禁止提到死亡，并寻求长生不老的灵药，在一座象征的宫殿里深居简出，那座宫殿的房间同一年的日子数目相等；这些资料表明，空间范畴的长城和时间范畴的焚书是旨在阻挡死亡的有魔力的屏障。……始皇帝筑城把帝国围起来，也许是因为他知道这个帝国是不持久的；他焚书，也许是因为他知道这些书是神圣的，书里有整个宇宙或每个人的良知的教导。焚书和筑城可能是相互秘密抵消的行动。①

修建长城和焚书坑儒这两件历史大事，于是有了非同一般的解释：焚书，是清洗记忆，抹去历史；修建长城，象征着对帝国、同样也是对生命万岁万万岁的期待，“空间范畴的长城和时间范畴的焚书是旨在阻挡死亡的有魔力的屏障”。而如果你们觉得，博尔赫斯如此解释，实在是生硬艰涩，有违史实，恐怕会被中国历史学家们群殴，那么，恭喜你，你再一次掉入了他混淆真实与虚幻而形成的漩涡。还记得本讲第二节的内容吗？他

---

① ［阿根廷］豪·路·博尔赫斯. 博尔赫斯全集（散文卷·下）［M］. 王永年，徐鹤林，译. 杭州：浙江文艺出版社，2006：336－337.

的散文读起来像小说，他的小说是诗，他的诗歌又往往使人觉得像散文，这是一种消解体裁的做法。他对秦始皇的解读，其实是写作小说的做法，这种解读不是基于真实历史情境的推断，而是一种虚构性的解读。也正是基于此，他在文章最后说，这一想法是“自发的”“与猜测无关”，“一切形式的特性存在于它们本身，而不在于猜测的‘内容’”。也就是说，对修建长城和焚书坑儒的解读本身正不正确、符不符合历史事实，不是最重要的，重要的是他以怎样的形式和手段进行了解读，这是他所追求的“美学”。

除了长城、《红楼梦》《聊斋》等我们熟悉的中国元素，博尔赫斯还对另一种典型的中国事物感兴趣。他喜欢国际象棋，经常在作品中提到国际象棋，而基于对中国的浓厚兴趣，他也发现了中国的奇妙之棋——围棋，并为此赋诗一首：

围棋

今天，一九七八年九月九日，
我的掌心攥着一颗小小的圆子，
这样的圆子共有三百六十一颗，
是一种东方的弈术所必需，
那如同摆布星宿的游戏叫围棋。
那是一种比最古老的文字还要古老的发明，
棋盘就好像宇宙的图形，
黑白交错的变幻
足以耗尽千秋生命。
人们可以对之痴迷，
就好像坠入爱河与欢情。
今天，一九七八年九月九日，
我本来就对好多事物无知无识，
这会儿再次感到困惑，
我要感谢诸路神祇，

他们让我得见这处迷宫，

尽管我永远都不能探知其中的奥秘。①

中国古人说，围棋包含着天地之道、宇宙之象。博尔赫斯的观点与此不谋而合。围棋在极简的形制中，包含的玄妙、神秘，恰恰也是让博尔赫斯着迷的地方。尽管他并不懂得下围棋，但不妨碍，他将围棋视为中国形象的重要部分之一，认为它包含无限的奥秘。同时，这种极简、朴素的形式中蕴含着无限奥秘的特点，不也是博尔赫斯文学创作的特点吗？

博尔赫斯是一个博学的作家，要读懂这位“作家的作家”，其实相当不容易。作家乔良在访谈中如此说道：

所以一个人一旦是诗人，又是小说家，前提他还是个哲学家，而且精通数学，这个人写出来的东西，一般读者如果学养不够，你就很难把握和理解这个作家了，更谈不上喜欢了。

如果你不懂哲学，百分之五十的博尔赫斯你不懂；如果你不懂数学，百分之三十的博尔赫斯你不懂；如果你还不懂文学史的话，那么剩下的百分之二十你也读不懂。这样的话你就百分之百读不懂，就不会喜欢博尔赫斯。②

即使难读如此，但与难读相应的是，读博尔赫斯的收获也是很多的。你会惊讶于他是如何用简洁明了的语言勾勒幽微深暗的宇宙的形状（如果宇宙有形状的话），你会发现他是如何用短小精简的篇幅容纳一个错综复杂的故事，也会折服于他脑海中无边无垠的知识，继而想象在另一个半球的这个年老失明的图书馆馆长，是怀着怎样的深情，喃喃自语，他把他的学识、他的想象、他的光明与黑暗，还有布宜诺斯艾利斯的街道和月亮，一股脑儿推到你面前。

---

① ［阿根廷］豪·路·博尔赫斯．博尔赫斯全集（诗歌卷·下）［M］．王永年，林之木，译．杭州：浙江文艺出版社，2006：299.

② 张焱．从《博尔赫斯与我》到博尔赫斯与我——访作家乔良［J］．光明日报．2015-10-13.

第十五节　纳博科夫：小说叙事的天才派

弗拉基米尔·纳博科夫（Vladimir Vladimirovich Nabokov）1899 年出生于俄罗斯圣彼得堡，1977 年病逝于瑞士。俄罗斯贵族、剑桥学霸、专业昆虫学研究者、一言不合就怼人的“兼职作家”，20 世纪西方文学史绕不开的小说家，也是文体家、翻译家、文学批评家。

一、那个教文学的昆虫学家

说到纳博科夫这个人，贴在他身上的标签很多：小说家、文体家、翻译家，等等。当然，最显著的两个标签则是：小说家和昆虫学家。你们可能觉得好奇，昆虫学家？这与小说家不是八竿子打不着的关系吗？没错，他就是这么优秀，不然我为什么说他是“天才”呢。他写小说，名气大到所有 20 世纪西方文学史都不能把他落下，但他研究蝴蝶也不差，曾经在哈佛大学比较动物学研究所当了七八年的研究员，发现了蝴蝶的新品种。

除了小说家和昆虫学家这两个最明显的标签，他身上还有很多标签：贵族、流亡者、学霸、诗人、批评家、国际象棋爱好者，等等，可以贴一大堆。他这人脾气也是挺难对付的，他在文坛上是出了名的毒舌，怼天怼地怼空气，总之就是看哪个不顺眼就怼哪个。我们中国人讲究和为贵，即使文人相轻，表面上的话也说的委婉客气，但他不，怼人时所用词之尖刻锐利，让我都暗暗为他的人身安全捏一把汗。如果他现在开个微信公众号或抖音号，专用来怼人，那绝对是篇篇10万+，条条是“顶流”。

比如，他评价陀思妥耶夫斯基，说他是“一个廉价的煽情作家，既笨拙又粗俗，作品中神经质的凶手和凄婉的妓女让人受不了。”陀思妥耶夫斯基大家认识吧？俄罗斯大文豪，《罪与罚》那可是必读的外国文学作品，当年我读他的《卡拉马佐夫兄弟》，比砖块还厚的一本，我前后读了一个多月，看完最后一页时差点儿虚脱，躺在床上缓了半天。结果到了纳博科夫这儿，老陀变成了廉价而煽情，笨拙又粗俗的一个作家。这评价狠不狠？你们掂量下。

也许你们觉得，对纳博科夫来说，陀思妥耶夫斯基是自己人，都是俄国人，所以怼得狠。错，并不是这样的，他怼过的作家遍布全世界。比如，他说海明威和康拉德是“给孩子写书的作家，在智力和情感方面纯属幼稚”；说高尔斯华绥、德莱赛、泰戈尔、高尔基、罗曼·罗兰都是“可怕的庸才，还被人当成天才”，说布莱希特、福克纳、加缪“无足轻重”……你们看看，这些被怼的作家，哪一个不是文坛大咖，但在纳博科夫看来，都不行，徒有虚名。但他也不是凡是有名的作家都怼，他也有非常欣赏的作家，卡夫卡就是其中之一，他说卡夫卡在当时的文坛上，人们看他，就像《变形记》中萨姆莎一家三口看着格里高尔大甲虫一样：一群凡人围观着一个天才。

但是，纳博科夫最爱怼的一个人，却不是文学家。这人是个医生，但他却对20世纪文学理论影响非常大。你们都猜到了，对，他就是弗洛伊德。也不知为何，纳博科夫极其看不惯弗洛伊德，但凡逮着一点点机会，他都会毫不客气地把弗洛伊德拉出来涮一涮。他给弗洛伊德起了一串绰号，什么“傻瓜”“小丑”“维也纳庸医”，说他“不学无术，以邪恶的胡说八道欺骗轻信的公众。”他多次在小说的前言后记中挤兑弗洛伊德，比如《防守》《玛丽》，他说自己在“前言中已经形成了一条规则，那就是对维也纳学派说几句鼓励的话”，当然，这是在讽刺，他认为“弗洛伊德学派的小后生将开锁的玩具装置当成了解读小说的真正钥匙”，没抓住解读小说的核心。

他还说，他一生最厌恶四个 doctors：弗洛伊德博士（Dr. Freud），日瓦戈医生（Dr. Zhivago），施韦泽博士（Dr. Schweitzer）和卡斯特罗博士（Dr. Castro）。我在这里用“doctors”，不是为了显示自己的英文水平，而是英文中的“doctor”一词，既指医生，又指“博士”，我找不到一个恰如其分的中文词语来对应。这里面太巧妙的是什么呢？弗洛伊德确实是一个医生，也就是今天的心理医生，但他是有医学博士学位的医生，等于他身上加持了两个“doctors”的光环，难怪纳博科夫双份地讨厌他。但这里面最巧妙的是什么呢？这四个人中，弗洛伊德、施韦泽和卡斯特罗我们或多或少都听过，但“日瓦戈”是谁呢？对俄国文学很了解的同学可能已经猜到了，是的，这个“日瓦戈”跟其他三个人不一样，其他三人都是历史上的真实人物，但“日瓦戈医生”却是指苏联作家帕斯捷尔纳克的代表作《日瓦戈医生》。这就很有趣了。为什么他讨厌《日瓦戈医生》呢？原因是为了争第一。当年，纳博科夫的《洛丽塔》几经周折，终于在美国出版，并且迅速地攀升至畅销书排行榜榜首。然后，你们猜猜，是哪本书把《洛丽塔》从畅销书排行榜榜首的位置挤下来了呢？对，就是《日瓦戈医生》，所以他把这本小说列为自己终生厌恶的四个“doctors”之一。

说到这里，你们可能觉得，纳博科夫就是一个脾气古怪、为人尖酸刻薄的怪咖。但其实也不是。别看他怼其他人怼得狠，对妻子可是很温柔的。他与妻子薇拉一生从未长时间分开过，但他坚持给薇拉写情书，写了50 多年。有 300 多封信，如今收集出版为《致薇拉》一书。信中，他对薇拉的爱称五花八门，除了惯常见的亲爱、宝贝之类，还有我的歌、我的生命之类，还有很多奇奇怪怪的，包括但不限于小老汉、鹅宝贝、小老鼠、猫咪、小狗狗、猴宝宝、跳鼠、小雀儿、小蚊子、长尾天堂鸟、暖洋洋，等等。

此外，他也挺幼稚的，像小男生一样爱恶作剧。美国当代著名作家厄普代克在给《文学讲稿》写的序中提到了这么一件事儿：纳博科夫在大学里任教时，有一次考试出成绩，其他同学都拿到了打了分的卷子，唯独一个女生没有找到自己的卷子。于是，这位女生在下课后去讲台上，带着三分畏惧四分惶恐五分心惊胆战地向纳博科夫说明自己没看到卷子，这时，纳博科夫变戏法儿一样地从背后拿出藏起来的一张卷子，上面是全班最高分 97 分，然后说："我就是想看看天才长什么样。"说话的时候，还不忘仔细打量人家女孩子一番，顿时让女孩子红了脸。说到底，纳博科夫是很有趣的一个作家，大概所有天才类的人物都是挺难捉摸的。

二、一个生于俄国学于英国的美国作家

纳博科夫一生颠沛流离，却也可以说丰富多彩。他曾在贵族庄园里享受绝大多数人可望而不可即的奢华生活，也曾沦落至没有裤子穿的困境。别看他怼人怼得欢，他也被出版社无情拒稿到怀疑人生。他生于 1899 年，卒于 1977 年，活了将近 80 年。而他的人生，可以划分为四个时期，几乎是每一个 20 年，刚好是一个全然不同的阶段。

（一）俄国时期：贵族世家的少年

纳博科夫出生于圣彼得堡一个贵族家庭。他可不同于现在所说的"富二代"，他的家族是真正的贵族世家，祖上都是富贵显赫之人，出过政治家、作曲家、病理学家等。他的祖父是司法部长，祖母是女男爵，外祖父是百万富翁，父亲是法学家、政治家。他们家里多有钱呢？有传闻说，纳博科夫父亲的衬衫都是要送到伦敦去干洗的。从圣彼得堡到伦敦，如今我们寄个国际快递，都得不少天吧？想想看，那可是 20 世纪初，跨越半个大陆去干洗衬衫，可真不是一般的富贵人家。

纳博科夫是家中的长子，他的童年在圣彼得堡的贵族庄园度过。他家里专门雇佣了来自源语言国家的家庭教师，来教他们兄弟姐妹几个语言。因此，纳博科夫对法语和英语的熟练程度，可以说与俄语不相上下。甚至于他在学会俄语之前，就能阅读和拼写英语了。这也为他日后从俄语写作转向英语写作奠定了扎实的基础。

纳博科夫就在如此优渥的环境中长大。但到了 1917 年，俄国二月革命爆发，纳博科夫一家家产尽数失去。他们全家离开了圣彼得堡，前往克里

米亚。他的父亲曾在克里米亚短暂地做了一段时间的司法部长。他们一家人在朋友家中暂住了 18 个月，后来，红军打到了克里米亚的港口，反布尔什维克的军队失败，住不下去了。于是，一家人又乘坐一艘运干果的又破又小的希腊船离开了克里米亚，前往欧洲。

（二）西欧时期：流亡的落魄贵族

纳博科夫一家在希腊待了两个月，又乘船到马赛，坐火车到伦敦。1919 年，纳博科夫一家居住在伦敦。也是在同年，纳博科夫和弟弟两个人都进入剑桥大学学习。他在三一学院，弟弟在基督学院。他攻读法国和俄罗斯文学，声称自己连剑桥的图书馆在哪个方位都不知道。但大家别以为他是个学渣，他最后可是个优等毕业生。1922 年，纳博科夫迁往柏林与家人同住，以私人教授英语、法语、网球、拳击等维生。1923 年，纳博科夫接受剑桥法文与俄文学位，并在柏林用 Vladimir Sirin 写作，获得了一些名誉。

流亡时期，有件事对纳博科夫的影响可能是最大的：1922 年，他父亲在德国柏林被两个俄国法西斯分子刺杀。当时，他父亲参加一个公开演讲，演讲者是父亲的老朋友。两个杀手的目标原本是那位朋友，但纳博科夫的父亲最终中弹身亡。父亲被误杀的事件，反反复复出现在纳博科夫的小说，比如在《微暗的火》中，谢德就是被误杀的。

与之前的贵族生活比，纳博科夫在欧洲的生活，真是惨到不能再惨。他和薇拉结了婚，还有小孩，没有钱，他们不停搬家。好在纳博科夫曾是贵族少年，他的英文、法文、网球等技能都派上了用场，去给有钱人家的孩子做家教挣钱。曾经有一次，比利时一家读书会请他去讲演，这本来应该是个可以赚点小钱的机会，但他没去，因为“连条像样的裤子都没有”。1939 年，他的母亲孤独而穷困地在布拉格离世。而他的弟弟，就是跟他一起在剑桥读书的那个，于 1945 年因营养不良死在汉堡的纳粹集中营，那时候，纳博科夫已经离开欧洲了。

好在，纳博科夫比较乐观，如此艰辛的流亡生活，也没让他放弃写作。在欧洲的这段时期里，他出版了小说《王、后、杰克》《防守》《眼睛》《荣誉》《黑暗中的笑声》《天赋》《斩首之邀》等，基本都是用俄语写的，还发表和出版了一些翻译作品、诗集、诗剧和剧本等。

纳博科夫1925年与薇拉结婚，起初，他们生活在柏林。但是，因为薇拉是犹太人，德国的环境对犹太人越来越不友好，后来，他们就从柏林移居到法国，再后来，法国也待不下去了，纳博科夫想方设法弄到了三张船票，带着妻儿逃离欧洲，前往美国。有人说，纳博科夫是西方文学史上唯一一个先后逃离斯大林和希特勒的文学大师。从这个角度来说，他又是幸运的。

（三）美国时期：咸鱼翻身的小说家

1940年抵达美国后，纳博科夫一家的生活仍旧不容易。不记得在哪里的文字中看到，曾有人给他找了一份在出版社的工作，工作内容是打包书籍，然而，用绳子把书捆好对他来说显然是一份十分困难的工作，最后只好作罢。后来，他在几个博物馆工作过，也去不同的大学教过书。其中比较重要的一个阶段是在哈佛大学工作。1942年，他任哈佛大学“比较动物学博物馆”研究员，并且每周三还去韦尔斯利学院教授俄文。大概就是这前后七八年时间，他做蝴蝶研究，而在每年夏天去附近山脉收集蝴蝶的“旅行”里，他写出了《洛丽塔》（这也是为什么称他为“兼职”作家的原因）。

《洛丽塔》的出版很不容易。起初，纳博科夫把书稿给美国的出版社看，结果，相继遭到四家出版社的无情拒绝。一气之下，他差点把手稿给烧了，幸亏薇拉把稿子抢救了下来。后来，他采取了“曲线救国”的策略，1955年，《洛丽塔》由巴黎 Olympia Press 出版。出版后引起了争议，也给他带来了名声。1958年，《洛丽塔》终于在美国出版。在美国期间，他还出版了包括《普宁》在内的一些小说。用厄普代克的话说：“《洛丽塔》使他突然富裕起来，他就此告假，一去不复返”。

（四）瑞士时期：纯粹的写作者

《洛丽塔》使纳博科夫拥有了足够的金钱，1961年，他和薇拉返回到欧洲，居住在瑞士蒙特勒一家酒店。他一直住在酒店里，自由写作，直至生命的尽头。

粗略算算，纳博科夫的一生，是跌宕起伏的一生。他在俄国生活了20年，西欧20年，美国又20年，瑞士17年，也将近20年。他的一生，20年是贵族，绝对的官二代富二代；20年是流亡者，可谓尝尽辛酸；20年是一个打拼事业的中年人，像所有成年人一样，做各种工作，养家糊口，直到《洛丽塔》给他带来名声时，他已经快60岁了。剩下的17年，他是个纯粹的作家。他在欧洲的20年是流亡者，他在美国的20年，也从未拥有一所住宅或一处真正意义上的房产，总是暂住汽车旅馆、小木屋、公寓和提供给休假教授的出租房。他觉得，“一旦我栖身于地球一个特定的角落，我就会毁掉远方数以百计的所在。”当然，他也说可能是因为童年太富有了，他对物质不过度依恋。

三、大魔法师理论：优秀读者与优秀作家

纳博科夫曾经一度在康奈尔大学任教，授课的内容是俄国文学和欧洲的小说大师。他的那门课被称为第311－312号文学课，厄普代克说，第311－312号文学课的主要教义是：风格和结构是一部书的精华，伟大的思想不过是空洞的废话。这句话可谓贴切之极。纳博科夫是一位尤为重视风格的作家，而且认为“尽管每一个活着的人都有他或者她的风格，但只有这个或那个独特的天才作家所特有的风格才值得讨论。”他重视作家的创作天赋，认为不是人人都能被教会写小说，除非他本身已经具备了文学天资。这也是我称他为“天才派”的原因。

在纳博科夫看来，什么样的作家才称得上是优秀作家、天才作家呢？他说，作家有三个方面：讲故事的人，教育家和魔法师，其中最关键的是魔法师。对讲故事的人和教育家，大家都不陌生，毕竟，很多小说、很多

文学作品本身就是为了讲一个故事存在的，很多也具有教育功能。但何以纳博科夫说作家应该是魔法师呢？魔法师意味在看似平平无奇的事物中，产生一种不可思议的、完全出人意料的情境，让观众心醉神迷。作家也应如此。作家的笔，就像一支魔法棒。在我们眼里可能杂乱无章的素材，作家能用魔法棒，将它们变成一个奇妙的新世界，我们游走其中，会惊奇地意识到原来还有这样的存在！这也即是纳博科夫所谓的天才作家，在他看来，“天才的作家是凭艺术家的大手笔铸造出惊世骇俗的文字，独具匠心地构造一个奇妙的新天地。”普普通通的现实存在，原来作品中的陈旧概念，一个天才的作家却会有新的创造，就像上帝创造世界，每一样东西都是新的，都具有新的含义。

就天才作家（就我们能猜测到的而言，而我们相信我们的猜测是正确的）手里，时间，空间，四季的变化，人们的行为，思想，凡此种种，都已不是古已有之的老概念了，都不能用陈词俗套来应付了，而是非凭借艺术家的大手笔铸造出惊世骇俗的文字来加以匠心独具的描绘不可。至于平庸的作家，我们可做的只是粉饰平凡的事物：这些人不去操心创造新天地，而只想从旧家当，从做小说的老程式里找出几件得用的家伙来炮制作品，如此而已。不过他们的天地虽小，倒也能导出一些有点趣味的花样来，招得平庸的读者一时的喜爱；因为他们喜欢看到自家的心思在小说里在一种令人愉快的伪装下得到反映，但是一个真正的作家会发射星球上天，会仿制一个睡觉的人，并急不可待地用手去搔他的肋骨逗他笑。这样的作家手中是没有现成的观念可用的，他们必须自己创造。写作的艺术首先应将这个世界视为潜在的小说来观察，不然这门艺术就成了无所作为的行当。我们这个世界上的材料当然是很真实的（只要现实还存在），但却根本不是一般所公认的整体，而是一摊杂乱无章的东西。作家对这摊杂乱无章的东西大喝一声：“开始！”霎时只见整个世界在开始发光、熔化，又重新组合，不仅仅是外表，就连每一粒原子都经过了重新组合。作家是第一个为这个奇妙的天地绘制地图的人，其间的一草一木都得由他定名。那里结的浆果是可以吃的；那只从我身边窜过，身上带斑点的动物也许能被驯服，树木环绕的湖可以叫作“蛋白石湖”或者更艺术味一点，叫“洗盘水湖”。那云雾是一座山峰——而且是注定要被征服的山峰。在那无路可循的山坡上攀缘的是艺术大师，只是他登上山顶，当风而立。你猜他在那里遇见了谁？是气喘吁吁却又兴高采烈的读者。两人自然而然拥抱起来了。如果这本书永垂不朽，他们就永不分离。①

我们期望于讲故事的人的是娱乐性，是那种最简单不过的精神上的兴奋，是情感上介入的性质以及不受时空限制的神游。另一种稍有不同倒也未必一定高明的读者是：把作家看作教育家，进而逐步升格为宣传家、道学家、预言家。我们从教育家那里不一定只能得到道德教育，也可以求到直接知识、简单的事实。说来可笑，我就知道有些人看法国小说或俄罗斯小说，目的只在于从中了解巴黎有多快活，俄国有多悲惨。最后，而且顶重要的还是这句话：大作家总归是大魔法师。从这点出发，我们才能努力领悟他的天才之作的神妙魅力，研究他诗文、小说的风格、意象、体裁；也就能深入接触到作品最有兴味的部分了。②

那么，什么样的读者才能称得上是优秀读者呢？在纳博科夫看来，一个优秀的读者应该用脊椎骨去读文学：

艺术的魅力可以存在于故事的骨骼里，思想的精髓里。因此一个大作家的三相——魔法、故事、教育意义往往会合而为一而大放异彩。有些名著，虽然也只是内容平实清晰，结构谨严，但给我们在艺术上冲击之大，不亚于《曼斯菲尔德庄园》，或是狄更斯式的富于感

① ［美］纳博科夫. 文学讲稿［M］. 申慧辉，译. 北京：生活·读书·新知三联书店，1991：20－21.

② ［美］纳博科夫. 文学讲稿［M］. 申慧辉，译. 北京：生活·读书·新知三联书店，1991：25.

> 官意象的跌宕文字。在我看来，从一个长远的眼光来看，衡量一部小说的质量如何，最终要看它能不能兼备诗道的精微与科学的直觉。聪明的读者在欣赏一部天才之作的时候，为了充分领略其中的艺术魅力，不只是用心灵，也不全是脑筋，而是用脊椎骨去读的。只有这样才能真正领悟作品的真谛，并切实体验到这种领悟给你带来的兴奋与激动。虽然读书的时候总还要与作品保持一定的距离，超脱些。如果能做到这一点，我们就可以带着一种既是感官的，又是理智的快感，欣然瞧着艺术家怎样用纸板搭城堡，这座城堡又怎样变成一座钢骨加玻璃的漂亮建筑。①

他说得很诗意、很浪漫，到底什么叫不只是用心，也不全是用脑，而是用脊椎骨读文学呢？心意味着主观，脑即理性。只用心，你可能会迷失在作品中，但过于理性，你会从现实的角度出发，挑出作品中的种种不合理之处。而他所说的脊椎骨，我认为他指脊神经，脊神经是混合神经，从神经中枢出发，神经末梢分布全身各处，能感受各种刺激，大概他的意思是，你需要将感觉与思考结合起来，而不只是偏重一方。诚如他所说，“读书人的最佳气质在于既富有艺术味，又重科学性。单凭艺术家的一片赤诚，往往会对一部作品偏于主观，唯有用冷静的科学态度来冲淡一下直感的热情。不过如果一个读者既无艺术家的热情，又无科学家的韧性，那么他是很难欣赏什么伟大的文学作品的。”

四、《玛丽》：关于初恋和俄罗斯

《玛丽》是纳博科夫的第一部小说，最初是用俄语写作的，那时是1925年，纳博科夫还在柏林过着他的流亡生活。与纳博科夫最负盛名的几部小说相比，这部古早作品显得较为幼稚，但仍值得一提。何以如此说呢？因为在这部小说中，纳博科夫非凡的叙事功力已经开始崭露头角。

---

① ［美］纳博科夫. 文学讲稿［M］. 申慧辉，译. 北京：生活·读书·新知三联书店，1991：25－26.

（一）故事梗概

小说的故事情节可以简要地分析如下：

时间：十月革命后。小说中的故事时间跨度是从星期日到星期六的一周。

地点：柏林一家小小的膳宿公寓。

次要人物：膳宿公寓的女房东（俄国人）、阿尔费奥洛夫（也是俄国人）、柳德米拉、克拉拉。

主要人物：加宁。原沙俄军队中的一个青年军官，1919 年在克里米亚作战时头部受伤后来到柏林，干各种零工谋生。小说开始的时候，他干完了上一份工作，尚未找到下一份工作，也就是个“无业游民”。他有个情人叫柳德米拉，加宁对柳德米拉已经失去了新鲜感，却仍例行公事地与她约会。柳德米拉有个朋友叫克拉拉，是个公司的小职员，她暗恋着加宁。

故事梗概：星期一，加宁回到公寓时，电梯坏了，他与同公寓的房客阿尔费奥洛夫被困在电梯中。被困的时间非常难熬，所以两个人聊了会儿天。阿尔费奥洛夫看起来很高兴，告诉加宁，他的妻子玛丽将于周六到达柏林，他们已经分别了好几年了。到了夜晚，因为妻子即将到来，阿尔费奥洛夫心绪波澜起伏，长夜漫漫，无心睡眠，就在房间里不停哼唱走动，导致住在隔壁的加宁无法入睡。加宁去兴师问罪，阿尔费奥洛夫正高兴着，根本就忽略了加宁的不满，反而邀请加宁进屋聊天，并兴奋地把妻子的照片拿给加宁看。

高潮来了：加宁一看照片就愣住了，照片上的玛丽，正是自己中学时代的情人！世界要多小，才能有如此的缘分！回忆起初恋，加宁第二天就毅然决然与柳德米拉断绝了关系，其后四天，一直生活在回忆中。星期五晚上，公寓里几个房客聚会，他们都是俄国流亡者，有两个人要离开了，大家来开欢送的派对。当晚，阿尔费奥洛夫可能是想着第二天就能见到妻子了，特别激动特别开心，酒不醉人人自醉，醉得一塌糊涂，最后是加宁扶着回屋的。结果，加宁把阿尔费奥洛夫安顿好之后，做了一件特别不地道的事儿：他把阿尔费奥洛夫的闹钟给调到了11点。要知道，玛丽的火车是8点钟到，加宁打的算盘是让醉酒的阿尔费奥洛夫睡过头，而自己8点钟去火车站接了玛丽后带着她远走高飞，浪迹天涯。

故事的结尾，周六早晨，尚未到7点，加宁坐在火车站的长椅上，45度角仰望天空：

> 他在火车站附近的小公园中停下，在不久前坐着回忆斑疹伤寒、乡间别墅以及对玛丽的预感的同一张长凳上坐下。再有一个小时她就要到了，她的丈夫睡得像个死人一般，而他，加宁，将要去迎接她。
>
> 不知什么原因，他突然想起了他怎样去柳德米拉那里和她分手告别，怎样走出了她房间的情形。
>
> 公园后面正在建造一所房子；他可以看见黄色木梁的构架——房顶的架子，有些部分已经盖上了瓦。
>
> 尽管时间还早，他们已经开始干活了，在早晨天空的衬托下可以看见屋架上工人蓝色的身影。有一个工人在横木上行走，轻巧自由得像是马上要飞走。木屋架在太阳照耀下像金子一样发亮，两个工人在上面把瓦递给第三个工人。他们面朝上躺着，像在楼梯上似的一个比一个往上呈直线躺在那里，最下面的一个把像一本大书的红瓦越过自己的头传给在中间的工人，他接过瓦以同样的动作，即身子倒下、双臂伸直把瓦递给上面的工人。这个懒洋洋的有规律的动作具有一种奇特的镇静作用；新木的黄色光泽比过去任何最活灵活现的梦都更为生动。当加宁抬头看着幽静的天空中的房顶架时，他清晰而无情地意识到他和玛丽的恋情已经永远结束了。它持续了仅仅四天——也许是他生命中最快乐的四天，但是现在记忆已经枯竭，他已经感到腻烦了；现在玛丽的形象和那行将就木的老诗人的形象一起都留在了幽灵之屋里，这屋子本身也已经成了记忆。

除了那个形象之外，玛丽并不存在，也不可能存在。①

青春是一道明媚的忧伤，加宁顿悟了他与玛丽的恋情已经永远结束了。他所爱的玛丽，是那个永远停留在记忆中的玛丽。而他本人心中所重新萌发的爱情，可能并不是对玛丽的爱恋，而是对一去不复返的青春的迷恋，或者也是对此生不复相见的故国的眷恋。于是，他独自离开："把全部财产的四分之一用来买了一张火车票，怀着愉快的激动想着他将如何没有任何签证地跨越国境；国境另一边是法国，普罗旺斯，然后是——大海。"②

（二）关于初恋与故国的记忆

小说的故事基本就是这样。我们可以看出，加宁就是纳博科夫的一个投影。在《玛丽》这部小说中，加宁对初恋的回忆，其实也是纳博科夫对故国的怀念，二者纵横交织。对流亡在异国他乡的纳博科夫来说，俄罗斯，那片广袤而遥远的大地，原野、白桦、雪山、河流，春风、夏雨、秋阳、冬雪，犹如回忆中的恋人，纯净美好，却再也无法触及。故国不再，昔日的恋人不再，回忆的美好终究不能代替现实，所以加宁怀着对新世界的憧憬，怀着愉快的心情奔向远方，也暗示着纳博科夫准备义无反顾地迎接明天。

中国诗人沈宝基曾写下过许多爱情诗，都是写给他青梅竹马的伴侣的。其中有一首《致惠》：

我爱你眼里的故乡之色
小小蚱蜢舟载的不是愁
天程中
日行万里夜行万里

① ［美］纳博科夫．玛丽［M］．王家湘，译．上海：上海译文出版社，2013：124－125．
② ［美］纳博科夫．玛丽［M］．王家湘，译．上海：上海译文出版社，2013：125．

潮落潮涨生死浪
情长丝短杨柳堤
故乡是我的童年
我的童年——是你

对纳博科夫来说，故乡就是他的童年，俄罗斯就像深埋在心底的初恋，永远怀恋，却再也无法回头。他终生再未回过俄罗斯，晚年时，有记者问他是否想回去看看，他说不回了，不愿意玷污了自己心中最美好的回忆。而对自己的第一部作品，纳博科夫也怀抱着同样的感情。70多岁的纳博科夫在《玛丽》英文版的序言中写道："由于俄国非同一般的遥远，由于思乡在人的一生中始终是你痴迷的伴侣，我已习惯于在公众场合忍受这个伴侣的令人断肠的怪癖，我承认自己对这部处女作在情感上的强烈依恋，丝毫不为之感到困窘。"①

（三）天才灵光乍泄

小说解读至此，大家有没有发现一个问题：这部小说的名字叫《玛丽》，但通篇读下来，玛丽其人呢？是的，故事中，玛丽并没有出现，我们只看到了加宁回忆中的玛丽，而现在的玛丽怎么样？她顺利地到了柏林没有？阿尔费奥洛夫究竟有没有睡过头？有没有接到玛丽？我们不得而知。西方有很多小说是以主要人物名字命名的，比如《简·爱》《苔丝》等，它们都是以主人公的人生经历为主线的。而在《玛丽》这部小说中，核心人物玛丽却通篇没有出现，这也许已经体现了纳博科夫非凡的叙事功力，也是为什么这部小说值得一读的原因。

此外，在《玛丽》中，纳博科夫小说创作的一些特色也已经有了彰显。比如，对细节描写的"变态"程度，比如，用语繁复、辞藻华美。我相当随意地挑选了小说中的两个片段让大家感受下：

① ［美］纳博科夫．玛丽［M］．王家湘，译．上海：上海译文出版社，2013：Ⅱ．

在俄罗斯北部，到了八月份的第二周，空气中就有了一丝秋的气息。时不时会有一片小小的黄叶从白杨树上落下；收割后的广阔田野呈现出秋日的明亮与空旷。在森林的边缘，还未被晒干草的农民割掉的一片高高的青草在风中闪着亮亮的光泽。迟钝的野蜂在紫红色的斑驳的花丛中安眠。一天下午，在园林中的一个亭子里——

是的，亭子。它建在深谷之上，桩子已开始腐烂，两边各有一道倾斜的小桥通到那里，桥面落满杨树花絮和松针，很滑。

亭子小小的菱形窗框上镶着颜色不同的玻璃：如果你从一块蓝玻璃向外看，世界便仿佛凝固在月球的朦胧意境之中；从黄玻璃往外看，一切就显得特别欢快；从红玻璃往外看，天空是粉红色的，树叶颜色深得像勃艮第红葡萄酒。有的玻璃被打破了，蜘蛛网把锯齿形的破边联结了起来。亭子里的墙是粉刷过的；从自己的别墅违禁溜达进这私家花园的度假者用铅笔在墙上和折叠桌上乱涂乱写。①

钟表匠招牌上斜着突出来的巨大白色钟盘上，粗重的指针指向六点三十六分。在一夜过后仍未回暖的浅蓝色天空中，只有一朵小小的云开始变成粉红色，它那细长的外形神秘而优雅。那些一大早就得起床奔波的不幸之人，他们的脚步声在空寂的空气中特别清晰地回响着，远处有轨电车的轨道上颤动着肉粉色的光。一辆小车满装着用一块粗条子布半盖起来的大束大束的紫罗兰花，紧挨路缘慢慢地前进着，卖花人绑着一条大红毛狗一起拉着车。狗舌头伸在外面，使劲往前拉，最大限度地发挥出奉献给人类的每一块强健肌肉的力量。②

五、《微暗的火》：什么叫天才派的小说叙事

通常一提起纳博科夫，大家都会想到《洛丽塔》。确实，《洛丽塔》名声太大，大家都以为这是纳博科夫最好的作品。事实上，《微暗的火》要

① ［美］纳博科夫．玛丽［M］．王家湘，译．上海：上海译文出版社，2013：60.
② ［美］纳博科夫．玛丽［M］．王家湘，译．上海：上海译文出版社，2013：123.

比《洛丽塔》更胜一筹。或者可以这么说：从小说故事的完整程度和读者接受的难易层次上来说，《洛丽塔》显然更符合大多数阅读个体的心理需求，但从小说叙事以及文本架构能力来说，《微暗的火》的确要更胜一筹，不过自然也就曲高和寡。

（一）不可思议的结构

《微暗的火》被称为纳博科夫小说的结构与风格之最。翻开这本小说，最打眼的就是扉页的目录，包括“前言”“诗篇”“评注”和“索引”四部分。其中，“前言”部分的作者是查尔斯·金波特，介绍了诗作者谢德和《微暗的火》一诗的创作及出版历程。第二部分“诗篇”，篇名为《微暗的火》，是一首999行的长诗，诗作者为约翰·弗兰西斯·谢德，他是美国阿巴拉契亚州（虚构地名）一所大学的教授，著名诗人。这首诗本应是1000行，谢德在尚未写完最后一行时，被人枪杀。第三部分的“评注”，则又是金波特所作。如果我们从表面上看，会认为本书由四部分组成，书的作者有两位，也即这本书的内容是由查尔斯·金波特负责注释的诗人谢德所作的长诗。

等等，有没有感觉哪里不对？我们不是在读纳博科夫的小说吗？如果你有这种感觉，恭喜你，你已经体会到了纳博科夫的叙事功力。没错，无论是“前言”还是“诗篇”，又或是“评注”和“索引”，都是小说《微暗的火》的有机组成部分，而不是通常意义上我们所认为的一本书的不同部分。可以说，自打翻开小说的那一刻起，我们已经置身于纳博科夫所布下的叙事迷宫中。

（二）一个表层的故事梗概

《微暗的火》讲了一个什么故事？其实，我们只能做一个表层的总结：一个赞巴拉（虚构地名）的国王，被废黜后逃至美国，化名金波特在美国一家高校任教。著名诗人谢德也是同一所高校的教授，而金波特后来搬到了谢德所居住的小区，二人成了邻居。金波特平日与谢德来往，明里暗里希望谢德把他的生平事迹写进那首1000行的诗作。然而，谢德写完第999行时，遭遇不幸：有一名罪犯误认为谢德是判他入狱的法官而将他枪杀。但金波特则认为，那名杀手是革命后的赞巴拉国派来的刺客来刺杀他这位前君主的。金波特征得谢德夫人的同意，代为编订出版谢德的诗作遗稿《微暗的火》，但他这时才发现，诗稿中并没有一句话写到他和赞巴拉的传奇经历，于是他做了长篇累牍的注释：

> 容许我声明一下，如果没有我的注释，谢德这首诗根本就没有一丁点儿人间烟火味儿，因为像他写的这样一首诗（作为一部自传体作品又未免太躲躲闪闪，太言不尽意了），竟让他漫不经心地删除否定了许多行精辟的诗句，其中包含的人间现实不得不完全依靠作者和他周围的环境以及人事关系等现实来反映，而这种现实也只有我的注释才能提供。对这项声明，我亲爱的诗人也许未必同意，但是不管怎么样，最后下定论的人还是注释者。①

这段话，与其说是金波特在声明自己给诗作注的目的，不如说是纳博科夫把小说的解读权交给读者的声明（金波特就是谢德的读者啊）。小说中，谢德那首999行的长诗，只有50多页，不到全书容积的七分之一。但不同的诗行，有不同的注释，长篇累牍的注释和诗行一起，构成了一个幻想又真实、离奇又合理的故事。小说的意趣就在“诗篇”和“注释”的张力中。下面摘录的是长诗1—4行以及相应的注释：

> 我是那惨遭杀害的连雀的阴影
> 凶手是窗玻璃那片虚假的碧空；
> 我是那污迹一团的灰绒毛——而我
> 曾经活在那映出的苍穹，展翅翱翔。②

---

① ［美］纳博科夫. 微暗的火［M］. 梅绍武，译. 上海：上海译文出版社，2013：19－20.
② ［美］纳博科夫. 微暗的火［M］. 梅绍武，译. 上海：上海译文出版社，2013：23.

1—4 行：我是那惨遭杀害的连雀的阴影，等等

开卷这几行诗里那个形象显然是指一只鸟，因飞速撞在一扇玻璃窗上而丧命，那块玻璃映出的天空，色彩微暗，云层微低，呈现出一片连接外界空间的假象。我们想象得到童年时代的约翰·谢德，一个外形并不引人注目而发育得倒还完善的男孩儿，一边用迟迟疑疑的手指从草皮上拾起那个蛋形实体，注视着那灰棕色翅翼上面增添光彩的蜡红纹路，注视着那尖端黄澄澄犹如新漆一般光亮的优美尾梢羽毛，一边破题儿第一遭体验到令人震惊的末日结局。我在谢德生前最后一年里，有幸住在纽卫镇田园般的山区（参见前言），是他的一位邻居；我经常见到那类怪鸟在他的住宅角落里几株松柏周围极其欢乐地啄食青灰的干果仁儿（参见第 181—182 行）。

……

顺便提一下，令人好奇地注意到的一件事是，一种在赞巴拉语中称作赛姆佩尔（“丝尾鸟”）、戴羽冠的鸟儿，在外形和色度方面，都跟连雀相似，是（生于一九一五年的）赞巴拉国王、敬爱的查尔斯的盾徽纹饰上三种动物之一的原型（另两种分别是本色的驯鹿和毛发金灿灿的蔚蓝色男性人鱼），至于那位国王遭到的壮丽厄运，我跟我这位朋友不断地探讨过。

这首诗是在本年度半中腰，也就是七月一日午夜没过几分钟的时候开始写的，我当时正在跟一个念我们暑期班课程的伊朗青年下棋呐；我敢肯定我们这位诗人想必会理解他的诗作评注者试图把某件性命攸关的事，也就是那个将会弑君的格拉杜斯从赞巴拉的出发，跟诗人的创作过程，在时间上同步相一致起来。格拉杜斯其实是在七月五日才搭乘那架哥本哈根飞机离开昂哈瓦的。①

你们看，本身长诗的前四行，成分其实很简单，主要是连雀、窗玻

① ［美］纳博科夫. 微暗的火［M］. 梅绍武，译. 上海：上海译文出版社，2013：79－80.

璃、碧空。内容也不复杂：一只连雀向着窗外的天空飞去时撞在窗玻璃上丧命。就是这么简单的几句诗，金波特的注释里写到了童年的谢德，又由连雀绵延到了赞巴拉的丝尾鸟和查尔斯国王的盾徽纹饰，还将谢德开始写作的时间精准地确定在了“七月一日午夜没过几分钟的时候”（他如何能确定!），而这一时间点又吻合了弑君的格拉杜斯出发的时间（明明他是七月五日才出发的）。总之，在金波特的注释里，藏着纳博科夫明里暗里对小说故事主要人物和情节的交代。如果说，你们觉得这段注释中，金波特的联想尚算合理的话，我们再来欣赏一段：

电视天线，状似巨大回形针，如今闪烁着，
取代了那僵硬的风向标，经常
那里会出现那一只天真而无邪的
好似蒙着薄纱的学舌鸟前来拜访①

62 行：经常

经常，大都是在夜间，贯穿在一九五九年整个春季，我为自己的性命提心吊胆。离群索居的地方向来是撒旦魔王喜欢光临的游戏场。我没法形容我那种孤独和痛苦的深度。我那位知名的邻居当然就住在那条小巷对面；有一段时间，我接受了一个放荡的青年做房客（他经常在午夜过后很久才回家）。可我还是要着重指出那种孤独的冰冷核心，对一个被迫流亡异乡的人来说，真是叫人很不好受。尽人皆知赞巴拉人怎样遭受过弑君的厄运：仅仅在一个世纪（一七〇〇年至一八〇〇年）里就有两位王后、三位国王和十四名王位觊觎者暴死，有的被勒死，有的被刺死，有的被毒死，有的被淹死。这个哥尔斯华斯城堡在黄昏过后就变得尤其荒凉，昏暗得跟我头脑里的阴影色彩不相上下。隐秘的窸窸窣窣声啦，踩在去年枯叶上的脚步声啦，一阵没来由

① ［美］纳博科夫．微暗的火［M］．梅绍武，译．上海：上海译文出版社，2013：26.

的风啦，一条巡视垃圾桶的狗儿啦——样样在我听来都像是一头四处觅食的嗜血动物在活动。我不断在几扇窗户前踱来踱去，丝睡帽浸透了汗水。赤裸的胸脯像个正在解冻的池塘；有时候，我用法官那管猎枪武装起来，敢于公然蔑视平台上的恐怖。我料想大概就是在那时分，在那些类似假面舞会那类欺骗性的春夜，树木内部的滋长声残酷地模仿我头脑里那些过去的死亡噼啪爆裂声；我料想大概就是在那时分，在那些可怕的夜晚，我习惯于向我邻居家中的窗户求援，期望从中得到些许安慰（参见第47—48行注释）。诗人又犯了心脏病（参见第691行和注释），导致窗户在半夜里大亮，我被叫到他们家，一阵忙乱，同情啦，咖啡啦，打电话啦，赞巴拉草药啦（还真起了神奇的疗效作用!），谢德活了过来，偎在我怀中哭哭啼啼（“得了，得了，约翰”）；自从经过那次一阵大乱的温暖友情之后，我还有什么不肯贡献出来呢。但是，在三月份那些黑夜里，他们家却跟棺材里一样黑暗。等到后来我观察得筋疲力尽，四周犹如坟墓里那样阴冷，我只好上楼躺在我那无伴的双人床上，屏息躺着——我仿佛那时才神志清醒地活着，总算熬过我在祖国处境危险的那些夜晚，当时随时随刻都会有一帮情绪激昂的革命分子闯进门来，把我带出去，推搡到一堵月光照亮的大墙前面。一辆汽车飞快的奔驰声或一辆卡车吱吱嘎嘎的呻吟声，犹如生命美好的解脱和死亡可怕的阴影古怪相混地到来：那阴影会出现在我的门前吗？那些幽灵般的凶手会来杀害我吗？他们会立刻毙了我——或者把这位被氯仿麻醉过去的学者偷运回赞巴拉，红色的赞巴拉，让他在那儿面对一个亮得耀眼的细颈盛水瓶和一排坐在审判席上欣喜若狂的法官吗？①

由“经常”两个字，金波特就做出了这么多的解释（联想）。你们从中读到了什么？金波特（Kinbote）究竟是什么人？他真的是赞巴拉逃命出

① ［美］纳博科夫．微暗的火［M］．梅绍武，译．上海：上海译文出版社，2013：105－107.

来、流亡至此的国王吗？好像是，毕竟他的名字中就有半个 king（国王）。但如果你们读到了小说中他的逃命武器（一块飞毯），却又会觉得不大可信了。此外，你们有没有发现，金波特总害怕有人来杀害他，他身边的一切，“枯叶上的脚步声”“一阵没来由的风”“一条巡视垃圾桶的狗”，都可能是潜在的危险，都像是“幽灵般的凶手”，让他漫漫长夜里无法入睡，而他习惯于向谢德“家中的窗户求援”，并且“观察得筋疲力尽”。至此，你们是否觉得脊梁骨一阵寒意，顿时毛骨悚然？因为这个金波特，这个声称自己是前赞巴拉国王的人，可能是个迫害妄想症患者，并且还有偷窥癖，日日夜夜窥视着谢德的生活，不然为何他知道谢德写下第一句诗的时间是“七月一日午夜没过几分钟的时候”！

然而，正如我前面所说，我所分析的故事情节只是一种表层总结。究竟金波特有没有可能真的是赞巴拉的国王？究竟他对长诗的注释是否全是生牵硬扯的？其实，读者可以自己去拼凑小说中的蛛丝马迹，根据各种线索建构一个合理的故事。这正是这本小说的魅力所在。

（三）要求读者参与建构故事

很多现代主义、后现代主义小说，并不再以建构一个合乎常理的故事为目标，故事本身经常退居二线，“如何讲述”故事才是真正的目标。《微暗的火》正是如此，故事支离破碎，读者的吸引力被牵引至小说的形式层面。与此同时，读者的能动性也被调动起来，参与建构故事。纳博科夫的大部分小说，都不具备一眼可以看明了的故事，需要读者仔细揣摩、分析并重新建构，这是他的招牌特色，正如他说：

> 文学应该给拿来掰碎成一小块一小块——然后你才会在手掌中间闻到它那可爱的味道，把它放在嘴里津津有味地细细咀嚼——于是，也只有在这时，它那稀有的香味才会让你真正有价值地品尝到，它那碎片也就会在你的头脑中重新组合起来，显露出一个统一体，而你对

那种美也已经付出不少自己的精力。[1]

除了令人不可思议又恍然大悟的结构，除了要求读者不断分析人物自行组建故事外，《微暗的火》也典型地体现了纳博科夫小说语言对读者的考验。《微暗的火》中汇聚了大量的文学文化典故，随处可见各种隐晦的比喻、多语义性词语、多种语言的双关语、冷僻古奥的词汇等。用通俗的话来说，纳博科夫在写作小说时从来都“不好好说话”。早期的作品如《玛丽》《防守》等，这种风格尚不算很明显，越到后期，他的写作越来越熟练，风格就越来越明显。比如，在《洛丽塔》中，他用了很多的文字游戏，其中掳走洛丽塔的奎尔蒂，其姓名实际上就是“clearly guilty”（明显有罪的）；又如他经常说自己有位很好的朋友叫“Vivian Darkbloom”，其实这个“朋友”就是他自己，不信，你们把他的名字的各个字母重新排列一下看看。至《微暗的火》和《爱达或爱欲》，纳博科夫在运用文字方面的功夫可谓炉火纯青，以至于绝大多数读者可能在读完一两遍后都还是云里雾里，找不着北。我们继续欣赏一段金波特的评注：

> 布兰达王后逝世和他加冕登基之间的四十天也许是他平生最难熬的一段时光。他过去一点也不爱他的母后，如今觉得内心那种无望无助的悔恨变成了一种对她的幽灵病态的恐惧。那位女伯爵好像总在他旁边，总在他身边窸窸窣窣地转悠，还让他跟一个专做灵媒的富有经验的美国佬一起搞桌灵转降神会那类玩意儿；在那种场合，王后的灵魂，就像她本人生前经常在那种灵应牌乩板上跟索尔摩道斯·陶尔法厄斯或阿·拉·华莱士聊天那样，如今她也轻快地在那块板上用英文写下：“查尔斯赶快爱花儿花儿花儿吧。”[2] ……

这段注释是金波特回想起自己的母后以及自己由王子登基成为国王的时候。短短一段回忆里，纳博科夫放入了3种不寻常事物、2个不寻常人

① ［美］纳博科夫．微暗的火［M］．梅绍武，译．上海：上海译文出版社，2013：365.
② ［美］纳博科夫．微暗的火［M］．梅绍武，译．上海：上海译文出版社，2013：122.

物、2 种语言和 1 个多义词的指涉。3 种不寻常事物："桌灵转""降神会"和"灵应牌乩板"，"桌灵转"（table - turning）指桌子的非人力转动，关亡术用以表示亡人显灵的一种手法；"降神会"（Séance）指一种以鬼神附体者为中心人物设法与鬼魂通话的集会；"灵应牌乩板"（Planchette）是一种三角形或心形小板，上置铅笔，迷信能在神灵指引下自动写出神的启示。2 个不寻常人物"索尔摩道斯·陶尔法厄斯"和"阿·拉·华莱士"，前者我们还不甚明了（想哭，搞不好又是纳博科夫的杜撰），而与之"搭档"的后者是英国博物学家，以提出生物进化的自然选择学说而著名。而"查尔斯赶快爱花儿花儿花儿吧"一句中，原文用词是法语 Fleur，意即"花"，但同时，这个词也指小说中的少女弗萝尔，她是一位女伯爵的女儿，如花似玉，王子喜欢她，却"把她当作亲妹妹那样看待"。为何布兰达王后的魂灵要在灵应牌乩板上写字让查尔斯赶快爱花儿（弗萝尔）呢？因为，我们的查尔斯喜欢的是男性。读到这里，你们有没有终于恍然大悟：难怪金波特夜夜窥视谢德家的窗户！信息量是不是太大了？

通篇小说读完，作为读者的我，只有一句感慨：目不暇接，力不从心。尽管并不像《追忆逝水年华》那样惶惶然七大卷让读者一打眼就产生了畏怯之意和退缩之心，但《微暗的火》的小身躯里却浓缩了太多的东西，读起来真不是容易之事。读者仿佛跟在傲娇的纳博科夫身后，任由他不明不白地指挥，踉踉跄跄，跌跌撞撞，气喘吁吁，我们不妨用小说中一段精彩的话来说明：

> 他因此怀着一个卑鄙目的，兜儿里揣着一把子弹上了膛的手枪，启程前往西欧；这事发生在一位无辜的诗人正在一个无辜的国家开始写《微暗的火》第二章那一天。我们在脑子里随时都应该想着自己在伴随着格拉杜斯一路同行；他从远方黯淡的赞巴拉前往翠绿的阿巴拉契亚地区，一路上穿越那首诗的整个儿长度，沿着诗的韵律道路前进，驶过一个韵脚，在诗行和诗行之间意义连贯处的角落附近放慢速度，同诗句的停顿共喘息，从一行到另一行、一个段落到另一个段

落，一直晃荡到每页下端，在两个单词之间（参见第596行注释）躲藏起来，又在新的一章地平线上冒出来，以抑扬格步法越来越近地向前坚定不移地进发，穿过条条马路，拎着旅行袋登上五音步自动楼梯朝上移动，跨步走下来，再登上一连串想法的列车，走进一家旅馆大厅，在谢德抹掉草稿上一个单词那当儿关上床灯，在诗人深夜搁笔那时刻进入了梦乡。①

对纳博科夫而言，小说的形式和风格是最重要的，也因此他痴迷于研究运用各种手段，似乎想极尽修辞艺术的可能。联想到他说“天才的作家是凭艺术家的大手笔铸造出惊世骇俗的文字，独具匠心地构造一个奇妙的新天地”，他似乎自然带有小说家的天资，却也不断地为成为一个天才而进取。与此同时，他也希望能有一批“优秀读者”，你或者我，或者我们，在那个奇妙新天地里，与他相遇，与彼此相遇。

① ［美］纳博科夫．微暗的火［M］．梅绍武，译．上海：上海译文出版社，2013：85.

第十六节　昆德拉：一个写小说的哲学家

米兰·昆德拉（Milan Kundera）出生于1929年。前半生是捷克人，后半生是法国人，作品一半是捷克语，一半是法语。每部小说都爱讲大道理、更像个哲学家的小说家。20世纪西方文学史绕不开的小说家，对中国文学界影响深远。

一、昆德拉：生活在别处的人

如果你现在翻开米兰·昆德拉的一本著作，随便一本，你大概率会发现，书封内页作者简介那里，只有两句话："米兰·昆德拉生于捷克斯洛伐克。一九七五年移居法国。"昆德拉的一生，漫长而复杂，也可谓经历了大起大落，但最终浓缩在了两个关键词上：出生和流亡。以1975年为界，他的人生可分为两个时期：在捷克的昆德拉和在法国的昆德拉。

（一）捷克时期

1. 布尔诺的音乐家之子

1929年4月1日，昆德拉生于捷克斯洛伐克南摩拉维亚首府布尔诺，在这里读完高中，便前往布拉格求学。布尔诺是捷克的第二大工业城市。为什么这个值得提一笔呢？我们中国有句话叫"一方水土养一方人"，一个地方，孕育出来的作家，也有不同的气质，他们的作品，自然也沾染了不同的气质。比如，张艺谋的《红高粱》里，北方平原，庄稼地郁郁葱葱，一望无际，而电影中的人，也如这土地一般豪爽开朗，旷达豁然；《秋菊打官司》里，关中平原西部，满目黄土，这种环境里，人物也坚硬得像土坷垃。比如，贾樟柯电影里的汾阳，似乎像是在冬天燃烧的煤炉冒出的浓烟里熏过，带着旧年代的洗不干净的灰痕。比如，苏童作品里的香椿树街，似乎永远有下不完的雨，阴郁少年的心事浸在雨丝里，湿漉漉的怎么也晒不干。再比如台湾导演侯孝贤和他的“御用”编剧朱天文，《恋恋风尘》《风柜来的人》这些作品，又是全然不同的模样，似乎在腥咸的海水里浸染过，又被潮湿黏腻的海风吹干。我们很难想象，让出身温软江南的苏童去写粗犷的西北，也很难想象让侯孝贤去执导贾樟柯或张艺谋的电影。话说回来，昆德拉的作品，带着一种对现代工业社会里人的生存状态的哲学性透视的意味，也许与他的故乡是工业城市分不开吧。

昆德拉的父亲是钢琴家、音乐教授，曾经在捷克的一家音乐学院当过院长。昆德拉迷恋音乐，在小说创作中也吸取了音乐的因素，这与他的父亲有很大的关系。当昆德拉还是一个十几岁的少年时，就在父亲的牵线下，跟随当时在捷克很有名气的作曲家保尔·哈斯学习作曲。保尔·哈斯是犹太人，基于当时的社会环境，事实上，昆德拉父亲此举也是在帮助这位犹太作曲家。后来，1948 年，昆德拉考上了布拉格查理大学，就读哲学系，然而他经常不务正业地跑去听音乐专业的课程，后来干脆离开了查理大学，到布拉格电影学院读电影专业，直至毕业。

2. 被开除的党员

昆德拉很早就加入了捷克共产党，那还是 1947 年的事儿，当时他才 18 岁。不过，1950 年的时候，他就因“反党行为”被开除。1956 年他二度入党，但 1970 年再遭开除。这背后当然有很多复杂的社会原因，包括 1948 年的二月事件、1968 年的布拉格之春、苏联军队进入布拉格，等等。但我们可以从两次入党又两次被开除的事件中看出，昆德拉一定是一个思想很激进、行为很前卫的人。一个唯唯诺诺、无甚主见的人，大概率不会发生这种事件。

3. 从诗人到小说家：

昆德拉并不是从一开始就是个小说家，像所有文艺青年一样，在他最热情澎湃的年月，他的创作主要是诗歌。从1950年代开始，他作为诗人登上文坛，成为一个颇有争议的名诗人。而在他的作品《生活在别处》中，主人公就是一个诗人。直到30岁左右，他才写了第一篇短篇小说，之后才将小说当作自己的主攻方向。

事实上，昆德拉这个人并不是一个我们想象中的、整日在书房里伏案写作的小说家。少年的时候，他学作曲，还画画；后来，他写诗；再后来，他毕业之后留校任教，为了评职称（确切来说是获得教师资格），当然同时也是教学所需，他写出了论述捷克作家弗·万丘拉的专著《小说的艺术》。这部文学理论性质的著作，出版于1960年。[①] 你们算算看，这时候昆德拉多大年纪？他才31岁。而他写完这本书的时候，差不多才27岁。此外，他还写剧本。也就是说，在30岁之前，昆德拉已经在音乐、诗歌、戏剧等方面都摸索了一遍，直到30岁左右，他发表了第一个短篇小说《可笑的爱》（1959年），之后，他才在艺术的茫茫大海中找到了自己的灯塔，专门开始写作小说。[②]

4.《玩笑》：成名的代价

自从昆德拉开始“转型”做小说家后，他似乎找到了开启自己天赋的最正确的那把钥匙。没几年，他就出版了自己的成名之作：《玩笑》。他从1962年就开始写这本小说了，因为小说内容与当时的捷克社会环境不太兼容，他几乎都没抱能够出版的希望。结果，1967年，《玩笑》竟然出版了，而且很快就重印了3次，印数达几十万册。你们算算看，在捷克这个现今人口才1000万左右的国家（2019年网络数据），也就是中国一个大城市的

---

① 高兴. 米兰·昆德拉传［M］. 北京：新世界出版社，2005：44.

② 李凤亮，李艳. 对话的灵光：米兰·昆德拉研究资料辑要［M］. 北京：中国友谊出版公司，1998：16.

人口数量，几十万册的发行量意味着什么。时间不久，《玩笑》就被译成多种语言，在国外发行，还被拍成了电影。可以说，《玩笑》是巨大的成功，此时的昆德拉显然就是捷克文坛的新“网红”，所谓的“顶流”，真可谓春风得意马蹄疾，一日看见长安花。

不过，树大招风。《玩笑》很快就遭到了封杀，成为禁书。小说出版于 1967 年，1968 年 8 月，苏联军队占领了布拉格，《玩笑》随后被列为禁书，在东欧的其他国家，《玩笑》的各种译本也被禁，被下架。昆德拉本人的生活当然因此受到牵连，他被开除党籍，失去了工作。

那么，《玩笑》讲了一个什么故事呢？为什么会被封杀？

《玩笑》的故事内容可以简要概括为：一个朝气蓬勃、一腔热血的大学生路德维克，平日里嘴损，不正经，爱开玩笑。一个暑假，他因为女友去培训营无法相见而感到比较苦闷，就在通信时开了个玩笑，结果被朋友泽马内克陷害，继而被发配到边区兵营，相当于是劳改。15 年后，路德维克归来，他为了报复，想尽了办法勾引泽马内克的妻子海伦娜。计划成功后，他才发现，泽马内克早就想抛弃妻子，他的报复成了一个毫无意义的“玩笑”。路德维克当年因为几句玩笑话，失去了自己的学习、爱情、理想、青春，失去了人生 20 岁到 35 岁之间的黄金年代。而后来，他设计报复泽马内克的遭遇又像是命运给他开了一个玩笑。可以说，《玩笑》这部小说里，玩笑有两方面的意思：一方面，在小说情节上，路德维克因为一个玩笑葬送了自己的人生，之后的报复也成了一个玩笑；另一方面，小说也体现出一种历史感，一个荒诞的时代过去后，人们回首才发现，历史与他们开了一个天大的玩笑，然而身处其中的每一个人都无法逃脱。

那么，这样一个故事，为什么会被封杀呢？这就不得不提到捷克历史上一次有名的事件“布拉格之春”。“布拉格之春”指 1968 年捷克斯洛伐克国内的一场政治民主化运动，倡导自由，运动只短暂地进行了几个月，苏联军队到了布拉格后，就终止了。后来，激进的作家、知识分子等人，生活就不太好过了。也就是在这之后，昆德拉再次被开除党籍，也失去了电影学院的教职，作品下架，也被禁止发表新作品。这时的昆德拉，维持生活都比较困难，但他仍然写了几部作品，包括后来出版的《生活在别处》和《告别圆舞曲》。

（二）法国时期：

1. 被剥夺国籍的流亡者

1975 年，通过当时法国的议会主席，昆德拉和妻子得以前往法国。他先是在雷恩大学教了几年书，并学习法语，慢慢适应法国的生活。1978 年，他们定居在巴黎，他开始在巴黎社会科学高级研究学校任教。1979 年，小说《笑忘录》在法国出版，而这时，捷克政府的一纸文书，切断了昆德拉与捷克的联系，从此，他再也没有捷克公民的身份。他的后半生，对法国一直都非常迷恋，称法国是他的“精神故乡”。

2. 成为法语作家

1981 年，昆德拉获得了法国国籍。当时与他一起获得法国国籍的还有胡利奥·科塔萨尔，就是那位拉美“文学爆炸”主将之一的科塔萨尔。此时，昆德拉已年过半百。他来到法国后，经历了一个双语写作的时期：既用捷克语写作，又用法语写作，并且还用法语翻译、重写原来的捷克语作品。历经十数年，他最后完全改用法语写作，他后期出版的《慢》《身份》《无知》《小说的艺术》《被背叛的遗嘱》《庆祝无意义》等作品，就都是以法语写作的。

3. 拥有两个故乡的人

离开捷克的时候，昆德拉已经 40 多岁了。尽管他失去了国籍，但他一直很关心捷克。曾经有一次，大概是他 60 岁的时候，他悄悄地回去，在布拉格和布尔诺停留了几天，又悄悄地回法国去了，没有惊动别人，不带走一片云彩。本以为，他的余生可能与捷克没什么交集了，不过，1995 年的时候，捷克政府给昆德拉颁发了捷克国家功勋奖。昆德拉也接受了，他认为，这个奖给自己和国家的关系画上了一个句号。我们是否可以说，昆德拉与祖国和解了呢？其实和不和解，捷克一直都是他的故乡，他一直关心那里。但对他这种天才而犀利的作家而言，当初他从捷克到法国生活，法国接纳了他，法国宽松的创作环境，有利于他的写作。他从精神上已经认定，法国是他的祖国，也是他的故乡。他不幸，背井离乡，他也幸运，有两个故乡。

4. 重获身份，永不回归

1995年，昆德拉说捷克国家功勋奖给他和捷克的关系画上了一个句号的时候，大概没有想到，十几年后，他会再次拥有捷克公民的身份。2019年11月28日，在巴黎的公寓里，昆德拉和妻子见到了捷克共和国驻法国大使，并且，拿到了恢复他们捷克公民身份的文件。他又重新成了一位捷克人，捷克公民。不过，他不会再回捷克生活了。1987年，昆德拉在接受采访时说：

> 我的交往百分之九十是法国人。我来到这个国家时已46岁。到了这个年龄你不再有时间可以浪费，你的时间和精力都已很有限，你必须做出抉择：要么你在回顾过去中度日，回顾你已不在那里的以前的国家，你的老朋友们，要么你就努力把坏事变成好事，从零开始，在你现在置身的地方开始新的生活。我毫不犹豫地选择了后者。这就是何以我不感到自己是个流亡者。我在这里，在法国生活，我很快乐，在这里非常快乐。你刚才问我是否想过有一天可能回到捷克斯洛伐克去，我回答说没有，情况永远不会允许我回去。但这话只讲对一半，因为即使我能回去，我也永远不想回去了！一生中移居国外一次已经够了。我是从布拉格作为移民来到巴黎的。我永远不会有精力再从巴黎移民布拉格。①

墨西哥诗人奥克塔维奥·帕斯曾写过一首诗，献给米兰·昆德拉，诗名为《去与留之间》：

---

① 李凤亮，李艳. 对话的灵光：米兰·昆德拉研究资料辑要［M］. 北京：中国友谊出版公司，1998：477.

白昼恋着它的透明，
在去与留之间犹豫不决。

流动的黄昏已是海湾，
世界在它平静的波动中摇曳。
万物可见，万物躲避，
都在眼前，都不可及。

纸、书、杯子、铅笔，
在其名字的阴影里歇息。

在我的太阳穴上，时间的搏动，
重复着血的同一个固执的音节。

光线把冷漠的墙壁
变成一幕反光的怪剧。

我展露在一只眼睛中央，
它不看我，我在它目光里看到自己。

瞬间消失。我一动不动，
我留，我去：我是一个休止。①

1975年来到法国的时候，昆德拉46岁，如今他已经91岁。他在法国生活的时间，与在捷克生活的时间一样长。可以说，昆德拉的一生，就是一个“生活在别处”的人。这个别处，当然不仅指法国，更指他的政治理想、他的文学抱负、他的思想观念。他不是一个循规蹈矩活在平庸生活里的人，他更懂得在目光所及的现实之外，找到另一种存在。

---

① ［墨］奥克塔维奥·帕斯. 奥克塔维奥·帕斯诗选［M］. 朱景冬，译. 石家庄：河北教育出版社，2003：357－358.

二、“我是小说家”：小说的艺术

（一）“小说家宣言”

昆德拉被取消捷克国籍后，一时间，西方批评界给他贴上了很多标签：“流亡作家”“持不同政见作家”，等等。这些标签显而易见地带着强烈的政治意味。不妨想想看，如果我们认识一位作家时，先入为主地接受了他是一个“持不同政见作家”，我们会怎样读他的作品呢？我们有很大的概率会在读作品时特别注意他在哪些地方“持不同政见”，如此一来，势必会影响我们对作品的解读。也正是因为如此，昆德拉到了法国之后，写小说之余，也写了很多文章，并且接受访谈，以便通过这些渠道来表达自己的小说美学观，把外界贴在自己身上的标签撕掉，让读者们把关注点放在文学本身。他甚至有了一段“小说家的宣言”：

> 比起恐怖来，恐怖的抒情化于我是个更难以摆脱的噩梦。我好像种了疫苗，永生永世警惕地抵御着一切抒情的诱惑。那时候，我深深渴望的唯一东西就是清醒的、觉悟的目光。终于，我在小说艺术中寻到了它。所以，对我来说，成为小说家不仅仅是在实践某一种“文学体裁”；这也是一种态度，一种睿智，一种立场；一种排除了任何同化于某种政治、某种宗教、某种意识形态、某种伦理道德、某个集体的立场；一种有意识的、固执的、狂怒的不同化，不是作为逃逸或被动，而是作为抵抗、反叛、挑战。到最后我竟有了这样的对话：“昆德拉先生，您是共产主义者吗？”“不，我是小说家。”“您是持不同政见者吗？”“不，我是小说家。”“您是左翼还是右翼？”“不是左翼也不是右翼，我是小说家。”①

---

① ［法］米兰·昆德拉. 被背叛的遗嘱［M］. 余中先，译. 上海：上海译文出版社，2003：164.

可以看出，昆德拉希望公众能把自己的身份从小说作品中抽离，更多地关注作品本身。而他本人也有意识地一再淡化小说中的社会、政治背景，他后期的小说，渐渐不再有明显的捷克的社会政治背景，而到《生命中不能承受之轻》之后，他的作品中再也没有出现过捷克题材。他把目光聚焦在人本身，描写的是西方现代社会中人的生存状态，思考的是人何以存在、如何存在的问题。

（二）小说是“道德审判被悬置的疆域”

昆德拉说，小说艺术能带来的“清醒的、觉悟的目光”，让他永生永世警惕地抵御着一切抒情的诱惑。为何这么说？他在《被背叛的遗嘱》中如此说道：“1948 年之后，在我的祖国实现共产主义革命的年月，我明白了盲目的抒情在恐怖时期所扮演的至关紧要的角色，对我来说，这恐怖时期是一个‘诗人与刽子手共同统治’（《生活在别处》）的时代。”① 在他看来，小说、也即文学作品一旦被用来感染人的情绪，来构成某种特定的情感或道德导向，是非常危险的事情。而如何警惕地抵御这种抒情呢？他提出了小说是“道德审判被悬置的疆域”这一说法：

> 创造一个道德审判被悬置的想象领域，是一项巨大的伟绩：那里，唯有小说人物才能茁壮成长，要知道，一个个人物个性的构思孕育并不是按照某种作为善或者恶的样板，或者作为客观规律的代表的先已存在的真理，而是按照他们自己的道德体系、他们自己的规律法则，建立在他们自己的道德体系、他们自己的规律法则之上的一个个自治的个体。西方社会习惯于自我标榜为人权的社会，但是，在一个人能有权利之前，他首先应该构成为个体，应该把自己当成这样或那样的一个人，应该被别人当成这样或那样的一个人；而要是没有欧洲艺术，尤其是小说的长期实践——它教会读者去对另一个人产生好奇

① ［法］米兰·昆德拉. 被背叛的遗嘱［M］. 余中先，译. 上海：上海译文出版社，2003：163.

心，去试图弄明白与自己的真实所不同的别的真实——这一点便是不可能完成的。……①

可以说，小说就是一片自由的疆域，昆德拉觉得，试图让小说做到读者所谓的“真实”，如同让读者相信小说主人公“确有其人”，没有意义。什么是真实？我们需要知道的是，真实不止有一种，不只是你自己所认为的这一种真实，还有其他数不清的真实，千变万化的真实。而小说，是让你试图弄明白其他的真实。亚里士多德有一个观点“诗比历史更普遍，更真实。”在何种意义上去理解呢？历史所描写的只是业已发生的个别的事情，而诗所写的是符合可然律或必然律、反映世界本质和规律的、具有普遍性的事情。因此诗比历史具有更高的真实性。

昆德拉强调，“悬置道德审判并非小说的不道德，而是它的道德。”大多数人类有个毛病，总喜欢站在自己的角度，认为自己把持着道德的高地，迫不及待地对其他所有人进行审判，没完没了地审判，从小说智慧的角度看，“是一种最为可憎的愚蠢”。他并不是说小说家写作就完全不理会道德审判，他只是认为，小说家只负责写作小说，小说作为一种艺术，是纯粹的，而在小说的疆域之外，你们尽可以痛痛快快地指责人物，那是你们的事，小说家对此无能为力。

三、《生命中不能承受之轻》：关键词解读

（一）故事梗概

提起昆德拉，大概人人都会说出他的代表作《生命中不能承受之轻》（又译《不能承受的生命之轻》）。这本小说，表面上看起来是俗到不能再俗的三角爱情故事：一个风流成性的外科医生托马斯，游戏于各种各样的情人之间，而后却让人大跌眼镜地与一个乡村女招待相爱并结婚，却又跟

---

① ［法］米兰·昆德拉. 被背叛的遗嘱［M］. 余中先，译. 上海：上海译文出版社，2003：7－8.

情人，尤其是最好的情人萨宾娜藕断丝连，最后托马斯夫妇二人死于车祸，萨宾娜远走他乡。

看到这种都市狗血情感剧风格的故事梗概，你们怕了吗？首先，别慌，倘若它真是一部写滥俗的三角爱情故事的小说，昆德拉也就不会获得“20 世纪在世的最伟大作家”的称号了。其次，正如前面提到昆德拉的小说观，我们不能立马就举起道德伦理的大旗进行道德审判，先入为主地认为托马斯、萨宾娜这些人物都是伤风败俗的、要被批判的。既然故事梗概看起来如此简单粗糙，那我们在阅读时，重心应该要落在哪里呢？答案就是：小说的思想性。

（二）“思索的小说”

小说以对尼采的永劫回归观的思考开场。这个开场对读者而言，挑战太大了。一般我们翻开一部小说，看到开头，通常希望看到一个故事的背景交代，人物出场，然后情节一步一步发展。但如果翻开一部小说，开头它就在给你长篇大论地讲哲学理念，怕是会吓走很多读者。这就是昆德拉的特别之处。在他看来，给你讲个故事有什么意思呢？《生命中不能承受之轻》的故事，开始、发展和结局在小说第二章就交代完了。你想读故事吗？读到第二部分，小说后面的五章都可以不用读了。

那么，不读故事，我们读什么呢？读思想。这部小说，换个说法也可以是“昆德拉出产的小说”，被称为“思索的小说”。这要求大家转换思维，不再去注意故事情节的发展，而是注意每一个事件、每一个场景、每一个人物，作者赋予了它们怎样的思想意义。小说以尼采的永劫回归观开头，其实是引出了托马斯这一核心人物，并抛出了第一个思考问题：人的选择对个体存在来说有意义吗？如果有，有何意义？

尼采在《快乐的科学》中说，假如有个恶魔在某一天或某个夜晚闯入你最难耐的孤寂中，并对你说：“你现在和过去的生活，就是你今后的生活。它将周而复始，不断重复，绝无新意。你生活中的每种痛苦、欢乐、思想、叹息，以及一切大大小小，无法言说的事情都会在你身上重现，而且均以顺序降临。”[1] 想想看，如果世界是这样，你该怎么做决定呢？如果是这样，人做决定有什么意义呢？你现在的生活不过是以往的重复，你做不做决定，后面发生的事情还是会像以前一样发生，甚至于你以为你做了决定但其实不过是在重复以前的决定。在这种情况下，人肯定是会安于现状，放弃一切追求。

> 如果我们生命的每一秒钟都有无数次的重复，我们就会像耶稣钉于十字架，被钉死在永恒上。这个前景是可怕的。在那永劫回归的世界里，无法承受的责任重荷，沉沉压着我们的每一个行动，这就是尼采说永劫回归是最沉重的负担的原因吧。
>
> 如果永劫回归是最沉重的负担，那么我们的生活就能以其全部辉煌的轻松，来与之抗衡。
>
> 可是，沉重便真的悲惨，而轻松便真的辉煌吗？
>
> 最沉重的负担压得我们崩塌了，沉没了，将我们钉在地上。可是在每一个时代的爱情诗篇里，女人总渴望被压在男人的身躯之下。也许最沉重的负担同时也是一种生活最为充实的象征，负担越沉，我们的生活也就越贴近大地，越趋近真切和实在。
>
> 相反，完全没有负担，人变得比大气还轻，会高高地飞起，离别大地亦即离别现实的存在。他将变得似真非真，运动自由都毫无意义。
>
> 那么我们将选择什么呢？沉重还是轻松？[2]

在昆德拉看来，我们的生命，我们的世界得以立足的基本点，是“回归的不存在。”正因为生活连一张草图都没有，不能彩排，不会重复，所以我们的选择才是有价值的。在这里，昆德拉提出了第二个问题：选择什么？选择轻还是选择重？我们（至少我和很多的你们）肯定会想，当然选

---

① ［德］尼采．快乐的科学［M］．黄明嘉，译．上海：华东师范大学出版社，2007：317.

② ［法］米兰·昆德拉．生命中不能承受之轻［M］．韩少功，韩刚，译．吉林：时代文艺出版社，2002：4－5.

择轻啊，谁愿意过沉重的生活呢。不过，昆德拉也有一句灵魂发问，“沉重便真的悲惨，而轻松便真的辉煌吗”？接下来，托马斯出场，他正在苦苦地思考他的选择。小说就此开幕了。

（三）关键词之“轻”与“重”

昆德拉的小说观念是与众不同的，这在《生命中不能承受之轻》的人物塑造中体现得尤为明显。他说：

> 一个作者企图让读者相信他的主人公们都曾经实有其人，是毫无意义的。他们不是生于母亲的子宫，而是生于一种基本情境或一两个带激发性的词语。托马斯就是“Einmal ist keinmal”这一说法的产物，特丽莎则产生于胃里咕咕的声。①

在这里，他点明了小说中的人物并不是以达到最接近真人的状态为目标的，相反，每个人物能在小说中存在的缘由是他们都是为了展现某种思想。昆德拉给小说中的人物都编写的“存在编码”，犹如现在网络游戏中的人物设定。在托马斯身上的“编码”就是“轻与重”。

1. 情爱中的“轻与重”

我们不妨来给托马斯画个人物速写。托马斯是个什么人呢？高大英俊的外科医生，追求自由而离婚的单身贵族，与女性只保持“性友谊”，认为“唯一能使双方快乐的关系与多愁善感无缘，双方都不可干涉对方的生活和自由。”为了使“性友谊”维持下去，他还制定了一套严格的规则，就是他的“三三原则”：如果与一个女人连续约会三次，以后肯定就告吹了，而要想与一个女人天长地久，那么每次约会中间至少要相隔三周。

基于他与异性的交往原则，托马斯从来不在情人家过夜，也从来不让情人在自己家过夜，哪怕再晚，都得离开，或是把情人送走。但特丽莎来

---

① ［法］米兰·昆德拉．生命中不能承受之轻［M］．韩少功，韩刚，译．吉林：时代文艺出版社，2002：35.

找他的第一夜，他便让她睡在了自己的床上，并且这种情况连续发生了几天。于是，小说开头时，我们看到托马斯在痛苦地思考，也在懊恼。因为他变得不像自己了。因为特丽莎只是一个极不起眼的乡下小镇酒店的女招待，实在不是一个与他登对的人选，而更重要的是，他无法对特丽莎像对别的情人那么轻松，他不断地要哄她开心，向她表白，让她平静，他也不断地隐瞒自己与情人的关系，要不停解释、道歉、哄劝。按理说，托马斯应该要很轻易地抛弃这样一段沉重的关系，但他们在一起时，他却体会到了跟其他情人在一起时不一样的感觉，他觉得特丽莎像是一个“被放在树脂涂覆的草筐里顺水漂来的孩子”，他甚至觉得自己“没有她就不能活”。那是爱吗？他不清楚。可如果不是爱，又是什么呢？

> 他不断回想起那位躺在床上的她，不同于他以前生活中的任何人。她既非情人，亦非妻子，她是一个被放在树脂涂覆的草篮里的孩子，顺水漂来他的床榻之岸。她睡着了。他跪在她的床边，见她烧得呼吸急促，微微呻吟。他用脸贴住她的脸，轻声安慰她，直到她睡着。一会儿，他觉得她呼吸正常了，脸庞无意识地轻轻凑过来，寻找他的脸。他闻到了她高热散发的一种气息，吸着它，如同试图使自己与对方的身体融为一体。刹那间，他又幻想着自己与她在一起已有漫漫岁月，而现在她正行将死去。他突然清楚地意识到自己没有她就不能活，得躺在她身边，与她一同赴死。他挨着她的头，把脸埋在枕头里过了许久。
>
> 现在他站在窗前，极力回想那一刻的情景。那不是因为爱情，又是因为什么呢？
>
> 是爱吗？那种想死在她身边的情感显然有些夸张，在这以前他仅仅见了她一面！那么，明明知道这种爱不甚适当，难道这只是一个歇斯底里的男人感到自欺之需而作出的伪举吗？他的无意识是如此懦弱，一个小小的喜剧里，他选择了这样一个与他根本无缘的可怜的乡间女招待，竟然作为他的最佳伴侣，进入了生活。

他望着外面院子那边的脏墙，知道自己无法回答那一切究竟是出于疯，还是爱。

更使他悲伤的是，真正的男子汉通常能果敢行动的时刻，他总是犹豫不决，以致他经历过的一个个美妙瞬间（比如说跪在她床上，想着没有她就不能活的瞬间），由此而丧失全部意义。[①]

所以，托马斯的处境变成了：一个极力追求关系之“轻”的人，却陷入了一段沉重纠结的关系中。从小说中，我们知道，他后来与特丽莎结了婚，但他从未终止与情人们的关系。在情人们眼中，托马斯“名誉受损”，因为他对特丽莎的爱，违背了他的“性友谊”原则，他不再是一个好情人了；而在特丽莎眼中，托马斯与情人们的风流韵事，也让他“名誉受损”，他不是一个好丈夫啊。真是左也不是，右也不是，两面不讨好。

托马斯的这种处境、可以说困境，小说中有一个桥断说得很形象，也特别有意思。托马斯和特丽莎同居之后，有一次，托马斯去跟萨宾娜约会，因为担心回家太晚又要哄特丽莎，于是他在过程中看了一眼手表。这样一个无意识的动作，被萨宾娜看到了。你们大概会说，托马斯完全可以解释看手表也有可能是有工作要事啊。但萨宾娜何其敏锐，能不知道他是赶着回到特丽莎跟前吗？她也何其聪明，怎么会问他为何看表这个问题呢？于是，托马斯穿衣服准备离开时，怎么都只找到一只袜子，天太冷又没办法光着脚，萨宾娜就把自己的一只白色的大网孔时装袜借给了他（想象一下比基尼模特腿上穿着的白色的渔网袜！）托马斯顿时反应过来，萨宾娜看到了他看表的动作，所以藏了一只袜子作为报复。但他别无选择，就这样一只脚穿着自己的袜子，一只脚穿着那只白色的大网孔时装袜，把袜口卷到脚踝，离开了萨宾娜的住处。

这就是托马斯的困境，对他来说，情爱的天平两端，一端是“重”的特丽莎，另一端是“轻”的萨宾娜。而他的两只脚，一只脚踩在爱情、婚

---

① ［法］米兰·昆德拉．生命中不能承受之轻［M］．韩少功，韩刚，译．吉林：时代文艺出版社，2002：6－7.

姻的沉重现实里，另一只脚，追求着自由、轻盈的性友谊。他如果都不要（两只袜都不穿），光着脚肯定会冷，亦即他在世界上的存在也没什么乐趣。如果他只要一边，那么也许可以得偿所愿，要么有一个安稳的、沉重的婚姻，要么有一个自由的、轻盈的情人。但偏偏，他都想要，所以，他只能让自己处在这种纠结的困境。这就是他在轻与重之间的选择困境。

2. 责任里的“轻与重”

当然，托马斯在情爱的轻与重之间的选择，在两个女人、或者说两种生活方式间的选择，只是故事层面的，是我们在小说表象中看到的。这本小说既然被称作“思索的小说”，必然还有更深层次的意义。到了小说的第五部分，托马斯又一次面临着轻与重的选择，而这一次，无关乎情爱，是社会责任。

此时，他因言论获罪，被医院除职，成了擦玻璃工人。而此时，他的儿子和一个编辑找到了他，让他签一份声明，这份声明的内容是要求捷克当局赦免政治犯。儿子和编辑希望托马斯这个曾经很有名望的外科医生签字，但托马斯认为，自己与当局有过冲突，都已经失去了工作，签字与否，对政治犯能不能赦免起不了什么作用。他先是想到了儿子，如果签字，他就算是尽责，父子的命运就联系在一起了，如果他不签，这个儿子可能就像他离婚之后的情况一样，杳无音信，他们似乎没有关系。这样一想，他都打算签了。接着，他想到了特丽莎，特丽莎才被秘密警察骚扰过，而他签的这份声明，无疑会助长另一场斗争，而特丽莎可能因此会受到秘密警察更多的骚扰。他最终没有签。

在这里，托马斯陷入了又一次思考：“万马齐喑时的大声疾呼是对的吗？是的。”但从另一方面来讲，为什么报纸对请愿书大做文章呢，这是为一场新的迫害提供开端和辩解词。托马斯在问自己怎么办？签还是不签？而换一种方式来问这个问题就是：“是大叫大喊以加速灭亡好呢，还是保持沉默得以延缓死期强呢？”在这里，又回到了我们前面说的选择的问题。我们没有第二次生命，我们在一个给定的情境中都只能做一次决定，我们无法用这个决定带来的结果和另外的决定带来的结果相比较。而人类历史也是一样，历史也没有办法重来一次来证明哪种选择更好。

在小说中，托马斯“一个人在公寓里，目光越过庭院，落在对面那幢建筑的脏墙上”，这个场景、这句话毫厘不差地出现了两次。第一次，他在思考女人，在思考与女人处于何种状态的关系更好：重的恋爱（婚姻）还是轻的性友谊；第二次，他在思考社会，思考历史，他想弄清楚，人类在历史发展的关键时候，究竟做出何种选择，才更文明、更进步，是选择事不关己、保全自身的“轻”呢，还是承担压力、牺牲自我的“重”。这是他思考的问题，也是昆德拉思考的问题。

（四）关键词之“灵”与“肉”

1. 特丽莎的生存编码

这一对关键词，是围绕着特丽莎而展开的，或者说，为了解释这一对关键词，特丽莎这个人物产生了。为什么这么说呢？前面我们已经提到了，昆德拉明确说明人物“不是诞生于母亲的子宫，而是生于一种基本情境或一两个带激发性的词语”，而“产生特丽莎的情境残酷地揭露出人类的一个基本经验，即心灵与肉体不可调和的两重性。”我们知道，现代主义、后现代主义的小说与传统小说（尤其是现实主义小说）有很大的区别，读现代主义的小说，已经不能再以读一个故事为目的了，因为它们很多时候并不是以讲一个故事为目的，相反，“如何讲”这个故事更重要。但昆德拉在小说创作时做得更绝，本身《生命中不能承受之轻》的故事性就不强，他还一再地跳出来告诉你：我这都是虚构的，我笔下的人物只是个词语衍生物，认真你就输了。

特丽莎诞生于胃里的咕咕声，所体现的是灵魂与肉体“不可调和的两重性”。如何理解这句话呢？举个例子，请大家在脑海中想象一下：你暗恋已久的男神或女神突然发来信息，要约你出去，你肯定会费尽心思把自己打扮好才去见他（她），对吧？你想在他（她）面前表现出完美的样子，这就是你的“灵”。结果呢，你们见了面，一起吃饭，聊得很开心，然而你哈哈大笑的时候，一口带着食物残渣的水喷到了对方的白衬衣或新裙子上，或者，他（她）正说要紧话的时候，你却闹肚子了，以至于不得不打断他（她）然后火速跑去卫生间。为什么闹肚子了呢？可能是桌上他（她）喜欢吃的三文鱼刺身或秋葵的缘故。强调一句，不要问我为什么知道……我会拒绝回答。总而言之，你的意识想极力表现得完美，但你的身体却偏偏不听话。这就是灵与肉的不可调和的两重性。

特丽莎也是如此。她，一个20岁出头的年轻女性，在捷克的一个小城市的小镇酒店工作，旁边是温泉疗养院，因此，她日常所见到的人大多是顶着地中海、挺着大肚腩在酒吧里昏昏度日的油腻老头。直到有一天，从布拉格来的年轻貌美、高大英气的外科医生托马斯进入了酒吧，他竟然还拿着一本书！在一群浑浊的老头中简直鹤立鸡群，仿佛一道炫目的光照进了晦暗的生命！托马斯认为，他与特丽莎的遇见完全是意外：

> 特丽莎家乡的医院碰巧发现一例复杂综合性神经病。他们请了托马斯所在的布拉格医院的主治大夫去会诊，可主治大夫碰巧坐骨神经痛，行动不便，于是派托马斯去代替他。这个镇子有几个旅馆，托马斯碰巧被安排在特丽莎工作的旅馆里，又碰巧在走之前有足够的时间闲待在旅馆餐厅里。其时特丽莎碰巧当班，又碰巧为托马斯服务。①

总之，没有六个碰巧，他们就不会遇见。但偏偏，他们遇见了。小说中，不断提到贝多芬的演奏，“非如此不可”，似乎意味着托马斯与特丽莎非结合不可，然而，托马斯觉得，并非如此，自己的爱情故事说明的是“别样也行。”但特丽莎可能不会这么认为，毕竟，她为了与托马斯产生关系而聊天的场面，不可谓不尴尬。她问托马斯住哪个房间，托马斯给她看了6号房间的房卡，她随即用一种喜出望外的、不可思议的语气表达她与托马斯命中注定的巧合相遇：真是太巧了，我6点钟下班诶！

二人的尬聊并不能阻止特丽莎内心膨胀的情感，托马斯就是她的诗和

---

① ［法］米兰·昆德拉．生命中不能承受之轻［M］．韩少功，韩刚，译．吉林：时代文艺出版社，2002：30－31.

远方，于是，她来了一场说走就走的旅行，奔向一场奋不顾身的爱情。因为清早就赶火车，只吃了一小三明治，所以，当她“跋山涉水”终于站在布拉格托马斯的寓所门外时，她怀着紧张激动的心情憧憬着见面的欢愉，然而，当托马斯开门时，她的胃却因为饥饿而发出了巨大的咕咕声，尴尬、难堪，她恐惧之极。想想看，她意愿里是多么想在托马斯面前表现得完美啊，结果却被胃里咕咕声毁了。昆德拉说，这很“残酷”，确实很残酷，可现实就是这么残酷，人生不如意事十之八九嘛。

2. 存在的残酷性

当然，特丽莎所面临的灵与肉的不可调和，绝不仅仅是在见托马斯时肚子咕咕叫这么简单。她在与托马斯相处的过程中，面临着更大的困境：二人在对“灵与肉”关系的认知上，截然不同。特丽莎（或许是绝大多数女人）认为，爱一个人应该全身心投入，从肉体到灵魂都应该只忠于那个人，但托马斯（不知道是不是大多数男人）认为，在爱情中，肉体与灵魂是可以分离的，爱一个女人是一回事，但与女人发生性关系是另一回事，爱与性不必然统一，爱一个人的同时与另一个人有性关系不冲突，反过来说也成立，与一个人有性关系与爱不爱她不相干。在爱情里，女人总是太过勇敢，男人总是太过理性，在特丽莎和托马斯身上，体现得很明显。

> 特丽莎站在镜子前面迷惑不解，看着自己的身体像看一个异物，一个指定是她而非别人的异物。她对此厌恶。这个身体无力成为托马斯生活中唯一的身体，它挫伤和欺骗了她。……她突然希望，能像辞退一个佣人那样来打发自己的身体：仅仅让灵魂与托马斯待在一起好了，把自己的身体送到世间去，表现得像其他女性身体一样，表现在男性身体旁边。她的身体不能成为托马斯唯一的身体，那么在她一生最大的战役中已经败北，只好自个儿一走了之！①

---

① ［法］米兰·昆德拉. 生命中不能承受之轻［M］. 韩少功，韩刚，译. 吉林：时代文艺出版社，2002：122.

特丽莎以一种近乎偏执的态度要把托马斯抓紧，其实是性格使然。现下有句话说：幸福的人，用童年治愈一生，不幸的人，用一生治愈童年。特丽莎就是后者。她的成长经历可谓伤痕累累：漂亮的母亲有众多追求者，却因意外怀孕而不得不嫁给不如他人的男人，之后抛下特丽莎和父亲与别的男人出走他方。生父死亡，特丽莎被政府送给母亲，和继父以及三个同母异父的孩子一起生活。继父风流成性，自暴自弃的母亲由原来温婉美丽的少女，变成一个极端油腻的中年妇女：响亮地擤鼻子，公开谈论性生活，扬扬得意地展示自己的假牙，当着众人的面大声放屁……特丽莎的母亲把婚姻带给她的所有不如意，都归结为一个最根本的原因：她怀了特丽莎。对特丽莎来说，母亲无休无止地提醒着："母亲就意味着牺牲一切。"昆德拉在小说中说"如果一个母亲是人格化了的牺牲，那一个女儿便是无法赎补改变的罪过。"正因为如此，特丽莎愿意做一切事情让母亲开心：交出全部工资，做家务，照顾弟弟妹妹，等等。这种"讨好型人格"以及无时无刻地缺乏安全感，让特丽莎在面对托马斯时，无法做到平静和笃定。她视托马斯为一切，在睡觉时，紧紧地抓着托马斯的手，抓得那么紧，以致托马斯得一根一根地掰开她的手指。她翻了托马斯的信件，知道托马斯与萨宾娜在约会，就把一瓶镇静剂往嘴里灌，幸好托马斯及时把她按倒在地上，制止了他。她忌妒托马斯的情人，想让托马斯对自己一心一意，从灵魂到身体都只属于她一个人。

特丽莎不能忍受托马斯的不忠，但却又无法扭转托马斯的性情。这是个困境，甚至可以说是个绝境。怎么办？特丽莎选择了一个决绝的解决办法：跟一个完全陌生的男人发生性关系，来验证托马斯的说法。然而，面对一个她在酒吧里遇见的陌生男子，当对方的手触摸她时，她意识到男人的手"只涉及她的身体，而她自己（即她的灵魂）完全置之度外"。

他脱她的衣服时，她几乎一动不动。他吻她时，她的嘴唇没有反应。她突然感到自己的下身开始潮润起来，她害怕了。

她兴奋地反抗自己的意志，并感到兴奋因此而更加强烈。换句话说，她的灵魂尽管是偷偷地但的确宽恕了这些举动。她还知道，如果这种兴奋继续下去，灵魂的赞许将保持缄默。一旦它大声叫好，就会积极参加爱的行动，那么兴奋感反而会减退。所以，使灵魂如此兴奋的东西是自己的身体正在以行动反抗灵魂的意志。灵魂在看着背叛灵魂的肉体。①

特丽莎原本以为，她跟这个男人素昧平生，对他毫无爱意，她肯定感受不到性爱的快感，谁知道，她竟然达到了性高潮。这意味着，她为了验证托马斯的理论是错误的，结果却发现自己的认识原来才是错误的，灵与肉果然是可以分裂的，灵肉一体不过是一个“诗意错觉”。每次我读及这一段，内心都非常惆怅，因为这对特丽莎来说，是一个非常大的打击，摧毁信念的那种打击。爱应该是全身心投入，这是她的理念，或者说是她的信仰，但信仰原来如此不堪一击，就可分崩离析。我觉得昆德拉好残酷，可也许事实就是这么残酷，而他不过是以小说家的“清醒的、觉悟的目光”，拒绝抒情，撕开了残酷事实上蒙着的温情面纱。

托马斯的“轻”与“重”、特丽莎的“灵”与“肉”，围绕这两对关键词展开的讨论，其实也是小说对人如何在世界上存在的思考。那么，托马斯是选择轻呢？还是选择重呢？从小说后面的情节中，我们知道托马斯还是选择了和特丽莎结婚，也即选择了“重”。经历了国家的战乱，他们待在乡下的农场里，养一条狗，似乎拥有了一种田园牧歌的美好。但我们也知道，昆德拉最终让他们二人在车祸中死去了。我想，他们必须得死，因为他们不死，生活的困境依旧存在，无休无止地存在下去。托马斯仍旧会有新的情人，特丽莎永远会活在嫉妒中，两个人的困境都无法解除。所以，选择“重”，从世俗的、日常的角度看，貌似是一种合乎情理的、负责任的做法，但二人之死的结局，又让我们觉得，昆德拉其实到最后，也没有摆出明确的态度该选择什么。

---

① ［法］米兰·昆德拉. 生命中不能承受之轻［M］. 韩少功，韩刚，译. 吉林：时代文艺出版社，2002：135.

这就是昆德拉小说的魅力所在，他揭示人类生存的困境，揭示你在困境中做某一种选择的可能性结果，但他仍对此表示怀疑，因为仍会有后继的困境。这些问题是无解的。用他的话说，“正是这些无解的问题限制了人类的可能性，描画了人类生存的界线。”① 人的存在本身过于艰难。不然为什么童话故事里，主人公经历了种种磨难，结尾处却只有潦草的一句话：公主和王子从此幸福地生活在了一起。因为不能再写下去了，再写下去，就变成了公主年老色衰，为种种琐事要和王子吵架，王子呢，厌倦了一地鸡毛的日常，看着邻国刚成年的公主漂亮得像一朵春天里含苞待放的玫瑰，心里蠢蠢欲动。看过电影《革命之路》吗？关于它的影评，点赞最高的一条就是：如果当年杰克爬上了船板，他和露丝的生活就是这样。生命有涯，而困境无涯。

（五）关键词之“媚俗”

《生命中不能承受之轻》的另一个关键词是“媚俗”。媚俗这个概念，在小说中是通过对“大便”的讨论来呈现的。在宗教信仰里，世界的创造是合理的，人类的存在是美好的，这是信念，是“无条件认同生命存在。”无论是西方还是东方，宗教故事里关于造人的故事基本都是一样的：造物主（上帝、女娲）按照自己的样子造了一个人。那么，就有了一个灵魂发问：造物主会拉大便吗？人既然是造物主的复印件，人会拉大便，造物主必然也会，而如果造物主根本不拉大便，那只能说明人的存在另有来源。不得不说，这个问题太狠了。昆德拉在小说中说：“只要人获准留在天堂，他或者（像瓦伦廷的耶稣）根本不排粪，或者（看来更有可能）不把粪便看成令人反感的东西。直到上帝把人逐出天堂，他才使人对粪便感到厌恶。”② 而人每天排出大便的这种程序设置，就是创世说不可接受的证据。

---

① ［法］米兰·昆德拉．生命中不能承受之轻［M］．韩少功，韩刚，译．吉林：时代文艺出版社，2002：122.

② ［法］米兰·昆德拉．生命中不能承受之轻［M］．韩少功，韩刚，译．吉林：时代文艺出版社，2002：220.

那么，“无条件认同生命存在的美学理想，必然是这样一个世界，在那里，大粪被否定，每个人都做出这事根本不存在的样子”，“媚俗”就是对大便的绝对否定，就是“制定人类生存中一个基本不能接受的范围，并排拒来自它这个范围内的一切。”[①]

讲到这里，你们可能已经在心里拜托我快点把大便这个字眼抛远。你们反应一下，自己有没有在这么想？有没有觉得即使提到“大便”这两个字，已经让你轻微皱眉头，心里厌恶且不耐烦了呢？因为我就是这样，我从来不说这两个字，除非涉及医院检查等不得不使用这个字眼的情况（上课时把这两字讲出来，我已经鼓起了十二分的勇气！）。你们看，这就是昆德拉所说的媚俗，一种正常的、自然的生存现象，一旦被人类划分进“不可接受”的区域，我们就觉得不可接受，就会排斥它、抗拒它，甚至不能说出口。

人类社会到处充斥着媚俗，昆德拉举了很多例子：

> 媚俗所引起的感情是一种大众可以分享的东西。媚俗可以无须依赖某种非同寻常的情势，是铭刻在人们记忆中的某些基本印象把它派生出来的：忘恩负义的女儿，被冷落了的父亲，草地上奔跑的孩子，被出卖的祖国，第一次恋情。
>
> 媚俗引起两种前后紧密相连的泪流。第一种眼泪说：看见孩子们在草地上奔跑着，多好啊！
>
> 第二种眼泪说：和所有的人类在一起，被草地上奔跑的孩子们所感动，多好啊！
>
> 第二种眼泪使媚俗更媚俗。
>
> 地球上人的博爱将只可能以媚俗作态为基础。
>
> 没有比政客更懂得这一点了。无论何时，一个照相机即将开拍，他们会立即奔向最近前的孩子，把他举到空中，亲吻他的脸蛋。媚俗

---

① ［法］米兰·昆德拉. 生命中不能承受之轻［M］. 韩少功，韩刚，译. 吉林：时代文艺出版社，2002：221－222.

是所有政客的美学理想，也是所有政克党派和政治活动的美学理想。[1]

昆德拉的例子可能比较远，我来举个简单的例子。我们看卖家庭保险的广告片，清一色高大帅气、事业有成的青年男人，有着颜值般配、温柔贤淑的妻子，活泼可爱的一双幼年儿女（为什么不是青春期儿女？因为太叛逆了容易导致观众堵心），住所宽敞明亮、干净整洁（似乎小孩子从不会把房间弄脏弄乱），四位老人健康长寿，三世同堂其乐融融。广告的作用是什么？是给我们灌输一种理念：只有你的生活像广告中这样，你才成功/幸福/美丽/健康/有品位/有格调……广告传递的理念，也就是小说中所说的“美学理想”，即是媚俗。在这种“美学理想”的生活中，不包括人到中年一事无成、在单位里日渐卑微还日渐秃顶的男人；不包括因生育而身材走样、每天为生活琐事烦恼的妻子；不包括哭闹不止、成绩垫底、房间乱如垃圾场的小孩；也不包括年迈多病、生活贫寒的老人。这种美学理想是有自己的标准的，这个统一的标准定义了我们理想的生活“应该是”怎样，如此一来，我们被这种“美学理想”绑架着，人人都想按照那个标准去生活，从来不去想（也压根从心底里排斥）生活“其实是”怎样。这就是媚俗。

当然，昆德拉思考更深刻，他从宗教讲到了人类社会的现状。如果媚俗是一种统一的“美学理想”，一个极端媚俗的社会将是何种模样呢？

各种政治倾向并存的社会里，竞争中的各种影响互相抵消或限制，我们居于其中，还能设法或多或少地逃避这种媚俗作态的统治：各人可以保留自己的个性，艺术家可以创造不凡的作品。但是，无论何时一旦某个政治运动垄断了权力，我们便发现自己置身于媚俗作态的极权统治王国。

---

① ［法］米兰·昆德拉．生命中不能承受之轻［M］．韩少功，韩刚，译．吉林：时代文艺出版社，2002：224.

> 我说到极权统治，我的意思是一切侵犯媚俗的东西必将从生活中清除掉：每一种个性的展示（在博爱者微笑的眼里，任何偏离集体的东西均遭藐视）；每一种怀疑（任何以怀疑局部开始的人，都将以怀疑生活自身而终）；所有的嘲讽（在媚俗的王国里，一切都必须严肃对待），以及抛弃了家庭的女人，或者爱男性胜过爱女性的男人。于是，“丰富而且多彩”这样神圣的法令，就成了疑问。[①]
>
> 在媚俗作态的极权统治王国里，所有答案都是预先给定的，对任何问题都有效。因此，媚俗极权统治的真正死敌就是爱提问题的人。一个问题就像一把刀，会划破舞台上的景幕，让我们看到藏在后面的东西。……
>
> 但是，反对我们称为媚俗作态极权统治的这种东西的人们，感到质问和怀疑无补于事，他们也需要确定而简单的真理，让大众理解，激发群体的眼泪。[②]

几年前上课时，有位同学针对“媚俗”的发言非常深刻，值得分享。他说，媚俗就是这样一种感觉：你哭，不是因为你悲伤，而是因为你需要哭；你笑，不是因为你开心，而是因为你需要笑。你们仔细体会下，“需要哭”和“需要笑”是一种怎么样的情境？和发自内心情感的哭和笑有什么区别？而你为什么又“需要哭”和“需要笑”呢？想明白了，媚俗这个概念，你们就更清楚了。

说到这里，你们（或你们中的部分人）可能会自信满满：那是别人，我是一个富有主见、坚持自己个性的人，才不会媚俗。遗憾的是，昆德拉在小说中给出了一个让人丧气的答案：我们中间没有一个超人，能够强大得足以完全逃避媚俗。就拿小说中最不媚俗的萨宾娜来说吧，她是一个多

---

① ［法］米兰·昆德拉. 生命中不能承受之轻［M］. 韩少功，韩刚，译. 吉林：时代文艺出版社，2002：224－225.

② ［法］米兰·昆德拉. 生命中不能承受之轻［M］. 韩少功，韩刚，译. 吉林：时代文艺出版社，2002：226－227.

么特立独行的人！比如，她见不得庆典游行，见不得大家都穿上整齐的衣服，整齐划一地热情。她是托马斯最好的情人，托马斯喜欢她就是因为她毫不媚俗，“在媚俗的王国里，她是一个魔鬼。”但即使毫不媚俗的萨宾娜，其实也有不能免俗的时候，在约会的时候她看到托马斯看了手表，知道他怕回去晚了没法对特丽莎交代，不也是赌气藏了他一只袜子，并报复性地把自己的袜子给托马斯穿上。你们想想，托马斯穿着一只时尚的女式渔网长袜回家，会面对特丽莎何等强烈的暴风雨！这可不是萨宾娜故意的报复吗？在男女情爱的关系中，“轻”如她、毫不媚俗如她，也难免吃了一回醋。萨宾娜的一生都在背叛，“不顾一切地试图逃离人们要强加在她生活中的媚俗。”背叛意味着脱离成规，是不媚俗的体现，但凡事都背叛，背叛的尽头是什么呢？背叛了父母、丈夫、国家及爱情，还有什么可以背叛呢？到最后，背叛本身就成了一种媚俗。我们是人，生活在这个世界上，在终极意义上，无法从媚俗中逃脱。也许正如莎士比亚所说：没有什么比希望不平凡而更平凡的了。

四、弃儿和礼帽：关键意象解读

（一）放在树脂涂覆的草篮里顺水漂来的孩子

你们有没有发现，小说中写托马斯思考自己和特丽莎的关系时，反反复复提到他觉得特丽莎是一个被“放在树脂涂覆的草篮里顺水漂来的孩子”，这句表述在小说中出现了有 8 次之多。放在树脂涂覆的草篮里顺水漂来的孩子，这个描述大家都不陌生，明显指的是《圣经》里摩西的故事。但何以用这个意象来指代托马斯对特丽莎的感觉呢？我们大概可以解读为以下两点：

1. *存在的根基是偶然性*

《圣经》里，埃及法老有令，凡是希伯来妇女生的孩子，男孩一律杀死，女孩则可以存活。摩西是个男孩，出生以后，起先是被父母偷偷藏起来，但婴儿日渐长大，藏不住了，最后只好被父母放进涂了油的草筐里，放到法老女儿经常去游泳的河里。法老的女儿发现了这个婴儿，也认出了这是希伯来人的孩子，但她依旧收养了摩西。你们想想看，这其实是一个非常冒险的行动，简直是在赌。如果婴儿在草筐里乱动导致草筐沉入水里呢？如果因为哭声而被别人发现了呢？如果法老的女儿那天没来游泳呢？如果她来游泳的时候草筐早已漂走了呢？可以说，只要有一个如果，故事的结局就要改写，世界的宗教史就要改写。但没有如果，事情刚好就这么碰巧发生了。

我们回想一下，我们的生活经历是不是也是一样的？有心栽花花不开，无心插柳柳成荫。再想一下托马斯，前面提到，托马斯认为自己与特丽莎的相遇，是“六个碰巧”的结果。如果托马斯的同事没有突然生病，如果医院派别的医生去小镇，如果托马斯被安排在了小镇的其他旅馆，如果他做完手术没有在小镇逗留就回了布拉格，他就不可能和特丽莎遇见，也就不会有后面的故事了，他可能继续轻轻松松地以他的三三原则跟诸多女人在交往。可是没有如果，没有早一步，也没有晚一步，他们就刚好遇见。所以，托马斯觉得，特丽莎就像放在树脂涂覆的草篮里顺水漂来的孩子，他在床边顺手捞起了她，她是一个“绝对偶然性的化身。”可以说，人的生活、人类历史，发生的每一件事其实都是偶然性的产物，在千万种可能的结果中，最后发生了一个确定的结果。

2. 拯救与被拯救

一个被“放在树脂涂覆的草篮里顺水漂来的孩子”、一个弃儿，首先引发的人类感情是“怜悯”。想想看，如果法老的女儿铁石心肠毫无怜悯之心，她大概率不会去捞起一个水里的婴儿，或者捞起后认出是希伯来人的孩子，也会遵从父命将其交由他人杀死。但她都没有，她捞起了这个水里漂来的弃儿，收养他，待他如自己的孩子一样，找来希伯来奶妈（摩西的生母）喂养他。“怜悯”这种情感，体现的是人性善良的那一面。可以说，托马斯认为特丽莎是一个被“放在树脂涂覆的草篮里顺水漂来的孩子”，他的内心对她充满了怜悯。怜悯什么呢？或许一时半会说不清，但那种心疼的感觉是存在的，不同于他在其他情人身上的体验。也正因为如此，他才接纳特丽莎的各种不完美，接纳她的神经质、她的坏脾气、她的嫉妒、她的任性。这么一说，你们对托马斯何其之“渣”的判断是不是减弱了几分？

托马斯是个外科医生，医生的职责是拯救生命，而他把特丽莎看成是一个“放在树脂涂覆的草篮里顺水漂来的孩子”，即使他是偶然地、在床榻之岸“顺手”捞起了她，他无疑也是拯救了一条生命，救了她。好像男性天然具有这种优越感，认为自己是拯救者，女性（弱小之物）是他们的拯救对象。他“救”起特丽莎的时候，内心大概也是洋洋自得的，觉得自己多征服了一个女人。殊不知，这一“救”其实也是反过来的，他在与特丽莎相处的过程中，逐渐被爱情征服，逐渐发现生命之“重”的意义，“重”拯救他于“不可承受之轻”。

（二）黑礼帽

黑礼帽是萨宾娜的物品。这是一顶老旧的、男式的礼帽，原本属于她的祖父。十九世纪时，那位祖父是波希米亚小城市的市长，他去世后，礼帽属于萨娜的父亲，再后来，属于萨宾娜。这顶男式黑礼帽在小说中也是一个不可忽略的意象，它有两方面的意义，一方面，它是丰满萨宾娜人格的道具，另一方面，它解释了什么叫作“误解”。

1. 萨宾娜的人格标志

黑礼帽出现在小说的第三章《误解的词》。对萨宾娜来说，黑礼帽具有几层意义：

第一，礼帽是对祖父的记忆，那位十九世纪波希米亚小城的市长。

第二，礼帽是父亲的纪念物。父亲去世后，她的哥哥占有了全部财产。而她不屑于撕破脸面去争财产，哪怕这是捍卫自己的正当权力。她以一种嘲讽的姿态，表明自己唯一想要的财产就是这顶礼帽。似乎如果她通过各种途径与哥哥争财产，显得俗，就是媚俗的大众的一分子，因此她以只要这顶礼帽作为对男性权力的嘲讽。

第三，礼帽是她与托马斯性爱游戏中的道具。萨宾娜与托马斯约会时，二人总是站在镜子前脱衣。镜子里的女人只剩内衣，性感迷人，头上却戴着黑色的男式礼帽，“女式内裤增添了她女性的魅力，可硬邦邦的男子礼帽对她的女性魅力给以否决，亵渎，以及嘲弄。”这一种类似玩笑的场面，其实不是一个玩笑，礼帽意味着对萨宾娜女性尊严的侵犯，但她似乎服从自己的意识接受这种公开的侵犯，二人为此都激动起来。

第四，礼帽是她有意地、精心培养的“独创精神的一个标志”。我们已经知道，萨宾娜是一个特立独行的人。一个年轻美貌、浑身散发着性感气息的女人，穿时尚的渔网长袜（想想她报复托马斯的那只袜子），却偏偏要戴一顶老旧的男式礼帽，显得格格不入。可见，礼帽代表着她对女性美的背叛，对媚俗的不妥协。

第五，礼帽是一件伤感之物。国内战乱，萨宾娜居住在日内瓦，托马斯二人在苏黎世。萨宾娜去世见托马斯，特意戴上了礼帽。此时，礼帽就像是初恋情人折给你的千纸鹤，多年后你对着一只鹤，想起往日的美好时光，感慨而伤感。对他们二人来说，礼帽是“一座往昔时光的纪念碑”，是他们共同拥有的过去的赞歌，是“远远一去不可回的没有伤感的过去的伤感总结”。

2. 人与人之间的误解

萨宾娜后来有个情人，叫弗兰茨。弗兰茨已婚，被萨宾娜迷倒，他觉得萨宾娜神秘美丽，捉摸不透。小说中写道，萨宾娜与弗兰茨之间有一道“深渊”，而礼帽就是理解二人之间“深渊”的契机：

> 这顶礼帽是萨宾娜生命乐曲中的一个动机，一次又一次地重现，每次都有不同随意义，而所有的意义都像水通过河床一样从帽子上消失了。我们也许能称它为赫拉克利特河床（“你不能两次踏入同一条河流”）：这顶帽子是一条河床，每一次萨宾娜走过都看到另一条河流，语义的河流；每一次，同一事物都展示出新的含义，尽管原有意义会与之反响共鸣（像回声，像回声的反复激荡），与新的含义混为一体。每一次新的经验都会产生共鸣，增添着浑然回声的和谐……

现在，我们站在这个角度，也许比较能理解萨宾娜与弗兰茨之间的那道深渊了：他热切地听了她的故事，而她也热切地听了他的故事。但是，尽管他们都明白对方言词的逻辑意义，但不能听到从它们身上淌过的语义之河的窃窃细语。

所以，当她戴着这顶礼帽出现在他面前，弗兰茨感到不舒服，好像什么人用他不懂的语言在对他讲话；既不是猥亵，也不是伤感，仅仅是一种不能理解的手势。他不舒服是因为它太缺乏含义。

人们还很年轻的时候，生命的乐章刚刚开始，他们可以一起来谱写它，互相交换动机（像托马斯与萨宾娜相互交换礼帽的动机），但是，如果他们相见时年岁大了，像萨宾娜与弗兰茨那样，生命的乐章多少业已完成，每一个动机，每一件物体，每一句话，互相都有所不一样了。①

对萨宾娜来说，礼帽具有多重意义，且意义不断叠加变化，但对弗兰茨来说，礼帽不具有任何意义，他只觉得性感迷人的萨宾娜戴着这么一顶老旧的黑色男式礼帽太别扭了，他浑身不舒服。人与人之间，悲喜并不相通，没有一个人真的能对另一个人感同身受，人们无法完全相互理解，因为我们处在不同的语义的河流。顺便说一句，昆德拉在小说中编写的《误解小辞典》非常有趣，读完之后，你们可能会在其中看到自己。

五、反复叙事：小说的叙事特色

（一）何谓反复叙事？

学者吴晓东指出，昆德拉的《生命中不能承受之轻》有一个非常明显的叙事特色：反复叙事。说得简单一点，反复叙事指“小说中的某一个事

① ［法］米兰·昆德拉．生命中不能承受之轻［M］．韩少功，韩刚，译．吉林：时代文艺出版社，2002：77－78．

件，某一个细节在小说的各个不同的章节中被一次次地重复叙述。”① 比如，托马斯对特丽莎的诗性记忆，觉得她像一个“草篮里顺水漂来的孩子”，这一细节在小说中重复了有 8 次之多。但每一次重复都不是说无意义地再现一次，不是为了故意显得新奇而重复。这个诗性记忆的每一次出现，都伴随着托马斯思考的递进。我知道，单是这样一个细节的重复出现，并不能说服你们，因为你们会觉得类似的重复很普通、很多见。那么，大家不妨回忆一下，小说的目录是怎样的。小说分七章，除了第六、第七章外，前五章以第三章《误解的词》为中轴线，形成一种镜像对称。第一章《轻与重》，第二章《灵与肉》，第四章《灵与肉》，第五章《轻与重》。你们看，单从目录上，这种反复叙事的特色也很明显。

那么，如何理解“反复叙事”呢？“反复叙事”事实上体现的是人类叙述行为的某种本质特征，因为人眼不是 360 度无死角摄像机，人脑也不是存储量无限大的移动硬盘，会完完整整地记录一件事情的经过。人的任何一次叙述都是有局限的。叙述者虽然在讲述同一件事，但每一次讲述的时候，他所处的环境不同，这要求他要从不同的角度来观照事件。

你们不妨想一下，在美剧中是否见过这样的情节：一个警察或 FBI 探员审讯嫌疑人的时候，第一次会问嫌疑人：你昨晚 11 点到 11 点半在哪里？在做什么？同样是这个问题，审讯人员可能会过个半天再来问一次，或者，换一个审讯人员再来问一次。如此反复。审讯得来的口供可能会出现两种情况：第一种情况，嫌疑人记得非常清楚，每次的叙述都一模一样，几乎分毫不差；第二种情况，嫌疑人几次的口供基本差不多，但每次的叙述在细节上可能有差异。你们认为，哪一种口供可信度更高呢？第二种。为什么呢？参考下刚刚我们对反复叙事的分析。也就是说，嫌疑人每一次在讲述的时候，关注的重点不一样，或者有些细节第一次没想起来但第二次想起来了，或者有些事件的时序弄混乱了，这都是日常生活中我们常有

① 吴晓东. 从卡夫卡到昆德拉：20 世纪的小说和小说家［M］. 北京：生活 · 读书 · 新知三联书店，2003：338.

的体验。因此，他的几次口供细节略有差异非常正常。而如果一个人每次的讲述都分毫不差，我们就有理由怀疑他有一个脚本，这种人就是个演员，背下了所有台词。

（二）反复叙事的作用

《生命中不能承受之轻》，从细节到结构，都体现了反复叙事的特点。那么，反复叙事有什么作用呢？昆德拉为什么要采用这种策略？我们大致总结出两个理由。

1. 诗学需要，让小说具备独特的审美性

一个人、一个叙述者，在叙述事情的时候，其实会受到很多东西的制约，比如，性别、叙述的目的、叙述行为发生时的条件和环境等。想想看，你在饭店给朋友讲一件事和你在派出所给警察讲一件事，能一样吗？因此，单次的叙述总是不可避免是片面的，也就是说，你挑选了事件中最跟你本次叙述的目的相关的成分。然而，一件事情本身是多侧面多层次的，这就要求我们追寻事件真相的时候，考虑多个视角。小说中的反复叙事也是如此。“轻与重”是从托马斯的视角来审视事件的，“灵与肉”是从特丽莎的视角来审视事件的，比如，二人的相遇，托马斯只觉得是“六个碰巧”，但特丽莎却不觉得，托马斯觉得特丽莎是“草篮中顺水漂来的孩子”，但特丽莎肯定不这么认为。在这个意义上，可以说，小说的反复叙事是用多个视角一遍又一遍地审视同一事件，以图更贴近事实真相。

这种策略在一些小说中也有出现，最典型的莫过于芥川龙之介的小说《筱竹丛中》。小说的缘起是一对夫妻在竹林中遇到恶人，丈夫死亡，但小说通篇并没有一个固定的叙述者，反而整部小说是由七个人的供词构成：樵夫回答纠察使传讯时的叙述、行脚僧回答纠察使传讯时的叙述、捕快回答纠察使问话时的叙述、老太婆回答纠察使问话时的叙述、多襄丸的供词、托身于清水寺的那女子的忏悔、死鬼借巫婆之口的叙述。这种叙事策略能带来一种特殊的审美感受，它让读者觉得自己似乎有一个“上帝视角”，能洞悉事件的真实面目。

2. 打破悬念，让读者聚焦小说的思想性

一般的小说，都以讲好一个故事为目的，如何将读者的吸引力牢牢抓住，持续不断地建立读者的阅读期待，是作者在写作时重点考虑的问题。就拿我们中国人熟悉的古代章回体小说来说，是不是往往到一个事件的紧要关头，会来一句“欲知后事如何，请听下回分解”？就算不用这么明目张胆的话吊胃口，也会用别的手段来吸引读者的期待，而最有用的一招儿就是制造悬念。唐僧四人最终能否抵达西天取得真经？简·爱和罗切斯特究竟会不会在一起？到底是谁杀死了那个石家庄人？对大多数读者来说，悬念是促使他们读完一本小说的动力，对大多数作家来说，悬念是吸引读者读完一本小说的秘诀，因此，小说的悬念一般都要到最后才解开。你们能想象在读雷蒙德·钱德勒、劳伦斯·布洛克或是东野奎吾时，刚翻了几页，就知道了凶手是谁的感觉吗？是不是觉得剩下的书页根本都不会去翻了？所以说，一部小说如果没有悬念迭生、情节曲折，是很难吸引读者的阅读兴趣的。

但很“不幸”，《生命中不能承受之轻》就是没有曲折的情节，并且在小说前两章就几乎把故事的一切都交代完了，包括故事结局也交代了。如此一来，为了读故事的读者肯定就傻眼了，这还读什么读！前面讲到，不读故事，读什么呢？读小说的思想。极度淡化人物的真实性、极度消解情节的复杂性、极度破坏悬念的后置性，昆德拉的这一系列“猛虎”操作已经将目标读者从对故事的期待中剥离，读者们于是置身于思想的漩涡中，像托马斯一样苦苦思考，像特丽莎一样幻灭，感受萨宾娜的背叛，其实也是愤怒作者的背叛：我以为会看到一个香艳的故事，你就给我看这个？昆德拉似乎嘴角带着一丝冷笑，说：想知道故事结局吗？一开始我就告诉你。现在还想读吗？不想读的人，就哪儿凉快哪儿待着吧。

反复叙事打破了故事的悬念，让读者的阅读重心落在小说对各种问题的思考上。也就是说，这个故事“最终是”怎样并不最重要，更重要的是“如何是”这样的。天才级导演克里斯托弗·诺兰的电影《记忆碎片》，也别出心裁地使用了反复叙事来达到上述目的。电影一开始，就告诉了观众

故事的结局，在毫无悬念的情况下，观众随着影片主要人物，一步三回头地探索事件的真相。真实的事件究竟是怎样的？哪些是真实哪些是想象？需要观众自己判断。可以说，诺兰和昆德拉的做法，颠覆了“故事悬念”的定义，让受众看到故事的发生过程比悬念的结局更重要，努力思考问题比被动接受故事更深刻。

后　记

几年前，湘潭大学推出全校性的一些重点课程，《西方文学欣赏》有幸入选。我和外国文学的几位老师宋德发、胡强、沈云霞一起主讲，后来又有童真、袁娜老师加盟。一门课，多位老师上阵，各展所长，也算是教学改革的一种尝试，并且效果还不错，学生在结课作业中多有鼓励。后来，湘潭大学又把课程列为重点教材资助项目，然后有了这本《异域的风景：西方文学的精神之旅》。书中所收篇章，大多是课堂上的讲授专题，根据课堂录音整理，尽可能保留了口语风格；另一方面，因不同的老师讲课风格的差异，本教材在整理时，也尽量尊重这种多样性，不强求一律。

本书绪论为何云波所撰。其他章节分工如下：

宋德发：第一、二、三、五、六节；

何云波：第四、七、八、十、十一、十二、十三节；

童真：第九节；

袁娜：第十四、十五、十六节。

感谢《西方文学欣赏》教学团队各位上课和撰稿的老师的付出。教学团队成员大多是湘潭大学外国文学前辈曹让庭、张铁夫老师的弟子或再传弟子。曹、张两位老师都已作古，但学术却已代代传了下来。大学，是精神传承之地；课堂与教材，就是传播的媒介与内核。本教材希望得到广大学子一如既往的喜爱，同时也可成为社会各界外国文学爱好者所喜欢的读物。林语堂说，读书如同谈恋爱。能有心仪的人相伴，读你千遍也不厌倦，读你的感觉像三月，人生也就拥有了一份美好！

何云波

2021 年 5 月 2 日